느낌 그게 뭔데, **문장**

느낌 그게 뭔데, 문장

우리시대 작가 44인의 아름다운 산문과 가족문단사 - 앤솔로지

문/장/수/집/가/ 팟캐스터
포충망에 걸린 느낌있는 산문

기형도·성석제·윤광준·윤작가·이병률 외 지음

우시모북스

문장수집가의 산문 읽기

아주 오랫동안 언어들을 어루만졌습니다.

누구는 이런 모습을 보고 '활자 중독자'라는 별명으로 불러주었는데,
이제는 별명 하나 더 듣게 되었습니다.

문/장/수/집/가/

나는 적이 질투를 느낀다. … 그가 나에게 속삭여주려던
아름다운 긴 이야기를 다른 사나이에게 먼저 해버리려 가기
때문이다.

— 이태준 〈책〉 중 —

문득 내 어머님께서 뚝 꺾어주시던 그 솔가지, 달콤한 물
이 쪼르르 흐르던 그 가지가 이것이 아니었던가 싶어지면서
내 입속이 환해진다.

— 강경애 〈내가 좋아하는 솔〉 중 —

세상에 죽음을 제도하는 종교가 있다면 그것은 곧 삶을 인
도하는 종교가 될 것이다.

— 홍사용 〈궂은비〉 중 —

봄이 왔다. 가난한 방 안에 왜꼬아리 분盆 하나가 철을 찾아서 요리조리 싹이 튼다. 그 닷곱 한 되도 안 되는 흙 위에다가 늘 잉크병을 올려놓고 하다가 싹트는 것을 보고 잉크병을 치우고 겨우내 그대로 두었던 낙엽을 거두고 맑은 물을 한 주발 주었다. 그리고 천하에 공지라곤 요 분盆 안에 놓인 땅 한 군데밖에는 없다고 좋아하였다.

— 이상〈조춘점묘〉중 —

모든 욕망 버리고 눈 쌓인 히말라야의 설산으로 가서 아무도 만나지 않고 아무도 모르게 수도하다가 아무도 모르게 죽어가는 그런 은수자隱修子가 되고 싶다.

— 최인호〈나는 스님이 되고 싶다〉중 —

그곳에 배치된 관리관은 무식하기 짝이 없었다. 우선 한국이 어디에 있는지 몰랐고, 한국인은 비자 없이 프랑스에 입국할 수 있다는 것도 몰랐다. …… 한참 후에야 겨우 한국인은 비자가 필요 없다는 것을 인정했다. 그런데 이번에는 그 관리관이 "네가 북한Corée du Nord에서 왔는지 남한Corée du Sud에서 왔는지 내가 어떻게 아느냐?"고 물고 늘어졌다.

— 손봉호〈약소국민의 여권〉중 —

여행의 무게를 재기 위해서는 다시 돌아온 우리에서 처음 출발할 때의 우리를 빼면 되는 것일까? 여행이 무엇인지 잘 모르겠다. …… 새삼 느끼는 것이지만, 여행을 싫어한다고 말하기엔 난 여행이 무엇인지를 너무 모른다.

— 김중혁 〈여행의 무게〉 중 —

쏟아지는 비 때문에 기타의 플랫을 계속 수건으로 닦아가며 연주했고, 드러머가 심벌을 때릴 때마다 화려한 조명을 받은 물방울이 마치 폭발하듯 휘날렸다. 그 장관이 펼쳐질 때마다 관객들은 하늘이 떠나갈 듯 환호성을 질렀다.

— 하종강 〈딥 퍼플을 만나다〉 중 —

그건 그렇다 치고, 공책은 또 뭔가. 설날 저녁에 그날 하루 종일 찾아온 세배객을 차례대로 한 사람 한 사람 기억에서 떠올려 이름을 적었다는 것이 아닌가. 누구나 권해 올리는 술잔을 마다하지 않고 다 드시고서.

— 손영목 〈세배객 인명록〉 중 —

교문 앞을 통과하는데 기척이 있어 돌아보니 한 여학생이 교문에서 막 한 발을 빼고 있었다. …… 나의 가슴은 금강 상류로 출렁거리기 시작했다. 그녀는 평소 내가 그토록 흠모해 마지않던 소녀이었기 때문이었다.

    – 이재무 〈혼자서만 꺼내 보던 내 마음 벽장 속의 이야기〉 중 –

    일 년 전보다 나는 깨끗해져 있었다. 시간과 술의 힘이었
다. 하지만 자목련을 바라보는 나의 호주머니에는 입영통지
서가 들어 있었다. 입대까지는 석 달이 남아 있었다. 내가 왜
하얀 목련이 피고 짐을 몰랐겠는가. 너와 함께 이 세상을 건
너가겠다고 말하자마자 입영통지서를 디밀어야 하는 내 자
신이 싫었기 때문에, 목련이 피는 것을 애써 외면한 것이
었다.

    – 이정록 〈반지는 물방울 소리처럼 구른다〉 중 –

    그렇게 만난 언어들을 혼자 읽고 두기 아까워 오랜 취미이자 놀이인
방송 (http://www.podbbang.com/ch/1773948 북적북적 특설)에 올려두고, 그래도 아
직 공개하지 못한, 같이 읽고 싶은 〈느낌 좋은 산문〉들을 여기 묶어 함께
나누고자 합니다.

2020년 7월

우시모북스 연구실에서

윤작가

CONTENTS

1장

시처럼 산문

책

이태준 (소설가)

책册만은 '책'보다 '册'으로 쓰고 싶다. '책'보다 '册'이 더 아름답고 더 책册답다.

책은, 읽는 것인가? 보는 것인가? 어루만지는 것인가? 하면 다 되는 것이 책이다. 책은 읽기만 하는 것이라면 그건 책에게 너무 가혹하고 원시적인 평가다. 의복이나 주택은 보온만을 위한 세기世紀는 벌써 아니다. 육체를 위해서도 이미 그렇거든 하물며 감정의, 정신의, 사상의 의복이요 주택인 책에 있어서랴! 책은 한껏 아름다워라. 그대는 인공으로 된 모든 문화물 가운데 꽃이요 천사요 또한 제왕이기 때문이다.

물질 이상인 것이 책이다. 한 표정 고운 소녀와 같이, 한 그윽한 눈매를 보이는 젊은 미망인처럼 매력은 가지가지다. 신간란에서 새로 뽑을 수 있는 잉크 냄새 새로운 것은, 소녀라고 해서 어찌 다 그다지 신선하고 상냥스러우랴! 고서점에서 먼지를 털고 겨드랑 땀내 같은 것을 풍기는 것들은 자못 미망인다운 함축미인 것이다.

서점에서는 나는 늘 급진파다. 우선 소유하고 본다. 정류장에 나와 포장지를 끄르고 전차에 올라 첫 페이지를 읽어 보는 맛, 전찻길이 멀수록 복되다. 집에 갖다 한번 그들 사이에 던져 버리는 날은 그제는 잠이나 오지 않는 날 밤에야 그의 존재를 깨닫는 심히 박정한 주인이 된다.

가끔 책冊을 빌리러 오는 친구가 있다. 나는 적이 질투를 느낀다. 흔히는 첫 한두 페이지밖에는 읽지 못하고 둔 책이기 때문이다. 그가 나에게 속삭여 주려던 아름다운 긴 이야기를 다른 사나이에게 먼저 해버리려 가기 때문이다. 가면 여러 날 뒤에, 나는 아주 까맣게 잊어버렸을 때 그는 한껏 피로해져서 초라해져서 돌아오는 것이다. 친구는 고맙다는 말만으로 물러가지 않고 그를 평가까지 하는 것이다. 나는 그런 경우에 그 책에 대하여는 전혀 흥미를 잃어버리는 수가 많다.

빌려 나간 책은 영원히 '노라'가 되어버리는 것도 있다.

이러는 나도 남의 책을 가끔 빌려 온다. 약속한 기간을 넘긴 것도 몇 권 있다. 그러기에 책은 빌리는 사람도 도적이요 빌려주는 사람도 도적이란 서적 윤리가 따로 있는 것이다. 일생에 천 권을 빌려 보고 구백구십구 권을 돌려보내고 죽는다면 그는 최우등의 성적이다. 그러나 남은 한 권 때문에 도적은 도적이다. 책을 남에게 빌려만 주고 저는 남의 것을 한 권도 빌리지 않기란 천 권에서 구백구십구 권을 돌려보내기보다 더 어려운 일이다. 그러므로 빌리는 자나 빌려 주는 자나 책에 있어서는 다 도적

됨을 면치 못한다.

그러나 책은 역시 빌려야 한다. 진리와 예술을 감금해서는 안 된다.

그러나 책은 물질 이상이다. 영양令孃이나 귀부인을 초대한 듯 결코 땀이나 때가 묻은 손을 대어서는 실례다. 책은 세수는 할 줄 모르는 미인이다.

책冊에만은 나는 봉건적인 여성관이다. 너무 건강해선 무거워 안 된다. 가볍고 얄팍하고 뚜껑도 예전 능화지菱花紙 [무늬가 있는 종이] 처럼 부드러워 한 손에 말아 쥐고 누워서도 읽기 좋기를 탐낸다. 그러나 덮어놓으면 떠들리거나 구김살이 잡히지 않고 이내 고요히 제 태態로 돌아가는 인종忍從이 있기를 바란다고 할까.

(1938년)

자수 (刺繡)

백신애 (소설가)

동리 집 처녀가 옥양목 쪽을 가지고 와서 주머니 꽃 그려주시오, 하고 왔다. 본래부터 잘 그릴 줄은 모르나, 배운 솜씨로 하는 자수 밑그림쯤이야 그대로 어울러놓을 줄 아는지라, 그까짓 옥양목쯤에야 사양하면 도로 우습고 하여 섭적 응낙하고 먹을 갈아 제법 멋들어진 도안으로…… 라고는 하고 싶으나 그렇지도 못하고 그저 자수刺繡하기 쉽도록 한편은 매화를 그리고 한편은 연蓮을 그려 처녀 앞에 밀어놓은 후 이다음 비단 헝겊을 가지고 오면 아주 좋은 그림을 정신 들여 그려주마 했다. 처녀는 아주 감복하는 듯한 표정으로 이리저리 만져보며

"참 고맙심더."

라고 몇 번이나 치하했다. 나 역시 조그마한 수고거리도 못 되는 노력으로 남을 이같이 기쁘게 하여주었음이 그리 불쾌한 것은 아니었다. 그래서 득의만면 비슷한 얼굴 그 위에,

"이다음은 더 잘 그려주마. 이까짓 것이 무엇 그렇게 잘 그렸다고 그래……."

하고 제법 듣기 좋게 대답까지 했다.

　그랬더니 처녀가 이윽히 그림을 이리저리 만지작거리고 난 후 조금 얼굴이 불그레해지며 입을 떼기 주저하고 부끄러운 태도를 지었다. 나는 아주 영리한 사람처럼 얼른 알아채고 처녀가 무슨 말을 하고자 하는가를 알려고 그의 두 눈을 바라보았다. 처녀는 몸을 비비 꼬며

　"왜 나비는 안 그려주는기요."

한다. 나는 갑자기 하하 웃고,

　"그러면 진작 말하지 무엇이 부끄러워."

하며 다시 옥양목 쪽을 받아 들었다.

　그러나 그린 그림이 모두 나비를 그리지 못할 매화와 연화이니 처녀 맘을 만족시킬 수 없어 다시 돌려주며

　"이 애야, 매梅와 연蓮에는 나비를 그리면 격이 아니다. 이다음 다른 꽃을 그리거든 나비를 네 소원대로 그려주마."

하고 달래었다.

　"한 마리만 꼭 여기 그려주시오."

하며 격을 찾는 내 말은 들은 척도 않는다.

　"이 꽃에 나비를 그리면 다른 사람이 웃는단다. 나비를 그리면 더 고울 줄 아니?"

　"아이고, 그래도 이만치 고운 꽃에 나비가 없으면 ……."

하고 처녀는 부끄러워는 하면서도 빡빡이 조른다. 나는 하는 수 없이 내 보자기에서 옥양목 쪽을 끄집어내어

"정말 나비를 소원하면 여기 다른 그림을 그려주마."

하고 온갖 친절을 다 보였다. 그러나 처녀는 당치 않다는 표정으로

"싫어요, 다시 그리면 이만치 곱게 못 그립니다. 아무 꽃이면 무슨 상관있는가요, 꼭 한 마리만 ……"

한다. 나는 할 수 없어

"그러면 그려주마. 다른 사람보고 내가 그렸다고 하지 마라."

하고 매화에다 나비 두 마리를 그려주었더니 처녀는 기쁨을 금치 못해 하며 돌아갔다. 처녀가 돌아간 후 벼루를 치우며 생각하니 옥양목에라도 자수만 하면 꽃 주머니라고 귀하게 여길 그들에게 격을 찾는 내가 고소苦笑되어 한참 웃었다.

(1937년)

백신애 (1908~1939)　　소설가. 경상북도 영천 출생. 아명은 무장. 호적명은 백무동. 대구사범학교 졸업 후 영천· 자인 공립보통학교 교원을 하다가 1930년 도일하여 니혼대학 예술과를 다님. 1932년 귀국하여 창작에 매진하다가 위장병 등의 악화로 32세에 요절함. 1929년 《조선일보》에 박계화라는 필명으로 <나의 어머니>를 발표하면서 문단에 데뷔함. 주요 작품으로 <꺼래이>(1934), <적빈>(1934) 등 10여 편이 있음. 2007년 고향 영천에서 백신애 탄생 100주년을 기념하여 백신애 문학제를 개최함. 사후에 『(원본) 백신애전집』(2015), 『백신애: 한국근대문학전집』(2013), 『혼명에서: 백신애 중단편선』(2019) 등이 나옴.

냉 면

김남천 (소설가, 문학평론가)

　'냉면'이란 말에 '평양'이 붙어서 '평양냉면'이라야 비로소 어울리는 격에 맞는 말이 되듯이 냉면은 평양에 있어 대표적인 음식이다. 언제부터이 냉면이 평양에 들어왔으며 언제부터 냉면이 평안도 사람의 입에 가장많이 기호에 맞는 음식물이 되었는지는 나 같은 무식쟁이에게는 알 수도없고 또 알려고도 아니한다.

　어렸을 때 우리가 냉면을 국수라 하여 비로소 입에 대게 된 시일을 기억하는 평안도 사람은 극히 드물 것이다. 나도 그 중의 한 사람이다. 밥보다도 아니 쌀로 만든 음식물보다도 이르게 나는 이 국수 맛을 알았을는지도 모른다. 어머니의 등에 업히어서 어른들의 냉면 그릇에서 여남은오리를 끊어서 이가 서너 개 나나 마나 한 입으로 메밀로 만든 이 음식물을 받아 삼킨 것이 아마도 내가 냉면을 입에 대어 본 처음일 것이다. 젖먹다 뽑은 작은 입으로 이 매끈거리는 국수 오리를 감물고 쭐쭐 빨아올리던 기억이 있는지 없는지 가물가물하다.

　누가 마실을 오든가 한때에 점심이나 밤참에 반드시 이 국수를 먹던 것을 나는 겨우 기억할 따름이다. 잔칫날 — 그러므로 약혼하고 편지 부치는 날에서부터 예물 보내는 날, 장가가는 날, 며느리 데려오는 날, 시집가는 날, 보내는 날, 장가와서 묵는 날, 가는 날에 이르기까지 언제나 이 국수가 출동한다. 이 밖에 환갑날, 생일날, 제삿날, 장례날, 길사, 경사, 흉사를 물론하고 이 국수를 때로는 냉면으로 때로는 온면으로 먹어 왔다.

심지어는 정월 십사일 작은 보름날 이닦기엿, 귀밝이술과 함께 수명이 국수 오리처럼 길어야 한다고 '명길이국수'라 이름 지어서까지 이 냉면 먹을 기회를 만들어 놓았다. 지금 생각해 보매 평안도 사람의 단순하고 담백한 식도락을 추상할 수 있어 흥미가 새롭다.

속이 클클한 때라든가 화가 치밀어 오를 때 화풀이로 담배를 피운다든가 술을 마신다든가 하는 일은 흔히 있는 일이지만 이런 때에 국수를 먹는 사람의 심리는 평안도 태생이 아니고는 좀처럼 이해하기 힘들 것이다. 도박에 져서 실패한 김에 국수 한 양푼을 먹었다는 말이 우리 시골에 있다. 이렇게 될 때에 이 국수는 확실히 술의 대신이다. 나같이 술잔이나 다소 할 줄 아는 사람도 속이 클클한 채 멍하니 방안에 처박혀 있다간 불현듯이 냉면 생각이 나서 관철동이나 모교 다리 옆을 찾아갈 때가 드물지 않다. 그런 때 거리에서 친구를 만나,

"차나 마시러 갈까?" 하면

"여보, 차는 무슨 차, 우리 냉면 먹으러 갑시다."

하고 앞서서 냉면집을 찾았다.

모든 자유를 잃고 그러므로 음식물의 선택의 자유까지를 잃었을 경우

에 항상 애끓는 향수같이 엄습하여 마음을 괴롭히는 식욕의 대상은 위선 냉면이다. 이렇게 되고 보니 냉면이 우리에게 가지는 은연한 세력은 상당히 큰 것이라고 보지 않을 수 없다.

한방의는 냉면은 몸에 백해百害는 있을지언정 일리一利도 없는 식물이라 한다. 그런지 안 그런지 알 길이 없다. 혹종或種의 보약 같은 것을 복용할 때 금기물의 하나로 메밀로 만든 냉면이 드는 수가 많은 것은 우리들의 주지의 사실이다.

국수를 먹고 더운 구들에서 잠을 자고 나면 얼굴이 부석부석 붓고 목이 케케하여 기침이 나는 것도 사실이다. 냉면은 몸에 해로운 것인지도 모른다. 국수물 다시 말하면 메밀숭늉은 이뇨제로 된다.

트리펠 같은 걸 앓는 이가 냉면에 돈육이나 고추나 파나 마늘이 많이 드는 것은 꺼리지만 냉면 먹은 뒤에 더운 국수물을 청하여다 한 사발씩 서서히 마시고 앉은 것은 이 탓이다. 은근히 물어보면 이것을 먹은 이튿날의 효과는 어떤 고명한 이뇨약보다 으뜸간다고 한다.

냉면은 물론 메밀로 만든다. 메밀로 만든 국수는 사려 놓고 십여 분만 지나면 자리를 잡는다. 물에 풀면 산산이 끊어진다. 시골 외에는 순수한 메밀로 만드는 국수는 극히 희소하다. 국수발이 질기고 끊어지지 않는 것은 소다나 가다쿠리〔얼레지 가루 얼레지 뿌리, 감자 따위를 채취한 흰 녹말〕가루를 섞는 탓이라 한다. 서울의 골목마다 있는 마른 사리 국수 또는 결혼식장에서 주는 국수 오리 속에 몇 퍼센트의 메밀가루가 들었는지는 우리들의 단언할 수 없는 바다. 나는 서울서 횡행하는 국수의 대부분은 옥수수 농

매나 그와 유사한 것이 아닌가 한다. 이틀 사흘을 두었다가도 제법 먹을
수 있고 얼렸다가도 더운 국물에 풀면 국수 행세를 할 수 있다. 이것은
국수가 아니고 국수 유사품이다. 평양냉면이나 메밀국수와는 친척간이
나 되나마나하다.

(1938년)

김남천 (1911~1953)　　소설가. 문학비평가. 평안남도 성천 출생. 아명은 김효식. 1929년 일본
호세이대학에 재학 중 조선프롤레타리아예술동맹(KAPF) 동경지회에 가입. 이후 국내에서 카프
맹원으로 활동하다가 월북하여 1949년 조선문학예술총동맹 서기장까지 올랐으나 1953년 휴전
직후 숙청당함. 문단 활동은 1931년 희곡 <파업조정안(罷業調停案)>과 소설 <공장신문(工場新
聞)>(1931), <공우회(工友會)>(1932) 등을 발표하며 활발하게 작품을 썼고, 주요 작품으로 <남
매>(1937), <처를 때리고>(1937), <소년행>(1938), <경영>(1940), 장편소설 『대하』(1939), 창작집
『맥』(1947) 등이 있음. 영화와 소설관련 비평집이 다수 있음. 사후에 『김남천전집 1-2』(2000) 등이
나옴.

별호 (別號)

나도향 (소설가)

    글을 쓰는 사람이나 글씨를 쓰는 사람이나 그림을 그리는 사람은 대개 별호를 쓴다. 또는 소위 행세한다는 사람 쳐놓고 별호 없는 사람이 없는 모양이다. 서양에도 별호를 쓰는 풍습이 있지마는 동양에서는 아주 심하다. 이것에 대하여 역사적으로 생각하여 보고 싶은 생각이 없지 않은 게 아니지마는 그러려면 상당한 전문 지식이 있어야 할 터인데 그것이 없으므로 다른 이에게 밀어 버리고 우선 내가 쓰는 나락 도稻자와 향기 향香자를 어째 쓰느냐 하는 것을 말하려 한다.

    누구든지 나를 만나면 "당신의 별호는 어째 '도향'이라 지었소?" 하고 물으며 혹은 계집애 이름 같다기도 하고 괴상하다 하기도 하고 전례에 없는 일이라 하기도 하고 향이 좋다든가 의미가 있어 보인다든가 옛날 글에도 도화향稻花香이 있었다든가 또 혹 농담깨나 하는 친구는 "나락에도 향내가 있다." 하기도 하고, 혹 실없는 친구는 밥 안 먹어도 배부르겠다는 말까지 한다. 이와 같은 말을 하도 많이 듣는 나는 언제든지 내 별호의 뜻을 아주 공개하여 버린 후에 누가 물으면 이것을 공개한 잡지나 신문을 보라고 방패막이를 할 마음이 생겼으나 이럭저럭 하지를 못하다가 이번에 문채文債를 갚는 기회를 이용하여 아주 공개하여 버리고 이다음에 누가 또다시 묻는 사람이 있으면 덮어놓고,《조선문단朝鮮文壇》제4호를 보시오. 하고 내밀어 버릴 작정이다.

내가 별호를 쓰기는 내 나이 열여덟 살 때 '은하隱荷'라고 쓴 일이 있었다. 그것은 그 글자나 글에 의미가 있어서 그리한 것도 아니요, 또는 누가 지어 주며 쓰라고 한 것이 아니라 나의 누님의 별호가 '만하晩荷'인 까닭에 '하荷'자 돌림으로 하자는 우애에서 나온 데 불과한 것이었다. 그러자 그것이 너무 속되고 또는 묵은 냄새가 난다고 해서 내버릴 마음이 생기자 아무리 생각을 하여도 신통한 별호가 얼른 생각이 되지 않음으로 나의 친구 박월탄朴月灘 군을 하루는 찾아가서 이 이야기 저 이야기 하다가 나의 별호 고쳐 지을 생각 있다는 말을 하니까 군君이 그러면 자기가 하나 생각하여 보겠다고 함으로 그렇게 하여 달라고 의탁한 후 그 이튿날 간즉 별호 한 십여 개 지어 놓았다. 그것을 내놓으며 이 중에서 어느 것이든지 마음에 드는 대로 골라잡으라고 하는데 어떻게도 많은지 그놈이 그놈 같고 이것이 맘에 들면 저것이 솔깃하여 갈피를 잡지 못하다가 마침내 고른 것이 지금 내가 쓰는 '도향'이라는 것이다. 그런데 나락 도자보다도 향기 향자가 그때에는 꽤 친구 간에 문제가 되어 좋고 까불고 좋다 흉하다 하는 말이 많았으나 그저 아무 말 없이 이래 사오 년 동안을 써 오니까 도리어 향기 향자를 좋다고 하는 사람이 많아진 모양이다.

가을에 나락이 누렇게 익어서 바람이 붊을 따라 이리 물결치고 저리 물결치는 것을 볼 때 거기에서 구수한 향내가 나는 것도 같고 가리를 지어서 척척 쌓아 놓은 노적에서는 배부른 냄새가 나는 것 같기도 하다. 이것이 보통 얼른 생각하는 이가 나의 별호를 듣고 연상하는 것이겠지만 나의 해석은 그와 다르다. 나락이라는 것은 우리가 얼른 보기에나 생각하기에 그리 신기할 것이 없다. 한길에 금싸라기 한 개가 떨어졌다 하면 그것은 집을망정 나락 한 알이 떨어졌다 하면 그것을 누가 집을 터이냐. 그러나 우리가 배가 고플 때 나락은 우리를 살릴지라도 금은 우리를 살리지 못할 것이다. 나락이란 그렇게 평범하고 우스꽝스럽지마는 또는 우리에게 가장 귀하고 고마운 것이다. 그와 마찬가지로 세상에는 항상 우스꽝스럽고 대수롭지 않은 것이 가장 귀하고 고마운 것이 되는 것이다. 또는 단순하고 평범한 것에 항구불변의 진리가 있다. 나는 이 점에 들어서 평범하고 대수롭지 않은 데서 향내를 맡는다는 의미로 도향이라고 한다. 내가 만일 나락을 먹지 않고 서양사람 모양으로 밀가루로 만든 것을 많이 먹는 나라에 났더라면 '밀 향기'로 별호를 지었을는지도 모르지마는 조선에 난 까닭에 도향이요, 평범 단순한 것 중에 가장 인생의 절실히 필요하고 또는 우리가 먹어야 산다는 우스꽝스러워 보이는 진리가 가장 영원성이 있는 까닭에 내 별호가 도향이다. 이만하면 대개 의미가 통하여질 것 같다.

(1925년)

나도향 (1902~1926)　　　소설가. 서울 출생. 호는 도향. 본명은 나경손. 필명은 나빈. 배재학당 졸업 후 경성의전에 입학했다가 중퇴하고 도쿄에서 고학함, 그러나 다시 중단하고 귀국함. 1922년 동인지 《백조》 창간호에 <젊은이의 시절>을 발표하면서 작가 생활을 시작했으나 질병으로 25세의 나이에 요절함. 주요 작품으로 <물레방아>, <벙어리 삼룡이> 등과, 장편 『환희』(1922), 소설집 『진정』(1923), 『청춘』(1927)이, 사후에 『나도향전집1-2』(1988), 『나도향 : 한국 근대문학전집』(2014) 등이 있음.

7월의 바다

심훈 (시인, 소설가)

흰 구름이 벽공碧空에다 만물상을 초잡는 그 하늘을 우러러보아도, 맥파만경麥波萬頃에 굼실거리는 청청淸淸한 들판을 내려다보아도, 백주白晝의 우울을 참기 어려운 어느 날 오후였다.

나는 조그만 범선 한 척을 바다 위에 띄웠다. 붉은 돛을 달고 바다 한복판까지 와서는 노도 젓지 않고 키舵도 꽂지 않았다. 다만 바람에 맡겨 떠내려가는 대로 내버려 두었다.

나는 뱃전에 턱을 괴고 앉아서 부유(하루살이)와 같은 인생의 운명을 생각하였다. 까닭 모르고 살아가는 내 몸에도 조만간 닥쳐올 죽음의 허무를 미리 다가 탄식하였다.

서녘하늘로부터는 비를 머금은 구름이 몰려 들어온다. 그 검은 구름장은 시름없이 떨어뜨린 내 머리 위를 덮어 누르려 한다.

배는 아산만 한가운데에 떠 있는 '가치내'라는 조그만 섬에 와 닿았다. 멀리서 보면 송아지가 누운 것만 한 절해絶海의 고도孤島다.

나는 굴 껍데기가 닥지닥지 달라붙은 바위를 짚고 내렸다. 조수가 다녀간 자취가 뚜렷한 백사장에는 새우를 말리느라고 공석을 서너 잎이나 깔아놓았다. 꼴뚜기와 밴댕이 같은 조그만 생선이 섞인 것을 헤쳐 보려니, 비릿한 냄새가 코를 찌른다.

'이 외로운 섬 속에도 사람이 사나 보다.'

나는 탐험探險이나 하듯이 길로 우거진 잡초를 헤치고, 인가를 찾아 섬 가운데로 들어갔다.

> 넓고 넓은 바닷가에 오막살이 집 한 채
> 고기 잡는 아버지와 철 모르는 딸 있다.
> 내 사랑아, 내 사랑아, 나의 사랑 클레멘타인
> 늙은 아비 홀로 두고 영영 어디 갔느냐?

어려서 부르던 노래를 휘파람 섞어 부르며, 뱀이 지나간 자국만치 꼬불꼬불한 길을 따라 언덕으로 올라갔다.

과연 집이 있다! 하늘을 꿰뚫을 듯 열 길이나 까마아득하게 솟아오른 백양목 그늘 속에서 게딱지 같은 오막살이 한 채를 발견하였다.

'저기에서 사람이 살다니 무얼 먹고 살까?'

나는 단장短杖을 휘두르며 내려갔다. 추녀와 땅바닥이 마주 닿은 듯한, 그나마도 다 쓰러져 가는 초가집 속에서 60도 넘어 보이는 노파가 나왔다. 쑥방석 같은 머리를 쓰다듬어 올리면서 맨발로 나오더니,

"아, 어디서 사시는 양반인데 …… 이 섬 구석엘 이렇게 찾아 오셨

시유?"

하고, 바로 이웃집에서 살던 사람이나 만난 듯 얼굴의 주름살을 펴면서 나를 반긴다.

"여기서 혼자 사우?"

나는 그 노파가 말을 잊어버리지 않은 것을 이상히 여길 지경이었다.

"아들허구 손주새끼허구 살어유."

"아들은 어디 갔소?"

"중선으로 준치 잡으러 갔슈."

노파는 흐릿한 눈으로 아득한 바다 저편을 건너다본다. 그 정기 없는 눈동자에는 무한한 고적孤寂에 속절없이 시들어 가는 인생의 낙조가 비치지 않는가! 백양목 윗가지에는 바람이 씽씽 분다. 이름도 모를 물새가 흰 날개를 펼치고 그 위를 난다.

"쓸쓸해서 어떻게 사우?"

나는 저절로 한숨이 쉬어졌다.

"여북해야 인간 구경두 못 허구 이런 데서 사나유, 농사처가 떨어져서 죽지 못해 이리루 왔지유."

나는 차마 더 묻기 어려워 머리를 숙이고 돌아서는데, 노파는 무슨 생각을 했는지 침침한 부엌 속으로 들어간다. 수숫대로 엮은 울타리 밖에는 마늘과 파를 심었다. 북채만 한 팟종에는 씨가 앉아 알록달록한 나비가 쌍쌍이 날아다닌다. 조금 있자,

"이거나 하나 맛보시유."

하는 소리가 등 뒤에서 들렸다. 돌아다보니 노파는 손바닥만 한 꽃게 하나를 들고 나왔다. 내 어찌 이 불쌍한 노파의 친절을 물리치랴. 나는 마당 구석에 가 쭈그리고 앉아서 짭짤한 삶은 게 발을 맛있게 뜯었다. 그대로 돌아설 수가 없어 백동전 한 푼을 꺼내어 한사코 아니 받는 노파의 손에 쥐어 주고 나왔다.

'아아, 인생의 쓸쓸한 자태여!'

나는 속으로 부르짖으며 그 집 모퉁이를 돌아 나오려는데 등 뒤에서

"응아, 응아"

어린애 우는 소리가 들렸다.

'어린애가 우는구나! 그 늙은이의 손주가 우나 보다.'

나는 발을 멈추었다. 불현듯 그 어린애의 얼굴이 보고 싶었다. 한 번 안아 보고 싶은 충동을 억제할 수 없어 발을 돌렸다. 토굴 속 같은 방 속에서 어머니의 젖가슴에 달라붙어 젖을 빠는 것은 이 집의 옥동자였다. 그 침침한 흙방 속이 이 어린애의 흰 살빛으로 환하게 밝은 듯.

"나 좀 안아봅시다."

나는 손을 내밀었다. 살이 삐죽삐죽 나오는 베옷 한 벌로 앞을 가린 젊은 어머니는 부끄러워 머리를 들지 못한다. 노파는

"이 더러운 걸"

하며 손주를 젖에서 떼어다간 내 팔에 안겨준다.

어린 것은 젖살이 포동포동하게 오른 사지를 바둥거리며 내 얼굴을 말끄러미 쳐다본다. 울지도 않고 낯도 가리지 않고 반가운 인사나 하는

듯 무어라고 옹알거린다. 고사리 같은 손가락을 제 힘껏 감아쥐고는 놓지를 않는다.

까만 눈동자의 별같이 영롱함이여! 조그만 코와 입모습의 예쁨이여!

나는 가슴에 옮겨드는 어린 생명의 따스한 체온에서 떨어지기 어려웠다. 이 고도孤島의 어린 주인을 떼치고 차마 발길을 돌릴 수 없었다.

바다 위에는 저녁 바람이 일어 성낸 물결은 바윗돌에 철썩철썩 부딪친다. 내 얼굴에는 찬 빗발이 뿌리고, 백양목은 더 한층 처창悽愴한 소리를 내며 회색빛 하늘을 비질한다.

내가 그 집에서 나오자 어린애는 다시 울었다. 걸어오면서도, 배를 타면서도, 등 뒤에서 '응아, 응아' 하는 소리가 바람결을 따라 들렸다. 머리 위에서 날으며 물새의 우는 소리조차 그 어린애의 애처로운 울음소리인 듯.

'그 어린애가 잘 자라는가?'

'그들은 그저 그 섬 속에서 사는가?'

그 뒤로 나는 바람 부는 아침, 눈 오는 밤에 몇 번이나 베갯머리에서 이름도 모르는 그 어린아이가 병 없이 자라기를 빌어 주었다.

그 애처로운 울음소리가 언제까지나 내 귓바퀴를 돌며 사라지지 않던 것이다. 그 뒤로 1년이란 세월이 꿈결같이 흘렀다. 며칠 전에 나는 마을의 젊은 친구들과 함께 숭어 잡는 구경을 하려고 나갔다가 '가치내' 섬으로 뱃머리를 돌렸다.

그 노파와 젊은 며느리는 전보다도 갑절이나 반가이 나를 맞아 주었다. 그들은 1년에 한두 번 사람 구경을 하는 것이 가장 큰 기쁨인 듯…….

그러나 어린애는 눈에 띄지 않는다.

"어린애 잘 자라우?"

하고 묻는데 때 묻은 적삼 하나만 걸친 발가숭이가 토방으로 엉금엉금 기어 나오지 않는가. 작년에 내가 대접을 받은 꽃게 발을 뜯어먹으며, 두 눈을 깜박깜박하고 우리 일행을 쳐다본다.

"오오, 네가 벌써 이렇게 컸구나!"

나는 그 어린애를 끌어안고 해변을 거닐었다.

어린애는 일 년 동안에 몰라보도록 컸다.

오래 안아 주기가 힘이 들만치나 무거웠다.

― 그날은 바다 위에 일점풍―點風도 없었다. 성자의 임종과 같이 수평선 너머로 고요히 넘어가는 태양을 바라보며, 나는 석조夕照에 타는 붉은 물결을 멀리 보며 느꼈다. 이 외로운 섬 속, 쓰러져 가는 오막살이 속에서도 우리의 조그만 생명이 자라나고 있지 않은가. 그 어린 생명이 교목喬木과 상록수와 같이 장성하는 것을 생각할 때, 한없이 쓸쓸한 우리의 등 뒤가 든든해지는 것같이 느껴지지 않는가!

(1935년)

심훈 (1901~1936)　　　시인. 소설가. 영화인. 서울 출생. 본명은 심대섭. 호는 해풍. 아명은 삼준 또는 삼보. 경성제일고보에 다니던 1919년 3·1운동에 가담하여 투옥 · 퇴학당함. 1920년 중국으로 망명하여 1921년 항저우 치장대학에서 공부함. 1923년 귀국하여 동아일보사에 입사하고 1925년 영화 《장한몽》에서 이수일역으로 출연. 우리나라 최초 영화소설 「탈춤」(1926)을 《동아일보》에 연재하기도 함. 1927년 영화 《먼동이 틀 때》를 원작·집필·각색·감독으로 제작하여 단성사에서 개봉하여 큰 성공을 거둠. 신문사에(1928년), 경성방송국에서(1931년) 근무하다가 사상 문제로 바로 퇴직함. 1932년 고향인 충남 당진으로 낙향하여 집필에 전념하다가 이듬해 상경하여 조선중앙일보사에 입사하였으나 다시 낙향함. 1936년 장티푸스로 요절함.

장편소설 「동방의 애인」(1930)과 「불사조」(1930)를 신문에 연재하다가 일제 검열로 중단을 당함. 1932년 향리에서 시집 「그날이 오면」을 출간하려다 검열로 인하여 무산됨. 장편소설 「영원의 미소」(1933)와 「직녀성」(1934)을 《조선중앙일보》에 연재하고 1935년 장편 「상록수」가 《동아일보》 창간 15주년 기념 장편소설 특별공모에 당선. 사후에 「심훈전집1-3」(1953), 「심훈문학전집(3권)」(1966), 「심훈: 한국근대문학전집」(2013), 「심훈전집: 우리가 알아야할 해풍의 모든 것」(2016) 등이 출간되었음.

산 문 (散 文)

정지용 (시인)

1

지용이 시를 못 쓴다고 가엾이 여기어 주는 사람은 인정이 고운 사람이라. 이런 친구와는 술이 생기면 조용조용히 안주삼아 울 수가 있다.

전前 모某 고관이 그가 아직 제복을 만들어 입기 전 지난 이야기지만 나를 불러다가 한 말이

"내가 미주美洲에 있을 때 당신의 글을 애독하였고 나도 문학을 하여온 사람이요.

이때까지의 당신의 태도는 온당하였던 줄로 생각하나 만일 조금이라도 변하는 경우에는 우리도 생각이 있소.

그리고 당신이 문과장文科長 지위에 있어서 유물론 선전을 한다니 그럴 수가 있소! 당신이 지도하는 학생들이 따로 모이어 무엇을 하고 있는 줄을 아시오?

일간 당신네 학교에서 무슨 소동이 나기 하면 문과장만으로서 책임을 져야 하오.

그리고 문과생을 지도하려면 컴패라티브 리터러춰[비교문학]를 가르쳐야 하오. 우익 문학과 프롤레타리아 문학을 비교하여 가르쳐서 학생으로 하여금 판단력을 얻도록 해야 하오"

그때 내가 나의 문학에 대한 태도라든지 '비교문학 교수'에 관한 권고에 대해서는 아무 답변을 하지 않았고 다만 문과장으로서의 책임을 져야 한다는 데는 응대하였다.

"네. 무슨 소동이 난다면 책임을 지다뿐이겠습니까, 이런 말씀을 듣고 미리 겁이 나서 오늘로 문과장을 내놓는다고 소동에 관한 책임을 면할 도리가 있을 리도 없고 하니 그대로 문과장으로서 책임을 다할 수밖에 없습니다."

하고 악수 경례 후에 심회 초연히 학교까지 걸어가며 이런저런 생각에 걸음도 기운이 없었던 것이다.

무슨 일이 나랴? 선생 노릇 하다가 학생 때문에 유치장에를 가게 되는 것인가? 잔뜩 긴장하여 가지고 학생들을 들볶아 댈 결의가 섰던 것이다.

학교에 이르러 신문을 보고 다음날이 소련의 무슨 혁명 기념일인 것을 알았다.

소강당에 문과생 전부를 불시 소집하여 놓고 협박이라기보다도 애원을 하였던 것이다.

"너희들이 요새 출석이 나쁘기가 한이 없으니 무슨 일이냐? 출석이 나쁜 학생은 불가불 내일 모조리 정리할 수밖에 없으니 알아 하여라."

다음날 출석률이 100퍼센트였던 것이다. 이화대학에 이때까지 아무 소동이 없고 말았다. 아직까지는 내가 그저 교원일 뿐이다.

고관실에서 답변 못하고 나온 해海고관의 제안에 대하여는 내가 8·15 이후 이때까지 주저주저 생각하고 있다.

연구해서 해득 못할 문제가 되어 그런 것이 아니다.

일제시대에 내가 시니 산문이니 죄그만치 썼다면 그것은 내가 최소한 도의 조선인을 유지하기 위하였던 것 이외의 아무 것도 아니었다.

해방 덕에 이제는 최대한도로 조선인 노릇을 해야만 하는 것이겠는데 어떻게 8·15 이전같이 왜소구축倭少龜縮한 문학을 고집할 수 있는 것이랴?

자연과 인사에 흥미가 없는 사람이 문학에 간여하여 본 적이 없다.

오늘날 조선 문학에 있어서 자연은 국토로 인사人事는 인민으로 규정된 것이다.

국토와 인민에 흥미가 없는 문학을 순수하다고 하는 것이냐?

남들이 나를 부르기를 순수시인이라고 하는 모양인데 나는 스스로 순수시인이라고 의식하고 표명한 적이 없다.

사춘기에 연애 대신 시를 썼다. 그것이 시집이 되어 잘 팔리었을 뿐이다. 이 나이를 해가지고 연애 대신 시를 쓸 수야 없다.

사춘기를 훨석 지나서부터는 일본 놈이 무서워서 산으로 바다로 회피하여 시를 썼다.

그런 것이 지금 와서 순수시인 소리를 듣게 된 내력이다.

그러니까 나의 영향을 다소 받아 온 젊은 사람들이 있다면 좋지 않은 영향이니 버리는 것이 좋을까 한다.

시가 걸작이던지 태작이던지 옳은 시던지 그른 시던 지로 결정되는 것이지 괴테를 순수시인이라고 추존한다면 막심 고리키를 오탁汚濁 소설가라고 할 수 있는 것이냐? 이 양 거장에 필적할 문학자가 조선에 난다면 괴테는 단연코 나오지 않는다. 조선적 토양에서는 막심 고리키에 필적할 만한 사람만이 위대한 것이요 또 가능성이 분명하다.

시와 문학에 생활이 있고 근로가 있고 비판이 있고 투쟁과 적발摘發이 있는 것이 그것이 옳은 예술이다.

걸작이라는 것을 몇 해를 두고 계획하는 작가가 있다면 그것도 '불멸'에 대한 어리석은 허영심이다. 어떻게 해야만 '옳은 예술'을 급속도로 제작하여 건국 투쟁에 이바지하느냐가 절실한 문제다.

정치와 문학을 절연시키려는 무모에서 순수 예술이라는 것이 나온다면 무릇 정치적 영향에서 초탈한 여하한 예술이 있었던가를 제시하여 보라.

아이들이 초콜릿을 훔쳐 먹고 입을 완전히 씻지도 못하고 "너 초콜릿 훔쳐 먹었지" 하면 대개는 입을 다시 씻으며 "나 안 훔쳐 먹었어!" 한다.

빠안히 정치적 영향이 드러남에도 불구하고 또 그것으로 정당에 부동附同하면서도, 아니다 순수예술이라고 한다면 초콜릿 훔쳐 먹은 아이의 변명과 무엇이 다르랴.

산란기에 오금류鳴禽類 울음이 저절로 고운 정도로 연애 대신에 밉지 않은 서정시를 써서 그것도 잡지사에 교섭하여 낸다는 것을 구태여 인민의 적이라 굴 사람이 어디 있으랴마는 워낙 서정시에도 소질이 박약한 청년이 순수 예술이로라고 자호自號하여 불순하게도 조숙한 청년이 고뇌 참담하게 늙어 가는 어른을 걸어 신문을 빌어 욕을 해야만 하는 것이 순수한 것이냐?

무슨 정황에 '유물론 선전'이나 '비교문학 교수'가 되는 것이랴?

이제 국토와 인민에 불이 붙게 되었다.

백범 옹이나 모든 좌익 별명 듣는 문화인이나 겨우 불 보고 불 끄려는 소방부 정도에 지나지 않는 것이다.

2

20여 년 자식을 기르고 남녀 학생을 가르치노라고 얻은 경험이 있다.

아이들을 제가 잘 자라도록 화초에 물을 주듯 병아리에 모이를 주듯 영양과 지견智見과 환경과 편의를 부절不絶히 공급할 것이지, 애비로서나 스승으로서나 결코 자기의 주견을 강제 주입할 것이 아니라는 것이다.

기르고 가르치는 것은 어른이 하는 일이나, 자라기는 제가 자라는 것이다.

제가 자라서 무엇이 되든지 정치노선에 올라 좌익으로 달리든지 우익으로 달리든지 무슨 힘으로 요새 청년을 내가 막을 도리가 있느냐 말이다.

그러나 집에서 아이들이나 학교에서 학생이나 경찰에 걸릴 만한 소질이 보이는 아이들이 보인다면 본능적으로 겁이 난다.

그러지 말라고 말리는 것도 당연한 일이다.

"선생님은 왜 그리 봉건적이십니까?"

"오냐, 네 말대로 내가 봉건적이 아니고서야 내가 선생 노릇은 고사하고 네가 배기어 나겠느냐?"

아이들이 제대로 자란다면 나도 나대로 자라는 것이 법칙이다. 진실로 내가 봉건적이라면 나는 나대로 자라는 법칙을 파기하는 것이 아니고 무엇이랴?

아이들이 육체적으로 지적으로 자랄 전정前程이 창창하다면 나의 자랄 여유는 다만 지적인 부분이 남아 있을 뿐이다. 나의 지적인 부분에 봉건적인 것을 남겨 두고서는 나는 지적으로도 자라지 못하고 마는 것이다. 나이도 50 이 가깝고.

자라고 못 자라는 것이 문제가 아니라 비문학적으로 솔직히 말하면 나는 답답하고 갑갑하여서 호흡이 곤란한 시절에서 교원 노릇을 하고 있다.

괴테는 죽을 때까지도 사치스런 말을 남기었다.

"창을 열어라. 좀 더 빛을!"

나는 창을 열고 튀어나가야만 하겠다.

3

R교수는 자주 만나서 싫지 않은 사람이다. 허우대 얼굴이 넉넉하고 너그러운 사람이라 말씨와 심술心術이 남을 괴롭게 굴지 않는다.

그의 영어영문학의 실력은 남들이 신뢰할 만하여 영어를 모르는 사람까지 따라서 영문학의 청년 교수로서 일급이라는 것을 무조건하고 인정하는 형편이다.

아메리카 유학생의 YMCA 간부풍의 경망한 태態도 없거니와 영경英京 윤돈倫敦에서 칠 년 수학한 학자폐弊의 오만한 데가 없다.

말을 하여 소리가 억세지 않고 웃어서 좌석이 소란치 않다.

이 사람과 생사를 같이할 친구가 반드시 있을 지는 보증키 어려우나 온아하고 세련된 점이 외국서 한단지보邯鄲之步를 배운 사람과는 다르다.

어찌하였던 조선의 교육과 문화에 이런 인사가 매우 유용한 것이다.

이 사람이 8·15 전보다 더 침울해진 것을 가까이하는 친구들은 보고 있다.

이즘 와서는 버쩍 한숨이 늘어 간다. 한숨도 병이라 하여 임상의의 신세를 져야 할 데까지 갈 것이 아니라, 우리가 대개 한숨의 내용을 알 수 있음에는 지식인의 우정에서 자신이 있다.

그러나 이 사람은 자기의 한숨의 윤곽을 선명하게 잡지 못한다.

말하자면 자기 한숨의 내용을 자기가 모른다. 몰라 …… 몰라 …… 하면서 역시 한숨을 쉰다.

내가 생각하기에도 한숨이란 것은 논리가 아니요, 다소 몽롱한 증상인 것이다.

증상에 생리적 불안 감각이 따른다는 것은 매우 자연한 일이다.

나는 R교수의 한숨을 지극히 당연하다고 한다. 동병상련으로 나도 따라서 한숨을 쉰다.

한숨 쉬는 R교수와 나와 자주 만나는 친한 두 친구가 있다.

하나는 당돌하기 짝이 없는 문예평론가 K요, 하나는 실상 한숨 쉬기는 R보다도 더 왕성한 편집국장 S다.

약하고 순하여 한숨을 한숨대로 감추지 못하는 R교수에 대하여 K와 S는 좀 가혹한 우의友誼를 행사하는 버릇이 있다. 만나는 대로 토론을 걸어 뒤흔들어 놓는 것이다. 지면 때문에 토론의 내용을 대화체로 하여 발표할 수는 없으나 R교수는 일절 항쟁을 싫어하는 사람이므로 결국은 한숨을 길게 쉬는 나머지에 "세상일이란 그렇게 간단한 산술같이 승제乘除가 되는 것이 아니라"는 것으로 항론抗論을 맺는다.

"나는 신앙생활을 부러워합니다."

아는 것은 안다 하고 모르는 것은 모른다고 해야만 한다. 빤히 알 수 있는 것을 알고도 여유작작하기는 K와 S요, 알 수 있는 것을 항시 경원하면서 모르는 것에 한하여선 심중한 경의를 표하는 R은 결국 알 수 있는 것까지도 모르는 미궁으로 유도하기에 여력이 있고도 완강하다. 문학자 R교수는 철학자로서는 회의주의자라고 규정할 수밖에 없다.

나도 토론에 참여할 기회가 있다.

"회의懷疑라고 하는 것은 사물의 진상을 구명하기까지의 정신적 불요不撓한 노력이 아닙니까?

회의도 애초부터는 사물과 어느 정도로 사물에 대한 초보적 이해의 토대가 있어야만 회의하는 정신이 충분히 작용될 것입니다.

겸손도 분수가 있지 빤히 알 수 있는 것을 모른다고 하시면 그것은 회의도 아닙니다.

회의는 백치 상태가 아니므로 회의에는 이지理智와 논리의 순서를 밟아야 합니다.

신앙도 애초부터 끝까지 모를 혼돈에 대한 배복拜伏이 아니라 안심하고 알 수 있는 토대를 밟아 이를 다시 진전시키어 어떠한 신비한 권능에 절대 신의信依하는 심성의 자세를 이르는 것일까 합니다.

절대 불가지론자가 되신다면 절대 신앙에도 단념하실 수밖에 없습니다."

K와 S는 토론을 끌어 단애斷崖 절벽으로 유도한다.

이에 서서는 예스 아니면 노우 이외에 다른 길이 있을 수 없다.

예를 들면 남북협상 친일파 한간韓奸 단선 단정單選單政 남북통일 자주독립 양兩 주둔군 동시조속철퇴 문제 등등.

R은 대개 이러한 문제에 관하여는 일절 함묵緘默한다.

함묵은 반드시 불가지적 상태는 아니다. 조선적 사태도 신비주의처럼 어려운 것일까?

"아이구 정치 없는 사회에서 살고 싶어요."

"정치 없는 사회 ─ 그런 사회를 동경할 자유가 남조선에 있기는 있습니다. 그러나 그것은 조선 자주독립에 관심 없는 자유 회피하는 자유 추극追極하면 거부하는 자유가 되고 마는 것이 아닙니까? 불가지론과는 하등의 관련이 없는 것입니다."

격렬한 토론으로 친구를 극복하려는 것은 미묘한 우정이 아니고 말 때가 많다.

별로 효과가 없는 것이다.

그러나 우정과 효과에 단념하는 것도 옳은 도리는 아니다.

말하자면 R교수에게는 친구도 아니오, 아내도 아니오, 따로 애인이 있을 수도 없고 하니 아름답고 총명한 누이 같은 사람의 위로와 격려가 필요한 것이다.

친절히 데리고 연구실이나 유원지보다는 현실의 사태와 정세를 골고루 보여 주며 알려주고 하는 수밖에 없을까 한다.

초연히 돌아가는 R교수는 뒤로 보아도 쓸쓸한 것이었다.

다음날 S에게 온 R의 편지의 일절 ──

"나와 골육을 논은 처나 자식도 내 마음대로 안 되고 돌 지나 넉 달도 못 된 계집애도 내가 자유로 조종할 자신이 없는데 어찌 인민 전체의 생활과 복리를 좌우하고 농락까지 하는 정치에 생각이 미치겠습니까. 가정 생활도 수습 못한다고 한 말도 이런 경제적이 아닌 정신적인 관점에서 우러난 말입니다."

'인민 전체의 생활과 복리를 좌우하고 농락하는 정치'에 생각이 미치지 못하는 R교수는 확실히 겸손한 선비다.

겸손하고 유능한 선비를 살리기 위하여도 생활과 정치가 인민 전체에 확립되어야 하겠다. 한 사람이 인민 전체의 복리를 자담_{自擔}한다는 것이 마침내 일군 만민적─君萬民的 왕정 이념에 지나지 못하고 마는 것이고 보니 이 왕당파가 아닌 R교수에게 우리는 아직까지 단념하지 않아도 좋다.

다시 그의 편지의 일절 ―

"나에게 무슨 '입장'이 용허된다면 그것은 일언으로 요약하여 '암흑' 속에서 더듬는 자의 '입장'이라 하겠습니다. 형은 날더러 '아나키스트'라고 속단하시지만 생활에서 어떤 질서를 요구하여 노력하는 한 사람으로서는 적합지 않는 말이라고 믿습니다."

옳은 말이다. 대인민의 대질서에는 개인 K와 S도 아무 능력이 없을까 한다. 일체의 기성 노질서가 붕괴되고 마는 것이요 새로운 대질서가 인민 전체에 서지고 말을 것이기에 일개 R교수도 이 대질서에 돌입하여 부동不動이 아니라 먼저 직립해야만 한다.

그 후 어떤 날 R교수를 다시 만나 신중히도 나도 혹시 누의처럼 될까 하여,

"신앙생활에 관심이 계시다면 교회에 소개하여 드릴까 합니다. 어찌 할까요?"

"글쎄요. 아직 더 생각해야 하겠습니다 ……."

문미文尾는 다소 강경할 필요가 있다.

"R형의 현재 상태로는 현실에도 신비에도 열렬하신 편이 아니시외다!"

(1949년)

정지용 (1902~1950)   시인. 충청북도 옥천 출생. 휘문고보와 일본 도시샤대학 영문학과를 졸업. 광복 후 이화여자대학교 문학부 교수. 경향신문사의 주간을 역임함. 6·25 때 납북되어 동두천 부근에서 비행기 폭격에 의해 사망함. 문학 활동은 휘문고보 학생 시절에 《요람》 동인으로 활동한 것을 비롯하여 김영랑과 박용철을 만나 《시문학》 동인을 결성하였고 유학 시절 《학조》, 《조선지광》, 《문예시대》 등과 도시샤대학 내 동인지에 여러 작품을 발표함. 1940년대 이태준과 함께 《문장》 지의 시부문 심사위원이 되어 많은 역량 있는 신인을 배출하기도 하는데, 박두진·조지훈·박목월 등 청록파와 이한직·박남수 등이 그들임. 저서로 『정지용시집』(1935), 『백록담』(1941) 등 두 권의 시집과 시선집 『지용시선』(1946) 그리고 『문학독본』(1948), 『산문』(1949) 등 두 권의 산문집이 있음. 사후 『정지용시전집』(1987), 『정지용전집1-2』(1988), 『정지용전집1-3』(2015) 등이 간행되었음. 정지용 문학을 기리는 행사로, 1988년 5월부터 시작한 지용제라는 문학 축제와 1989년부터 시작한 정지용문학상 시상식, 그리고 옥천 생가 옆에 건립한 정지용문학관은 2005년 5월 15일 생일에 맞추어 개관하여 오늘에 이르고 있음.

가을의 누이

김기림 (시인)

누이야 너는 오늘은 무엇을 하고 있니? 강가의 수수밭에서 까마귀들이 수까마귀처럼 흩어지는 것을 멍하니 바라보고 있니? 겨울이 허둥지둥 강면江面으로 썰매를 타고 오기 전에 그들의 기름진 슬픔을 묻을 데를 찾아서 산 모록 수풀로 날아가는 것을 바래 보내고 있니? 까마귀의 검은 얼굴은 겨울을 부끄러워한다더라.

네가 귀를 기울이고 있는 것은 성장이 멈춰선 늙은 들에서 그의 숙제宿題의 해답을 거두기에 분주한 파산정리인破産整理人인 가을의 발자취를 엿듣고 있음이냐? 먼 길이 끝난 곳에서 매미 찌르레기 반딧불 귀뚜라미…… 내일을 가지지 못한 나그네의 한 떼가 그들의 장례葬禮에 대한 이야기를 하는 것을 웃고 있는 것이냐?

지금 가을은 석류알의 날랜 주둥아리에 담북 깨물려서 붉게 피돋아 아프다. 또 가을바람이 우리들의 이마의 주름살을 헤이려 들을 건너온다. 누이야. 이 들을 책망하자. 들아 너는 완성의 설움이 오기 전에 언제까지든 나와 함께 여름처럼 젊고 있자던 약속을 어째서 저버렸니?

누이야 설거지가 끝이 나거든 저 백양버들 밑으로 나가자. 거기 가난한 개천에 엎드려서 늙은 아버지처럼 슬퍼하는 가을에게 「잘 가거라」를 일러주려 …… 돌아와서 병인病人과 같이 쓰러진 굴뚝을 손질하자. 그러고 잊어버렸던 검은 화덕에 붉은 불을 피우고 긴 항해의 이야기와 같은 겨울을 기다리자.

(1934년)

김기림 (1908~?)   시인. 문학평론가. 함경북도 학성 출생. 본명 김인손. 호는 편석촌. 1933년 구인회에 참가. 일본 유학 후 신문사 기자, 영어 교사로 근무함. 1945년 해방 후 조선문학가동맹에 가담하였으나 월남하여 1948년 대한민국 건국 즈음에 탈퇴 전향함. 서울대학교 조교수로 강의하다가 한국전쟁 때 납북되어 생사를 모름. 1930년 시 <가거라 새로운 생활로> 및 주지주의에 관한 평론 발표함. 시집으로 『기상도』(1936), 『태양의 풍속』(1939), 『바다와 나비』(1946) 등과 몇 편의 소설이 있음. 저서로 『시론』(1947), 『문장론신강』(1949), 『시의 이해』(1950) 등과 사후에 『김기림전집 1-6』(1988), 『(원본)김기림시전집』(2014) 등이 나옴.

효조(曉鳥)

계용묵 (소설가)

이런 이야기를 누가 한다.

명필 추사秋史의 선생 조광진曹匡振이 하루는 새벽에 일어나니, 잠자리에서 갓 깨어 일어난 참새들이 뜰 앞 나뭇가지에서 재재거리는 소리에 그만 필흥筆興이 일어나, 저도 모르게 필묵을 베풀어 새벽 새라고 '효조曉鳥' 이자를 제물에 써버렸다.

그러나 이렇게 흥에 겨워 쓰면 언제나 만족한 글씨를 얻게 되던 것이 흥에 겨워 쓰기는 썼는데도 '효조'라는 '조鳥'자의 맨 밑 넉 점을 싸는 치킴이 제대로 올라가지 못하고, 아래로 축 처져서 심히 마음에 거슬렀다. 그래 다시는 더 거들떠보기도 싫어 문갑 밑에다가 되는대로 밀어 던지고 말았다.

그랬던 것을 하루는 어떤 손님이 찾아와서 글씨를 청하므로, 다시 필흥이 생기지 않아 그것을 그대로 내어주고 말았다.

그런지 10년 후, 조광진이 중국에 여행을 갔다가 어떤 귀족의 사랑에서 뜻도 않았던 그 '효조'의 '조'자 치킴이 처지어 내버리는 셈치고, 그 손님에게 내어 주었던 그 글씨가 중국에서도 유명한 귀족의 사랑에 족자로 걸려서 상당한 대접을 받고 있는 것을 보았다.

그러나 조씨는 그 조자의 치킴이 그때와 마찬가지로 마음이 거슬리어 주인이 잠깐 밖으로 나간 짬을 타서 필묵을 꺼내 조자의 치킴에 가획을 하여 처진 치킴을 바싹 올려붙여 놓았다.

그랬더니 주인이 들어와 이것을 보고 남의 귀한 글씨에다가 손질을 해서 버려 놓았다고 꾸짖으며 노하더라는 것이다. 그래 조씨의 말이 실인즉, 그것이 자기의 글씨인데 조자의 치킴이 되지를 않아서 내어버렸던 것으로 지금 보아도 그게 마음에 거슬리어 붓을 좀 넣어 본 것이라고 하니, 그게 무슨 소리냐고 주인은 어성을 높이어 하는 말이, 당신은 글씨를 쓸 줄만 알고 볼 줄은 모른다고 하면서, 효조曉鳥라면 새벽 새일 테니 잠 자리에서 갓 깨어 나온 새가 무슨 흥이 있어서 꼬리가 올라가랴. 언제나 보아도 새벽 새는 꼬리를 처뜨리고 우는 법이라, 자기가 이 글씨에 고가를 주고 사다가 머리맡에 걸고 사랑하는 것도 그 '효조'라는 데 있어 조자의 치킴을 용하게 처뜨린 데 가치를 찾았던 것으로 인제 아까운 글씨를 버렸다고 하면서 떼어 던지더라는 것이다.

이 말을 듣고 나는 문득 졸작 〈병풍에 그린 닭이〉를 생각했다. 해작該作은 작자인 나에게 있어서는 열작의 부류에 미련 없이 처넣고, 다시 한 번 눈도 거들떠보고 싶지 않은 그러한 작품인데, 그렇지 않다고 하는 벗이 있었던 것이다.

어떤 좌석에서 문학 이야기가 나왔을 때, 나는 시인 모씨로부터 네 작품 가운데는 〈병풍에 그린 닭이〉 하나밖에 없느니라 하는 소리를 들었다.

그래 이 시인이 나를 놀리는 것이 아닌가 하고 태도를 엿보았으나, 결코 그러한 의미에서가 아님을 분명히 알았을 때 나는 다시 한 번 놀라며 그러할 리가 없다고 부인을 했다.

그러나 이 시인은, 제 작품은 제가 모르는 법이라고 하면서 작자에게는 그 〈병풍에 그린 닭이〉가 그렇게 대수롭지 않게 보여도, 그래도 그 작품 하나가 지금까지 써 온 중에서는 후세에 남으리라고 극언까지 한다.

그래도 나는 그 말을 전적으로 부인하였더니 제 작품을 제가 모르는 예는 가까이 시인 김동명 씨에게도 있었다고 하면서 하는 말이 해씨該氏가 시집 『나의 거문고』를 출판할 때, 그 어떤 시 한 편이 심히 마음에 거슬리어 그 시집에서 빼어내려 하는 것을, 그 중 백미편白眉篇이 그것인데, 그것을 빼어낸다고 친구들이 아까워해서 마음에는 없는 것을 그대로 넣어 출판을 했던 것인데, 그 후 신간평을 보면 평자마다, 작자로선 빼어 내려던 그 한 편을 도리어 대표작으로 들어 내세우고 평을 하였던 것이라고 한다. 그러면서 대개는 작자가 자작의 가치 판단에는 눈이 어두운 것이라고 단안을 내렸다.

그러나 내 귀에는 이 소리가 조금도 들어오지 아니하고, 그저 내 작품의 가치는 내가 가장 잘 알 것만 같게 여겨진다. 언제나 읽어 보아도 〈병풍에 그린 닭이〉는 문장이라든가 구성이라든가 그 어느 부분 한 곳에 마음 붙는 데가 없다. 다만 그저 〈병풍에 그린 닭이〉하는 그 제목만이 언제나 같이 마음에 들 뿐이다.

여기에 한 가지 궁금한 문제가 남는다. 시인 모씨는 〈병풍에 그린 닭이〉를 그렇게 제일이라고 쳐도, 작자인 나는 그대로 덜 되게만 보이는데, 김동명 씨는 아직껏 그 시편이 나와 같이 여전히 마음에 안 드는지, 또는 그 '효조'에 대한 조광진의 심경은? …… 글씨는 어디까지든지 글씨요, 그림이 아니니 효자가 붙으면 조자의 꼬리가 쳐져야 하고, 주▪자가 붙으면 조자의 꼬리가 올라가야 하고, 이렇게 글씨에 임기응변이 있어야 할 것임이 마땅할 것은 아니나, 그 중국인의 설명을 듣고, 글씨를 떼어버리는 것을 목도했을 때의 그때의 조씨의 심경을 좀 엿보았으면 하는 생각이 무척 깊어진다.

(1940년)

계용묵 (1904~1961)　　소설가. 평안북도 선천 출생. 일본 도요대학에서 수학하다가 중퇴하고 조선일보사 등에서 근무함. 1925년 5월 《조선문단》 제8호에 단편 <상환>으로 등단한 이래 40여 편의 단편을 남겼음. 1935년 《조선문단》에 <백치아다다>를 발표하였고, 작품집으로 『병풍에 그린 닭이』(1944), 『백치아다다』(1945), 『별을 헨다』(1950) 외에 수필집 『상아탑』(1955) 등과 사후에 『계용묵전집1-2』(2004) 이 있음.

길

며칠 전 거리에서 우연히 한 청년을 만났다. 그는 나를 반겨 다방으로 끌어다 놓고 이 이야기 저 이야기 하던 끝에 돌연히 충고하여 가로되,

"병환이 그러시니만치 돌아가시기 전에 얼른 걸작을 쓰셔야지요?"

하고 껄껄 웃는 것이다.

진정에서 우러나온 충고가 아니면 모욕을 느끼는 게 나의 버릇이었다.

나는 못 들은 척하고 옆에 놓인 얼음냉수를 쭉 마셨다. 왜냐하면 그는 귀여운 정도를 넘을 만치 그렇게 자만스러운 인물이다. 남을 충고함으로 써 뒤로 자기 자신을 높이고, 그리고 거기에서 어떤 만족을 느끼는 그런 종류의 청춘이었던 까닭이다.

얼마 지난 뒤에야 나는 입을 열어 물론 나의 병이 졸연猝然히 [갑작스럽게] 나을 것은 아니나 그러나 어쩌면 성한 그대보다 좀 더 오래 살는지 모른 다. 그리고 성한 그대보다 좀 더 오래 살 수 있는 이것이 결국 나의 병일 는지 모른다, 하고 그러니 그대도,

"아예 부주의 마시고 성실히 사시기 바랍니다."

했다. 그러고 보니 유정이! 너도 어지간히 사람은 버렸구나. 이렇게 기운 없이 고개를 숙였을 때 무거운 고독과 아울러 슬픔이 등 위로 내려침을 알았다. 그러나 나는 아직 버리지 않았다.

작년 봄 내가 한 달포를 두고 몹시 앓았을 때 의사를 찾아가니 그 말이 돌아오는 가을을 넘기기가 어렵다 했다. 말하자면 요양을 잘한대도 위험하다는 눈치였다. 그러나 나는 술을 맘껏 먹었다. 연일 철야로 원고와 다투었다. 이러고도 그 가을을 무사히 넘기고 그 다음 가을, 즉 올 가을을 앞에 두고 이렇게 기다리고 있는 것이다. 과학도 얼마만치 농담임을 알았다.

가만히 생각하면 나의 몸을 좌우할 수 있는 것은 다만 그 '길'이다. 그리고 그 '길'이라야 다만 나는 온순히 그 앞에 머리를 숙일 것이다.

요즘에 나는 헤매던 그 길을 바로 들었다. 다시 말하면 전일前日 잃은 줄로 알고 헤매고 있던 나는 요즘에 이르러서야 비로소 나를 위해 따로 한 길이 옆에 놓여 있음을 알았다. 그 길이 얼마나 멀지 나는 그걸 모른다. 다만 한 가지 내가 그 길을 완전히 걷고 날 그날까지는 나의 몸과 생명이 결코 꺾임이 없을 걸 굳게굳게 믿는 바이다.

(1936년)

김유정 (1908~1937) 　　소설가. 강원도 춘천 출생. 휘문고보를 마치고 연희전문학교 문과에 진학했으나 중퇴함. 1935년 단편소설 <소낙비>가 《조선일보》에, <노다지>가 《조선중앙일보》의 신춘문예에 각각 당선. 구인회의 일원으로 참여하며 왕성한 창작의욕을 보였으나 30세 나이로 요절함. 2002년 8월 고향 실레마을에 김유정문학촌이 조성되었고 2004년 12월 고향 근처를 지나는 경춘선에 김유정역도 생겼음. 주요 작품으로 <금 따는 콩밭>, <산골>, <봄봄>, <동백꽃> 등과 작품집으로 『동백꽃』(1938)이, 사후에 『김유정전집』(1968), 『원본 김유정전집』(1987), 『원본 김유정전집』(1997), 『김유정전집』(2003), 『김유정 한국근대문학전집』(2013)이 출간됨.

내가 좋아하는 솔

강경애 (소설가)

　나는 언제부터인가 솔을 좋아한다. 아마 썩 어려서부터인가 짐작된다. 봄만 되면 지금도 가끔 떠오르는 것은 내가 여섯 살인가 되어 어머니와 같이 뒷산 솔밭에 올라 누렇게 황금빛 나는 솔가래기를 긁던 것이다. 때인즉 봄이었던가 싶다. 온 산에 송림이 울창하였고 흐뭇한 냄새를 피우는 솔가래기가 발이 빠질 지경쯤 푹 쌓여 있었다. 솔은 전년 겨울 난 잎을 이 봄에 죄다 떨구기 때문이다.

　당시 아버지를 여읜 우리 모녀는 어느 산골에 사는 고모를 찾아갔고 고모네 집 옆방살이를 하게 되었으며 그만큼 우리는 곤궁히 지내므로 해서 하루의 두 끼니조차도 배불리 먹지 못하였던가 싶다.

　봄철을 만난 송림은 그 잎이 푸름을 지나서 거멓게 성이 올랐고 눈가루 같은 꽃을 뿌려 숨이 막힐 지경, 향기가 요란스러웠다. 그리고 솔가지 속에 숨어 빠끔히 내다보는 하늘은 도라지꽃인 양 그 빛이 짙었으며 어디서인가 푸르릉거리는 이름 모를 새들은 별빛 같은 몽롱한 노래를 흘려서 고요한 적막을 깨뜨리곤 하였다. 거기서 우리 모녀는 부스럭부스럭

솔가래기를 긁어모았다.

나는 조그만 몸을 토끼처럼 날려서 솔방울을 주워 내가 가지고 간 빨갛고 파란 띠를 두른 조그만 바구니에 채우고, 노란 꽃잎을 따가지고 곧잘 놀다가도, 배만 고프면 어머니 곁으로 달려가서 못 견디게 졸라대었다. 그때마다 어머니는 딱하여서 나를 어르고 달래다 못해서 나의 뺨을 찰싹 때리면, 나는 죽는 듯이 울었고 어머니는 하는 수 없이 나를 업으시고 소나무에 기대어서 한참씩이나 우두커니 섰던 기억이 지금도 새롭다.

어떤 날은 하도 조르니까 물오른 솔가지를 뚝 꺾어서 껍질을 벗기고 하얀 가락 같은 대를 나의 입에 물려주었다. 거기는 달콤한 진액이 발려 있었다.

고향에 있을 때는 송림이 가득 차 있는 앞 뒷산에 늘 오르게 되니까 그리 솔의 진가를 알지 못하겠더니 일단 고향을 등지게 되고 멀리 간도 땅을 밟게 되니 솔이란 얼마나 귀한 것인지 가히 짐작할 수가 있게 된다. 고향 …… 하면 벌써 머리에 떠오르는 것은 두렵게 굴곡이 진 고산준령이요, 그 위를 구름처럼 감돌아 있는 솔밭이요, 또한 무지개처럼 그 사이를 달리는 폭포수다.

솔은 본래부터 그 근성이 결백하여서 시커먼 진흙땅을 피하는 것이 아닐까? 그러기에 간도에서는 한 그루의 솔을 대할 수가 없지 않은가 한다. 언제 보아도 하늘을 찌를 듯이 높은 준령에 까맣게 무리를 지었고 하늘의 영기를 혼자 맛보고 있으며 또한 눈빛 같이 흰 사장을 끼고 이쁘게 몸매를 가지지 않았나.

경원선 방면으로 여행에 보신 이는 누구나 다 보셨을 것이지만 동해안에 그 송전이란 극히 드문 절경 중의 하나이라 하지 않을 수가 없다.

망망한 푸른 바다는 하늘을 따라 멀리 달려 나갔고 한두 척의 어선이 수평선 위에 비스듬히 걸려서 슬픈 노래를 자욱이 뿌리고 있다. 갈매기 날개를 펴서 천천히 나를 제, 나래 끝에 노래가사가 하나 둘 그려지고 있다.

철썩 철썩 들리는 파도소리 — 그 파도에 씻기고 닦인 사장은 옥 같아 백포처럼 희게 널렸고 그곳에 아담하게 서서 있는 솔포기들! 그 자손이 어찌 그리 퍼졌는고 작은 애기 솔, 큰 어른 솔, 흡사히 내가 집에 두고 온 내 애기의 그 다박머리 같았고 차창을 와락 열고 손짓해서 부르고 싶구나.

솔은 장미처럼 요염한 꽃을 피울 줄도 모르며 화려한 향취를 뿌려 오고가는 뭇 나비들을 부를 줄도 모른다. 그러기에 많은 사람들의 시선을 끌지 못하며 그만큼 그는 적적한 편이라 할 것이다.

허나 오랜 풍우에 시달리고 볶인 노숙한 체구는 마치 화가의 신비로운 붓끝에서 빚어진 듯 스스로 머리를 숙여 옷깃을 여밀 만큼 그 색채가 엄숙하여 좋고, 침형으로 된 잎이 서로 얽히어 난잡스러울 듯하건만 그렇지 않고 의좋게 짝을 지어 한 줄기에 질서 있게 붙어서, 맵고 거센 설한에도 이를 옥 물고 뜻을 변치 않는 그 기개가 좋고, 나는 듯 마는 듯, 그러나 다시 한 번 맡으면 확실히 무거운 저력을 가지고 내 코끝을 압박하는 그 향취가 솔의 품격을 여실히 드러내어 좋다.

지금은 봄, 춘풍이 파뿌리 냄새를 가득히 싣고 이 거리를 범람한다. 나는 신병으로 인하여 며칠 전에 상경하였다. 아침이면 분주히 대학 병원으로 달리면서 원내에 우뚝우뚝 서 있는 노송을 바라본다. 비록 몸은 늙어 딴 받침 나무를 의지해 섰지만 그 잎의 지조만은 서슬이 푸르다. 암담한 세상에서 너 혼자 호올로 ……. 이렇게 중얼거리지 않을 수가 없다. 문득 내 어머님께서 뚝 꺾어주시던 그 솔가지, 달콤한 물이 쪼르르 흐르던 그 가지가 이것이 아니었던가 싶어지면서 내 입속이 환해진다. 마치 가오리 같이 까맣게 오래 된 것도 모르고.

(1940년)

강경애 (1906~1943)   소설가. 황해도 송화 출생. 1931년 《조선일보》에 단편소설 <파금>을, 같은 해 장편소설 「어머니와 딸」을 《혜성》(1931)과 《제일선》(1932)에 발표하면서 문단에 데뷔함. 단편소설 <부자>(1933), <채전>(1933), <지하촌>(1936) 등과 장편소설 『소금』(1934), 『인간문제』(1934) 등으로 1930년대 문단에서 중요한 위치를 차지함. 그밖에 주요 작품으로는 단편 <축구전>(1933), <유무>(1934), <모자>(1935), <원고료 이백 원>(1935), <해고>(1935), <산남>(1936), <어둠>(1937) 등이 있음. 사후에 『강경애전집』(1999)이 나옴.

담요

최서해 (소설가)

나는 이 글을 쓰려고 종이를 펴 놓고 붓을 들 때까지 '담요'란 생각은 털끝만치도 하지 않았다. '꽃' 이야기를 써 볼까, 요새 이내 살림살이 꼴을 적어 볼까, 이렇게 뒤숭숭한 생각을 거두지 못하다가 일전에 누가 보내 준 어떤 여자의 일기에서 몇 절 뽑아 적으려고 하였다. 그래 그 일기를 찾아서 뒤적거려 보고 책상을 마주 앉아서 펜을 들었다. '황금과 연애'라는 제목을 붙여 놓고 몇 줄 내려 쓰노라니 땅땅한 장판에 복사뼈가 어떻게 배기는지 몸을 움직일 때마다 그놈이 따끔따끔해서 견딜 수 없고 또 겨우 빨아 입은 흰 옷이 꺼먼 장판에 뭉개져서 걸레가 되는 것이 마음에 켕겼다.

따스한 봄볕은 창에 비치고 사지는 나른하여 졸음이 오는데 이런 생각 저런 생각에 신경이 들먹거리고 게다가 복사뼈까지 따끔거리니 쓰려던 글도 쓰이지 않고 그대로 앉아 있을 수도 없었다. 그러나 기일이 급한 글을 맡아 놓고 그저 있을 수도 없는 일이다. 나는 한 계책을 생각하였다. 그것은 별 계책이 아니라, 담요를 깔고 앉아서 쓰려고 한 것이다. 담요래야 그리 훌륭한 것도 아니요, 깨끗한 것도 아니지만 그래도 그것이나마 깔고 앉으면 복사뼈도 따끔거리지 않을 것이요, 또 의복도 장판에서 덜 검을 것이라고 생각한 까닭이었다.

이불 위에 접어 놓은 담요를 내려서 네 번 접어서 깔고 보니 너무 넓고 엷어서 마음에 들지 않았다. 다시 펴서 길이로 세 번 접고 옆으로 세 번 접었다. 이렇게 죽 펴서 여섯 번 접을 때 내 머리에 언뜻 떠오르는 생각과 같이 내 눈앞을 슬쩍 지나가는 그림자가 있다. 나는 담요 접던 손으로 찌르르한 가슴을 부둥켜안았다. 이렇게 멍하니 앉은 내 마음은, 때時라는 층계를 밟아 멀리멀리 옛적으로 달아났다. 나는 끝없이 끝없이 달아나는 이 마음을 그대로 사라져 버리기는 너무도 너무도 아쉬워서 그대로 여기 쓴다. 이것이 내가 지금 '담요'라는 제목을 붙이게 된 동기다.

삼년 전, 내가 집 떠나던 해 겨울에 나는 어떤 깊숙한 큰 절에 있었다. 홑고의적삼을 입고 그 절 큰 방 한구석에서 우두커니 쭝그리고 지낼 때에 고향 계신 늙은 어머니가 보내 주신 것이 지금 이 글 제목으로 붙인 담요였다. 그 담요가 오늘날까지 나를 싸 주고 덮어 주고 받혀주고 하여, 한시도 내 몸을 떠나지 않고 있다. 나는 때대로 이 담요를 만질 때마다 느끼는 것이 있으니 그것이 즉 이 글에 나타나는 감정이다.

집 떠나던 안 해이었다.

나는 국경 어떤 정거장에서 일하고 있었다. 그때는 그 일이 괴로웠지만 지금 생각하면 그것이 오히려 사람다운 일이었을는지 모른다. 어머니와 아내가 있었고 어린 딸년까지 있어서 허나 성하나 철 찾아 깨끗이 빨아주는 옷을 입었고, 새벽부터 밤까지 일판에서 껄떡거리다가는 내 집에서 지은 밥에 배를 불리고 편안히 쉬던 그때가 바람에 불리는 갈꽃 같은 오늘에 비기면 얼마나 행복일까 하고 생각해 보는 때도 많다. 더구나 어린 딸년이 아침저녁 일판에 따라와서 방긋방긋 웃어 주던 기억은 지금도 새롭다.

그러나 그때에도 풍족한 생활은 못 되었다. 그날 벌어서 그날 먹는 생활이었고, 그리 되고 보니 하루만 병으로 쉬게 되면 그 하루 양식 값은 빚이 되었다. 따라서 잘 입지도 못하였다. 아내는 어디 나가려면 딸년 싸업을 포대기조차 변변한 것이 없었다.

그때 우리와 같이 이웃에 셋집을 얻어 가지고 있는 K란 사람이 있었다. 그 사람도 나와 같이 정거장에서 일하고 있었는데 그 부인은 우리 집에 늘 놀러왔다. 놀러오는 때마다, 그때 세 살 나는 어린 아들을 붉은 담요에 싸 업고 왔다.

K의 부인이 오면 우리 집은 어린애 싸움과 울음이 진동하였다. 그것은 내 딸년이 K의 아들과 싸우고 우는 것이었다. 그 싸움과 울음의 실마리는 K의 아들을 싸 업고 온 '붉은 담요'로부터 풀리게 되었다.

K의 부인이 와서 그 담요를 끄르고 어린것을 내려놓으면 내 딸년은 어미 무릎에서 젖을 먹다가도 텀벙텀벙 달려가서 그 붉은 담요를 끄집어 오면서

"엄마, 곱다! 곱다!"

하고 방긋방긋 웃었다. 그 웃음은 그 담요가 부럽다, 가지고 싶다, 나도

하나 사다고 하는 듯하였다. 그러면 K의 아들은

"이놈아, 남의 것을 왜 가져가니!"

하는 듯이 내게 찡그리고 달려들어서 그 담요를 빼앗았다. 그러나 내 딸년은 순순히 빼앗기지 않고 이를 꼭 악물고 힘써서 잡아당긴다. 이렇게 서로 잡아당기고 밀치다가는 나중에 서로 때리고 싸우게 된다.

처음 어린것들이 담요를 밀고 당기게 되면 어른들은 서로 마주 보고 웃게 된다. 그러나 어머니, 아내, 나 — 이 세 사람의 웃음 속에는 알 수 없는 어색한 빛이 흘러서 극히 부자연스런 웃음이었다. K의 아내만이 상글상글 재미있게 웃었다.

담요를 서로 잡아당길 때에 내 딸년이 끌리게 되면 얼굴이 발개서 어른들을 보면서 비죽비죽 울려 하는 것은 후원을 청하는 것이었다. 이것은 K의 아들도 끌리게 되면 하는 표정이었다.

그러다가 서로 어우러져 싸우게 되면 어른들 낯에 웃음이 스러진다.

"이 계집애 남의 애를 왜 때리느냐!"

K의 아내는 낯빛이 파래서 아들과 담요를 끄집어다가 싸 업는다. 그러면 내 아내도 낯빛이 푸르러서

"우지 마라, 우지 마라. 이 담에 아버지가 담요를 사다 준다."

하고 내 딸년을 끄집어다가 젖을 물린다. 딸년의 울음은 좀처럼 그치지 않았다.

"아니! 응, 홍!"

하고 발버둥을 치면서 K의 아내가 어린것을 싸 업은 담요를 가리키면서

설게 설게 눈물을 흘린다. 이렇게 되면 나는 차마 그것을 볼 수 없었다. 같은 처지에 있건마는 K의 아내와 아들의 낯에는 우월감이 흐르는 것 같고 우리는 그 가운데 접질리는 것 같은 것도 불쾌하지만 어린것이 서너 살 나도록 포대기 하나 변변히 못 지어주는 것을 생각하면 너무도 내 생활이 빈약하고 따라서 내라는 인격이 너무도 못생긴 느낌도 없지 않았다. 그리고 그 어린것이 말은 할 줄 모르고 그 담요를 손가락질하면서 우는 양은 차마 눈으로 볼 수 없었다.

그 며칠 뒤에 나는 일 삯전을 받아 가지고 집으로 가니 아내가 수건으로 머리를 싼 딸년을 안고 앉아서 쪽쪽 울고 있다. 어머니는 그 옆에서 아무 말 없이 담배만 피우시고 ……,

나는 웬일이냐고 눈이 둥그레서 물었다.

"○○(딸년이름)가 머리 터졌다."

어머니는 겨우 목구멍으로 우러나오는 소리로 말씀하셨다.

"네! 머리가 터지다니요?"

"K의 아들애가 담요를 만졌다고 인두로 때려서……"

이번은 아내가 울면서 말하였다.

"응! 인두로."

나는 나로도 알 수 없는 힘에 문 밖으로 나아갔다. 어머니가 쫓아 나오시면서

"애, 철없는 어린것들 싸움인데 그것을 타 가지고 어른 싸움이 될라!"

하고 나를 붙잡았다. 나는 그만 오도 가도 못하고 가만히 서 있었다. 그 때 나는 분한지 슬픈지 그저 멍한 것이 얼빠진 사람 같았다. 모든 감정이 점점 가라앉고 비로소 내 의식에 돌아왔을 때, 내 눈은 눈물에 흐리고 가슴이 미어지는 것 같았다.

나는 그 길로 거리에 달려가서 붉은 줄, 누런 줄, 푸른 줄 간 담요를 4원 50전이나 주고 샀다. 무슨 힘으로 그렇게 달려가 샀던지, 사가지고 돌아설 때 양식 살 돈 없어진 것을 생각하고 이마를 찡그리는 동시에 '흥!' 하고 냉소도 하였다.

내가 지금 깔고 앉아서 이 글 쓰는 이 담요는 그래서 산 것이었다.

담요를 사들고 집에 들어서니 어미 무릎에 앉아서

"엄마, 아파! 여기 아파!"

하고 머리를 가리키면서 울던 딸년은 허둥허둥 와서 담요를 끌어안았다.

"엄마, 해해, 엄마, 곱다."

하면서 뚝뚝 뛸 듯이 좋아라고 웃는다. 그것을 보고 웃는 우리 셋 — 어머니, 아내, 나 — 은 소리 없는 눈물을 씻으면서 서로 나를 쳐다보고 돌렸다.

아, 그때 찢기던 그 가슴! 지금도 그렇게 찢긴다.

그 뒤에 얼마 안 되어 몹쓸 비바람은 우리 집을 치었다. 우리는 서로 동서에 갈리게 되었다. 어머니는 내 딸년을 데리고 고향으로 가시고, 아내는 평안도로 가고, 나는 양주 어떤 절로 들어갔다. 내가 종적을 감추고 다니다가 절에 들어가서 어머니께 편지 하였더니,

'추운 겨울을 어찌 지내느냐? 담요를 보내니 덮고 자거라, ○○^(딸년) 가 담요를 밤낮 이쁘다고 남은 만지게도 못하더니, '아버지께 보낸다'고 하니, "할머니 이거 아버지 덮니?"하면서 소리 없이 내어놓는다. 어서 뜻을 이뤄서 돌아오기를 바란다.'

하는 편지와 같이 담요를 보내주셨다. 그것이 벌써 삼년 전 일이다. 그새에 담요의 주인공인 내 딸년은 땅 속에 묻힌 혼이 되고 늙은 어머니는 의지가지없이 뒤쪽 나라 눈 속에서 헤매시고 이 몸이 또한 푸른 생각을 안고 끝없이 흐르니 언제나 어머니 슬하에 뵈일까?

봄뜻이 깊은 이때에 유래가 깊은 담요를 손수 접어 깔고 앉으니 무량한 감개가 가슴에 복받쳐서 풀 길이 망연하다.

(1926년)

최서해 (1901~1932) 　시인. 소설가. 함경북도 성진 출생. 본명은 학송. 아호는 서해 · 설봉 또는 풍년. 유년시절 한문을 배우고 성진보통학교에 3년 정도 재학한 것 외에 이렇다 할 학교교육은 받지 못하였음. 소년시절 빈궁 속에 지내면서 《청춘》, 《학지광》 등을 사다가 읽으면서 문학에 눈을 뜸. 1918년 간도로 건너가 방랑과 노동을 하면서 문학 공부를 계속함. 1924년 상경하여 이광수를 찾아가 그의 주선으로 양주 봉선사에서 승려 생활을 하다가 상경하여 조선문단사에 입사함. 1927년 현대평론사 기자(1927년), 중외일보 기자(1929년), 매일신보 학예부장(1931년)으로 근무하다 1932년 요절함. 1924년 1월 《동아일보》에 단편소설 <토혈>을 발표하고, 같은 해 10월 《조선문단》에 <고국>이 추천되어 작품 활동을 시작함. 주요 작품으로 <탈출기>(1925), <기아와 살육>(1925), <박돌의 죽음>(1925), <큰물 진 뒤>(1925), <그믐밤>(1926), <팔개월>(1926), <홍염>(1927), <전아사>(1927), <낙백불우>(1927), <인정>(1929), <전기>(1929)가 있음. 작품집으로 『혈흔』(1926), 『홍염』(1931)이 있고, 사후에 장편소설 『호외시대』(1994), 문학전집으로 『최서해 전집1-2』(1987) 등이 출간됨.

궂은비

홍사용 (시인)

궂은비를 맞으며 홍제원弘濟院으로 왔다. 친구의 어머님 영靈을 모시고 서이다.

팔십여 세 장구한 연월을 실어 담은 망자의 생애가 마지막으로 반시 간다半時間茶에 그만 자취도 없이 사라져버리었다.

나는 요사이 가끔 꿈을 꾼다. 꿈같은 인생. 꿈을 꾸고 나서는 악연愕然이 일어나 앉아서 죽음이라는 것을 시름겹게 생각해본다. 이렇게도 생각해보고 저렇게도 생각해 보다가 끝끝내 아무 투철한 해결도 지어보지 못하고 그저 공포와 불안과 도피감에 싸여 어렴풋하게 흐리마리 해 버리고 그대로 다시 쓰러져 눕는다.

그러나 이러다가 결국 그 죽음이란 것에 정말 봉착할 때에는 무슨 의식이 있을는지 없을는지, 설혹 있다손 치더라도 아마 의외로 그 죽음에 대한 공포를 그다지 지긋지긋이 느끼지 않을는지도 모르리라. 그것은 마치 사형수들이 죽음에 대하여 무한히 번민도 하고 오뇌도 하다가 정말 사형 집행장에 이르러서는 모든 잡념을 깨끗이 끊어버리고 고분고분히

형을 받게 된다는 것과 같이, 나도 칠십을 살는지 팔십을 살는지 살아 있는 그 동안에 모든 것을 훌륭히 단념해 버리고 될 수 있으면 평안하게 허둥지둥 추태를 피우지 말고 임종을 하게 되었으면 한다. 하나 그것도 또한 누가 알아 꼭 기필할 수 있으랴.

인생이란 시방은 이렇게 건강하다고 믿었지마는 본래가 무상한지라. 어느 날 어디서 어떻게 무슨 일이 있을는지 누가 알 수 있는 것이랴. 아무라도 면할 수 없는 무상, 더구나 우리와 같이 하잘 것 없는 범부로서야.

이렇게 생각해보니 너무나 허무상을 느끼는 한낱 불안이 없지도 않다. 모처럼 어렵게 받아 가진 이 몸인데 그 자기의 생명을 잃어버리게 된다는 그것은 아무라도 크나큰 손실이니까 그것처럼 서운하고 섭섭하고 안타깝고 구슬픈 일이 다시는 없을 것이다.

그러나 하는 수 없는 일이다. 암만 딱해도 어쩔 수 없는 무상이고 아무라도 기어코 면할 수 없는 현실이니까.

그렇다면 그 무상을 어떻게 하면 뉘우침이 없이 고이 받을 수 있을까.

생각이 여기에 이르니 그 죽음이라는 화두話頭보다도 우리가 어떻게 살아야 할 것인가 하는 그것이 도리어 먼저 끽긴喫緊한[매우 중요한 일] 일대 문제인 듯싶다.

하기는 그렇다. 어떻게 하면 잘 죽을 수 있을까 하는 그 말이 필경은 어떻게 하면 잘 살 수 있느냐 하는 그 반면을 건드려 본데서 지나지 않은 것이다. 세상에 죽음을 제도하는 종교가 있다면 그것은 곧 삶을 인도하는 종교가 될 것이다. 그런데 인생이라는 그것은 원래가 공空이었던 것이다. 오대五代가 단합하여서 '아我'라고 하는 한 형체를 구현하였던 것이니까. 이 몸뚱아리도 본래는 '공空'이었던 것이 틀리지 않는다. '공'에서 생겨나 왔다가 '공'으로 다시 돌아가 버리는 것이 이 인생이라. 죽음이란 본디 떠나온 것으로 다시 찾아 돌아간다는 말이다. 본래가 밑천 없는 장사라서 아무러한 손損도 없거니와 또한 득得도 없는 것이 "생야일편부운기 사야일편부운멸生也一片浮雲起 死也一片浮雲滅"로 그저 아무것도 아닌 그대로의 한 '공' 이다.

이렇게 생각해 보니 우리는 매우 명랑한 심경을 얻을 수가 있다. 이 심경이 이른바 '극락'이란 경지인지도 모른다. 하나 이르기를 '공空'이라고 하여도 아주 그렇게 아무것도 없이 텅 비인 진공眞空의 '공'은 아닐 것이다. 그 '공空' 가운데에는 공空에서도 묘유妙有라 '인생'의 꽃이라 하는 한 떨기 꽃이 그윽이 되어 있다. 그래서 그 꽃에는 미도 있고 멋도 있어 그 꽃을 읊조리고 그 꽃을 즐기는 것이 이 곧 이른바 인생풍류, 곧 풍아의 심경이라는 것일 것이다. 불교에서 말하는 '색즉시공色卽是空 공즉시색空卽是色' 이라는 것이 곧 이것의 이름인지도 모른다. 어떻든 이 의취意趣를 다시 한 번 달리 바꾸어 말해 본다면 일체의 현상은 모두 환영이라고 관觀 해 보며 그리고 그 환영을 환영으로만 돌리어 그대로 내어버릴 것이 아니라 그 환영의 자미滋味를 맛보며 그 환영의 품속에 탐탐하게 안기어 보자는 것이 곧 인생 본래의 이상이다.

그러나 그렇게 생각한 이 몸으로서도 또다시 악연愕然히 자기 생활의 무의미한 것을 새삼스러이 뉘우치고 부끄러워하지 않을 수 없다. 이것도 이르자면 한 가락의 무상일 것이다.

    궂은비나마 실컷 맞아 좀 보자. 낡은 벼 두루마기가 다 ─ 무젖도록 하염없는 인생을 조상하는 눈물로 삼아서 ─.

(1938년)

홍사용 (1900~1947)　　시인. 희곡작가. 경기도 용인 출생. 호는 노작, 소아, 백우. 서당에서 한학을 공부한 후 휘문의숙을 졸업. 기미독립운동 당시 학생운동에 가담하였다가 체포됨. 문단 활동으로는 박종화, 정백 등 휘문 교우와 함께 유인물 《피는 꽃》(1918)과 《문우》를 창간한 것을 비롯하여, 문예지 《백조》를 3호까지 출간함. 그의 시작 활동은 1922년 1월 《백조》 창간과 함께 본격화되어 창간호에 권두시 <백조는 흐르는데 별 하나 나 하나>(1922)를 비롯하여 <나는 왕이로소이다>(1923) 등 20여 편과 민요시 <각시풀>(1938), <붉은 시름>(1938) 등 여러 편이 있음. 1923년 극단 토월회에 참여하였음. 소설로 <저승길>(1923), <봉화가 커질 때>(1925), <정총대>(1939), 희곡 <할미꽃>(1928), <출가>(1928), <제석>(1929) 외에도 수필 및 평문이 있음. 사후에 1976년 유족들이 시와 산문을 모아 『나는 왕(王)이로소이다』를 간행함. 그리고 『홍사용전집』(1985), 『홍사용전집』(2000), 『홍사용 : 근대한국문학전집』(2014) 등이 있음. 2010년 3월 유년시절을 보낸 경기도 화성시에 노작홍사용문학관이 건립됨.

계변정화 (溪邊靜話)

노자영 (시인)

이것은 성북정城北町 산객山客에서 살던 한 토막 이야기다.

수무월水無月의 여름달이 숲 사이로 은은히 보이고 밤안개가 물빛 같이 고요히 나부끼는 극히 서늘한 밤이다. 저녁을 먹은 우리 가족은 집 앞 계곡가로 의논이나 한 듯이 의자를 끌고 모두 나오게 되었다. 구렁이 같이 구불구불 흘러오는 시냇가에는 그리 적지 아니한 반석들이 4, 5개 버려 있다. 우리는 겨우 두 개 밖에 없는 등의자를 그 반석에 갖다놓고 한 의자에 두 사람씩 끼어 앉았다. 그리고 그나마 어멈은 치마폭을 깔고 돌 위에 그저 앉고 누렁이는 내 옆에 와서 꼬리를 치며 엎드리고 있는 것이다.

아내는 조그마한 그릇에 오늘 밭에서 새로 따온 옥수수를 쩌서 가운데 놓고 한 개씩 먹기를 권했다. 우리는 옥수수를 한 개씩 씹으며 앞을 바라보았다. 으스름달이 부드러운 발자국으로 수림樹林 속에 은銀혈을 꾸미는 듯하다. 나무 그림자가 먼 이국의 꿈을 가져오는 듯이 땅 위에 길쭉길쭉 가로누웠다.

어디서인가 쑥쑥새 우는 소리가 들린다. 그러나 여기는 모기가 지독

하여 견딜 수가 없다. 몇 십 마리씩 윙윙거리며 뺨을 할퀴고 이마를 뜯어 먹으려 한다. 이 모기의 기습에 우리의 저녁 향연은 적지 않게 곤란을 당한다. 아내는 부채를 홀딱 거리며,

"요런 경칠 놈의 모기!"

하고 달겨드는 모기를 휘휘 날린 후에

"이 성북동에서 모기를 모두 퇴치할 방법은 없을까?"

하고 빙그레 나를 바라보았다.

"글쎄, 원 조선 안에 있는 모기약이란 약은 모두 무역하여다가 성북동 골짜기에 뻑뻑하게 쌓아놓고 불을 지르면 그만 없어질까?"

"아이, 그야 어떻게 ……."

아내는 그만 입맛을 다신다. 그러나 뒤를 이어 네 살 된 영英이가 시내 속에 둥실둥실 떠 있는 달을 보고 생전 처음 보았는지

"아버지 저 물 속에도 달이 있어요."

"참 그렇군……."

"왜 물 속에도 달이 있어요?"

"그건 하늘 옛 달이 물속에 비친 탓이지."

"그럼 왜 달이 물에만 비쳐요……."

"왜 물에만 비치나 땅에도 비치지"

"그러나 땅에는 달이 뵈잖는데……."

나는 어린애의 이 말에 갑자기 대답할 말을 찾지 못하였다. 과연 달은 물속에만 비쳐서 옥 덩이나 잠긴 듯이 물속이 환하다. 수림樹林과 수림樹林

을 찾아다니는 저녁바람이 고운 이의 부채질보다 더 시원하지 아니한가?

잠깐 침묵에 잠겨있던 우리는

"에! 수박화채나 좀 먹었으면 ……."

"아니 저 삼월특제三越特製의 아이스크림이나 좀 먹었으면 ……."

이때 어멈은

"난 언제나 엿에 인절미나 찍어 먹었으면 ……그저……."

말을 마치지 못하고 히히 웃는다. 우리 집 뒤에는 부엉새가 날아온다. 밤나무 잎이 기름져 반들거리고 잣나무 위에도 으스름 달빛이 흐리어 그 세엽細葉이 마치 은침같이 번들거린다. 고요한 밤이다.

(1938년)

노자영 (1898~1940)　　시인. 수필가. 소설가. 황해도 장연 출생으로 전해지고 있음. 호는 춘성. 평양 숭실중학교를 졸업하고 1925년경 도일하여 니혼대학에서 수학하고 귀국하여 1934년 《신인문학》을 간행함. 작품 활동은 1919년 8월 《매일신보》에 시 <월하의 몽>, 11월에 <파몽>, <낙목> 등이 계속 2등으로 당선됨. 1921년 《장미촌》, 1922년 《백조》 창간 동인으로 가담하여 시를 발표함. 시집 『처녀의 화환』(1924), 『내 혼이 불탈 때』(1928)과 소설집 『반항』(1923), 『무한애의 금상』(1925) 등을 간행하고, 기타 저서로 『사랑의 불꽃: 연애서간』(1931), 『나의 화환 – 문예미문서간집』(1939) 수필집 『인생안내』(1938) 등이 있음.

헌책방 순례

도종환 (시인)

"제가 부탁드린 책 들어온 거 있어요?"

농협에 볼일이 있어 나왔다가 헌책방에 들렀다. 시, 군에서 발행한 향토지 나오는 게 있으면 연락해달라고 부탁드린 적이 있어서 시내 나온 김에 들른 것이다. 주인아저씨는 헌책 더미 사이를 이리저리 기웃거리더니 향토지 나온 것은 없고 지역 문화에 대한 비슷한 내용이 실려 있는 책이라서 보관해 두고 있었다면서 『중원문화산책』과 『인맥 십 년』이란 책을 꺼내 주신다.

내가 이 헌책방에 드나들기 시작한 것은 대학 시절부터이니까 이십 년이 훨씬 넘었다. 가난한 문학청년이던 시절, 시내 나올 일이 있으면 버릇처럼 청주 중앙극장 근처의 헌책방 거리를 찾았다. 새 책 한 권 살 돈이면 헌책 여러 권을 살 수 있었기 때문에 늘 내 대학교재는 헌책이었다. 1학년 때는 자신이 저자로 되어 있는 새 책을 사지 않으면 점수를 주지 않는 교수님들이 여럿 계셨는데 그 덕택에 내 학점은 좋지 않을 수밖에 없었다. 전공인 국어학, 국문학을 배우기 시작하면서 전공 교재는 반드시 갖춰야 하는 걸 알면서도 그것 역시 사정이 여의치 않았다.

교수님이 강의 교재로 쓸 책명을 적어 주시기 무섭게 헌책방으로 달려가곤 했는데 헌책이 미리 준비하고 기다리고 있는 게 아니라서 허탕을 치기 일쑤였다. 그러면 어떤 때는 대전이나 서울 청계천 헌책방거리까지 올라가곤 하였다. 대전과 청계천의 헌책방들이 밀집해 있는 거리에 들어서 한 책방 한 책방씩을 순례하는 일은 대단한 즐거움이었다. 수없이 다양한 분야의 책들을 접할 수 있었고, 미안한 생각이 안 드는 건 아니지만 서서 읽는 재미 또한 빼놓을 수 없었다. 헌책방거리는 아직 신출내기 대학생이면서 문학에 관심을 갖고 있는 앳된 청년의 지적 호기심을 끊임없이 자극하는 어떤 마력 같은 것을 가지고 있었다.

전공 공부를 해야 할 교재를 사기 위해 헌책방을 들르는 동안 정작 전공 서적은 안 사고 언제부터인가 철학과 문학의 다양한 책들을 사들이기 시작했다. 삼백 원, 오백 원짜리 카뮈의 사상과 문학, 사르트르의 사상과 문학, 실존주의 철학 서적, 카프카의 책들, 일본작가 무샤고오지 샤네아쓰의 『인생론』, 야스퍼스의 『비극론』 이런 책들을 샀고 밤을 새워 그것들을 읽었다.

해방 공간에서 좌·우익 작가의 작품을 망라한 『조선단편문학선집』이나 최현배 선생의 『한글의 투쟁』, 김동인의 『춘원 연구』도 헌책방을 돌아다니며 구할 수 있었다. 이가원 선생의 『춘향전』이나 김동석 평론집 『예술과 생활』 같은 책을 구했을 때는 이른바 대어를 낚은 것처럼 의기양양했다.

김동석 평론집을 구할 때의 일이다. 헌책 더미를 뒤적이다가 손에 든 나달나달하게 낡은 책 한 권은 나를 야릇한 흥분 속으로 끌고 들어갔다. 이태준이니 임화, 정지용, 오장환과 같은 당시로서는 낯선 이름들에 대한 작가론이 실려 있을 뿐 아니라 당시만 해도 대가라고 머릿속으로 생각하고 있는 작가들에 대해 거침없이 김군 이군 하는 호칭을 써가며 대담하게 평하는 그런 것 자체가 신기하게만 느껴지는 글들이 책장마다 보였다.

그 책을 넘기다가 주인아저씨한테 조심스럽게 가격을 물었다. 주인아저씨도 책의 앞뒤를 살피고 뒷장의 발행 연도 등을 훑어보더니 천 원을 달라고 하였다. 비슷한 다른 분량의 책보다 곱절의 값을 부른 것이었다. 당시로는 그러니까 꽤 비싸게 부른 것이었다. 나는 떨리는 손으로 천 원에 그 책을 사고 다른 책 몇 권을 더 사든 채 헌책방을 나섰다.

김동석은 나중에 알았지만 월북한 평론가였고 거기에 다룬 작가들의 이름과 시집을 소지하고 있는 것 자체가 위험하게 여겨지곤 하던 시절이었다. 물론 지금은 다 해금되어 도리어 풍부한 문학자산의 하나로 평가되고 있지만 말이다.

이 헌책방의 주인아저씨는 자기가 그런 책을 나한테 팔았는지조차 기억도 하지 못할 것이다. 아마 그 시절 마음에 드는 책을 여러 권씩 골라 놓았다가는 돈이 모자라 다 사지 못하고 깎아 달라고만 하거나 그러다가 결국은 그 중 몇 권을 빼놓고 가곤 하던 젊은이로 기억하고 있을 것이다.

지금은 그 헌책방거리에 옛날 서점들은 거의 없어지고 ㄷ서점만이 옛날 모습 그대로 그 자리에서 이십 몇 년째 버텨오고 있다. 밖에서 그 책방 안을 들여다보면 주인아주머니나 아저씨가 앉아 계시는 모습이 마치 석굴 안에 무겁게 앉아 있는 석불처럼 느껴질 때가 있다.

가을 햇볕이 엷게 거리에 떨어지는 오전 그 책방에 들러 산 책 몇 권이 며칠째 책꽂이에 그대로 놓여 있다. 가난하던 문학청년 시절 그렇게도 사고 싶었는데 만지작거리다 놓고 온 많은 책들, 단돈 몇 백 원이 모자라 세 권 중에 두 권만 사 갖고 와 며칠씩 몇 번씩 읽고 또 읽었는데 이제는 마음껏 얼마든지 내가 보고 싶은 책을 살 수 있게 되었건만 책이 그냥 책상 위에 쌓였다가 책꽂이로 넘어간다. 많은 분들이 보내 주시는 책들, 사 놓고는 다 못 읽은 책들을 보름이나 한 달에 한 번 꼴로 책꽂이로 옮긴다.

옮기면서 늘 개운치 않고 부끄럽게만 느껴진다. 먹을 것이 없어 수제비 한 그릇에 눈물겹던 시절을 생각하면 냉장고 안에서 묵을 대로 묵었다가 쓰레기통에 버려지는 음식에 대해 죄스럽기 그지없듯, 읽지 않고 쌓아두기만 한 책들에게도 어딘지 모르게 죄스럽다. 오늘 쓰지 못하고 마음에 담아두기만 한 편지는 끝내 부치지 못하게 되고 마는 것이 지금 우리들의 삶이다. 오늘 하지 못한 미안하다는 말, 고맙다는 말 그 한마디는 결국 시간에 밀려 마음속에만 담아두었다가 그것도 시간 속에 묻혀버리고 마는 게 우리네 삶이다. 읽지 못한 책, 그토록 소중하게 가지고 싶던 책, 그런 책에게로 달려가 책에 묻혀 지낼 수 있는 날이 언제쯤 다시 내게 돌아오게 될까.

도종환 (1955~)　　시인. 충북 청주 출생. 충북대 국어교육과 및 충남대 대학원에서 박사과정 수료. 1984년 동인지 《분단시대》와 1985년 《실천문학》에 시를 발표함. 100만부 이상이 팔린 베스트셀러 시집인 『접시꽃 당신』(1986)은 영화로 만들어짐. 1989년 전교조 활동으로 해직되었다가 1998년 복직하여 교사로 근무하였음. 2008년 한국작가회의 사무총장. 문화체육관광부 장관. 2012~2020년 총선에서 국회의원 당선. 시집으로 『고두미 마을에서』(1985), 『접시꽃 당신 1,2』(1986-1988), 『지금 비록 너희 곁을 떠나지만』(1989), 『슬픔의 뿌리』(2002), 『사월바다』(2016) 등 11권과 산문집 『지금은 묻어둔 그리움』(1990) 등 10여 권의 산문집이 있음. 신동엽창작기금, 민족예술상, 거창평화인권문학상, 한국문화예술위원회 문학부문 예술상, 정지용 문학상, 윤동주문학상, 백석문학상, 신석정문학상, 공초문학상 등을 수상함.

그냥 내버려 둬 옥수수들이 다 알아서 일어나

함민복 (시인)

귀뚜라미 울음소리가 들려온다. 사방이 조용하다. 동네 민박집에 손
님들이 들지 않았나 보다. 이곳저곳에서 어둠을 오염시키며 터지던 폭죽
불빛들이 멎었고 노래를 크게 틀고 질주하는 차들도 사라졌다.

바깥마당에 나와 귀뚜라미 울음소리를 들어본다. 사방에서 들려오는
울음소리가 잔물결처럼 섞이며 한 방향으로 흐르는데 그 방향을 알 수가
없다. 바다 쪽으로 흐르는 것 같다고 생각하면 바다 쪽으로 흐르고, 산
쪽으로 흐르는 것 같다고 생각하면 산 쪽으로 흐른다. 참 묘하다.

귀뚜라미들은 온도에 따라 다른 속도로 날개를 비벼대며 소리를 낸다
고 한다. 십삼 초 동안에 우는 귀뚜라미 울음소리를 센 다음 그 수에 더
하기 사십을 하면 화씨 온도가 된다는 글을 보았었다. 귀뚜라미 울음소
리가 제일 아름답게 들리는 온도가 몇 도씨라는 신문기사도 보았었는데
몇 도씨였는지는 기억나지 않는다. 밤 기온이 내려가 귀뚜라미 울음소리
에 쓸쓸함이 제법 묻어난다.

텃밭에서 바스락 소리가 난다. 불빛을 비추자 옥수수를 갉아먹던 쥐가 눈치를 보며 천천히 도망간다. 아니 예의상 잠시 피해주는 눈치다. 손전등을 껐다 켰다 하며 불빛을 쥐가 숨은 풀숲으로 던져보다가 쥐가 미워져 흙덩이를 집어던진다.

"쓰러진 옥수수 대궁, 그냥 내버려둬도 일어날까?"

주인집 아주머니가 주말에 와 텃밭을 가꾸며 심어놓은 옥수수 대궁들이 장마철 비바람에 일제히 쓰러졌다. 옥수수 대궁들을 줄로 잡아매며 강제로 일으켜 세우다 뿌리가 끊어져 그만두고 동네 친구 세 명에게 물어보았다. 두 명은 못 일어난다고 했고 한 명은 스스로 일어선다고 했다. 판단을 내릴 수 없어 할머니들에게 물어보았다.

"그냥 내비려 둬. 옥수수들이 다 알아서 일어나. 괜히 강제로 일으켜 세우면 옥수수통 끝 알이 잘 여물지 않고 쭉정이가 돼, 주접이 든다구."

땅바닥에 쫙 갈렸던 옥수수 대궁이 삼사 일 지나자 할머니 말처럼 일어나기 시작했다. 옥수수들이, 지게꾼이 지게 작대기로 땅을 짚고 일어서듯 곁뿌리를 뻗어 땅을 짚고 일어섰다. 쓰러지며 뿌리가 많이 끊어진 대궁은 비스듬히 일어섰고 그렇지 않은 대궁들은 아무 일도 없었다는 듯 자리를 툭툭 털고 곧게 일어섰다. 옥수수들이 대견스럽다 못해 생명에 대한 경외심마저 들었다. 해서 다가올 태풍에는 쓰러지지 않게 말뚝을 박고 줄을 띄워주었다. 옥수수들은 폭염 속에서도 등에 '수염 난 아이들을 업고' 잘 자랐다. 그런 사연을 헤아릴 턱이 없는 쥐들이 쓰러지지 말라고 매둔 줄을 타고 다니기까지 하면서 옥수수를 갉아먹으니 미운 마음이

들 수밖에 없다.

　마당에서 옥수수 밭으로 드리워진 고욤나무 그림자가 엉성하다. 병을 앓고 있어 이파리가 많이 떨어졌기 때문이다. 몇 년 전부터 고욤나무는 이파리가 검게 타며 말라 떨어지는 병을 앓고 있다. 약을 사다가 뿌려주기도 했지만 그리 신통한 효험을 보지 못했다.

　그런데 놀라운 일들이 벌어졌다. 병든 잎새가 다 떨어져 열매만 가득 매달고 있던 고욤나무가 다시 한 번 새싹을 틔워 새 이파리들을 달았다. 또 작년에는 봄부터 이파리를 빽빽하게 키워 고욤이 익을 때까지 잎 지는 시간을 잡아 늘리는 전략도 펴 보였다. 고욤나무는 그런 전략으로 약을 준 해보다 실한 열매들을 더 많이 매달았다.

　자연은 자연이 알아서 치유하게 그냥 그대로 두는 게 더 낫다는 말을 실감시켜준 고욤나무 우툴두툴한 껍질을 만져본다.

　집 근처에 작은 해수욕장이 하나 있다. 몇 년 전만 해도 해안선 곡선이 예쁘게 살아 있고 환한 모래밭 끝에 검은 뻘 천팔백만 평이 장엄하게 펼쳐지는 아름다운 해수욕장이었다. 그런데 해송 지대가 깎여나간다고, 해송을 보호해야 한다고 해수욕장에 제방을 쌓았다. 그 후 해변의 모래들은 유실되기 시작했고 해안선은 단조로운 직선이 되어갔다. 모래가 거지반 쓸려나가고 뻘이 깎여나가고 다져진 요즘은 아름답던 옛 모습을 찾아보기 힘들다. 사람들이 자연을 보호한다고 '오버'한 결과이다.

뻘에는 밭과 길이 있다. 바닷가 사람들은 뻘길로 들어가 뻘밭에서 조개를 캐고 낙지를 잡으며 살아왔다.

그런데 '뻘 체험 캠프'를 열어 아이들에게 자연을 가르친다는 명목으로 뻘밭을 마구 짓밟게 해 뻘이 죽어가고 있다. 이곳 해수욕장 뻘밭이 그렇고 인근 바다학습 체험장 앞 뻘밭이 그렇다. 더 이상 뻘밭을 딱딱하게 죽이는 일의 최선봉에 죄 없는 아이들을 자연체험이란 이름으로 내세워서는 안 될 것이다. 뻘을 체험하려면 뻘길을 만들어 뻘을 산책해 보아야 할 것이다.

뻘에 함부로 들어가서는 안 된다는 것을 체험해가야 할 아이들 손을 잡고 자랑스럽게 뻘밭으로 들어가는 어른들이 있는 한 뻘은 사라지고 먼 먼 훗날, 지금의 아이들은 어른이 되어 기억을 더듬게 될 것이다.

옛날에 온도에 따라 울음소리를 달리 울던 귀뚜라미라는 곤충이 있었지. 바람에 쓰러지면 곁뿌리를 내짚고 일어서는 옥수수도 있었고 …… 바닷가에 말랑말랑한 흙도 있었지. 뻘이라고 부르던 …… 나는 그 흙을 아버지와 같이 죽여 보았던 추억이 있지.

함민복 (1962~)　　시인. 충북 중원군 노은 출생. 서울예술대학 문예창작과 졸업. 1988년 《세계의 문학》에 시 <성선설> 등을 발표하며 등단. 1996년부터 강화도 주민이 되어 강화도의 자연과 역사와 물고기를 공부하며 생활과 창작을 병행하고 있음. 《21세기 전망》 동인. 펴낸 책으로는 시집 『우울씨의 일일』(1990), 『자본주의의 약속』(1993), 『모든 경계에는 꽃이 핀다』(1996), 『말랑말랑한 힘』(2005), 『눈물을 자르는 눈꺼풀처럼』(2013)과 산문집 『눈물은 왜 짠가』(2003), 『미안한 마음』(2006), 『길들은 다 일가친척이다』(2009), 동시집 『바닷물, 에고 짜다』(2009)와 시그림책 『꽃 봇대』(2011), 『흔들린다』(2017)가 있음. 오늘의 젊은 예술가상, 김수영문학상, 박용래문학상, 애지문학상, 윤동주문학대상, 제비꽃서민시인상 등을 수상함.

오늘 비행기는 전면 결항입니다

이병률 (시인)

B가 제주엘 갔다. 혼자였다. 눈을 맞다가 그쪽으로 들어섰겠지만 이 한겨울에 차도 없는 중산간도로에 혼자 뭐 하러 들어간 것인지, 자신도 도무지 알 수 없는 노릇이었다. 간혹 지나가던 차가 빵빵거리며 눈사람 꼴이 된 B를 태워주겠다고 했지만 그때마다 모자를 눌러쓰고 땅만 보고 걸었다.

산에서 아래쪽으로 난 도로를 걸어 내려와 바닷가 쪽에 도착했을 때 날은 어두워지고 있었고 그나마 다행이다 싶게 눈발도 잦아들면서 가게 의 불빛들이 하나둘 눈에 들어왔다. 허기가 몰려왔다. 배낭도 더 이상 어 깨에 매달려 있을 수 없다는 듯 저릿저릿 어깨를 짓눌렀다.

아무 곳에나 들어가자 마음을 먹고 제일 먼저 보이는 게스트하우스에 들어갔다. 언 몸을 녹이기 위해 뜨거운 물로 샤워를 하고 방 창문을 열었 을 때 흐릿하면서도 선명하게 눈에 들어오는 것은 B가 오래전 만났던, 그러니까 한때 연인이었던 여자의 손글씨였다. 그 손글씨라는 것은 정확 히 불 켜진 간판이었는데《내 옆에 있는 사람》이라고 씌어있는 카페 이름은 저녁 기운 때문에 더욱 선명히 눈에 들어왔다. 꽤 오랫동안 만났으며, 심지어 손글씨가 특별해 그녀가 스태프로 참여했던 광고에도 몇 번이나 써먹었던 옛 연인의 손글씨를 모를 리 없다고 B는 생각했다.

그녀가 제주도로 내려왔다는 소문을 들은 적은 없었다. 하지만 소문을 듣지 않았다고 해서 그렇지 않을 거라고 단정할 일도 아니었다. 이상한 건 B의 가슴이 뛰었다는 거였다. 그 뛰기가 조금 다르다 싶었던 것은 콧속으로부터 뭔가 알 수 없는 물기가 한 바퀴 회전하는 기분이 들어서였다.

B는 뭔가 밀리고도 당기는 힘을 어쩌지 못하고 카페 안으로 들어섰다. 그녀가 맞다면,

"혹시 이 간판 글씨 누가 쓴 거죠?"

"네? 왜 그러시는데요?"

카페의 스태프로 보이는 젊은 남자의 반응으로는 적당하다 싶었다.

"내가 아는 사람이 쓴 글씨가 틀림없어요."

"그럼, 그분한테 물어보는 게 빠르겠어요."

남자 스태프가 음악 소리를 줄이면서 유난스레 퉁명을 떨었다. 생각할 시간이 있으면 좋겠다는 생각을 하면서 B는 자리를 정하고 앉았다.

테이블 위의 메뉴판에도 그녀의 글씨가 있었다. 작게 쓴 글씨는 더욱더 그녀의 글씨였다.

그저 그런 맛의 커피 한 잔을 마시고 커피값을 계산하려고 계산대 앞에 섰는데 이번에는 남자 스태프가 그나마 부드럽게 말을 건넸다.

"저 글씨 쓴 친구, 내일 내려온대요."

그가 경계하는 듯도, 비아냥을 섞는 것 같기도, 으스대는 것 같기도 했지만 그것이 무엇인지는 몰랐다. 축축한 두루마리 화장지가 온몸을 덮는 기분이 들었다.

"누가요?"

"친구요. 방금 전에 항공권 끊었다고 문자 왔어요."

이제는 남자 스태프의 얼굴에 더 많은 의심이 채워졌다. B가 말하는 사람과 자신이 아는 사람이 맞는지 제대로 알고 싶어 하는 게 분명했다.

내일이라는 말에 B의 속이 알싸했다. 그가 스태프가 아니라 주인인지 물으려다가, 아니 어쩌면 친구라는 것이 여자친구를 말하는 것인지를 물으려다가 B는 자신도 모르게 불쑥 내일 올게요, 라고 말하고는 카페 문을 열고 나왔다.

밖에는 천천히, 아주 천천히 다시 눈이 내리고 있었다.

난리가 따로 없었다. 제주에 강한 돌풍을 동반한 눈보라가 쏟아지는 바람에 오후 들어 제주공항으로 떠난 항공기들조차 회항하는 사태가 벌어졌다. 스케줄을 바꾸는 사람들, 끊임없이 뭔가를 요구하는 사람들, 그리고 B처럼 한숨이나 내쉬는 사람들이 마구 뒤엉켜 있었다.

B는 생각했다. 저들도 누군가 내려온다는 사람을 피해 도망치듯 올라가려는 사람들일까. 제주공항에 넘쳐나는 것은 사람들뿐만이 아니라 굉장한 열기, 그리고 그 열기로 달아오른 사람들의 미묘한 냄새였다. 어쩌

면 그녀가 타고 내려온 같은 비행기를 타고, 어쩌면 같은 자리에 앉아 올라갈지도 몰랐다. 그녀가 맞다면,

혹시나 하고 기다리다가 역시나 내일 아침 일찍 비행 스케줄이 확정되면 전화를 주겠다는 말만 듣고 택시 승강장에 섰다. 택시 승강장 역시도 허탕을 친 사람들이 긴 줄을 선 채로 일제히 휴대전화를 붙들고 있었다. 앞에 서 있던 사내가 불쑥 고개를 돌려 B에게 뭐라고 묻기 전까지 B는 그저 아무 생각이 없었다.

"어디 잘 데 있어요?"

낯선 사내가 B의 처지를 어떻게 아는지 잘 데가 없어 보인다는 확신에 찬 얼굴로 물어왔다.

"내가 아는 싼 숙소가 있어요. 오늘 같은 날은 숙소 구하기도 쉽지 않을 테니깐."

택시비를 반반 내자는 말로 알아들었다. 사내는 낚시 가방과 반듯하게 각이 진 통 같은 것 하나를 들고 서 있었다. 하루 종일 어디서 시달렸는지 꼴이 고약스러웠다.

자주 제주를 오는 사내 같았다. 구시가지 어디쯤에 차를 세우더니 앞서 걸었다. 조금 걸으니 여관이 나왔다. 먼저 방을 정한 사내가 계단으로 올라갔다. B도 방값을 치르고 방으로 올라가는데 열어놓은 문 사이로 B가 지나가는 걸 봤는지 사내가 맨발로 나와 말했다.

"저녁은 우리 방에서 하시는 걸로, 이것도 인연인데."

B는 무슨 말인지 못 알아듣겠다는 듯 눈을 크게 떴다. 와서 저녁 먹으

라구요. 방도 바로 옆이네요. 퉁명스럽게 말하고 사내가 자기 방으로 들어갔다. 저녁을 어떻게 먹으라는 건지, 샤워를 마치고도 궁금증이 가시질 않아 그의 방으로 가보았다. 사내는 아예 방문을 열어놓고 있었다.

방의 절반을 차지해가면서 벌여놓은 판을 보고 B는 잠시 놀랐다. 신문지를 깔고 사내가 회를 뜨고 있기 때문이었다. 낚시로 잡은 물고기들이 사각의 통 안에 몇 마리 쓰러져 있었다. 벌써 슈퍼에 다녀왔는지 초장이 보였고 검은 봉지에는 한라산 소주와 컵라면의 귀퉁이도 언뜻 보였다.

"거기 앉아요. 내가 마누라한테는 친구 만나 운동하고 온다고 거짓말을 하고 일 년 만에 제주도를 오지 않았겠어요? 얼마나 제주도 섬 낚시를 하고 싶었는지. 첫 비행기로 왔다가 저녁 비행기를 탔어야 하는데 그만 이렇게 됐네요."

작고 무뎌 보이는 칼로 생선의 몸통을 자근자근 절단하면서 사내가 말했다.

"그래서 뭐라고 하셨어요? 오늘 무려 제주에서 외박을 해야 하잖아요."

B는 이토록 발칙한 여행을 감행한 사내의 거짓말 처리 능력이 궁금해졌다.

"일단 우리 소주나 한잔하고 생각해봅시다."

소주 한두 병으로는 어림도 없을 정도로 물고기들이 두텁게 썰린 채 산더미처럼 쌓여갔다. 열어놓은 여닫이 창문 틈새로 비릿한 바람이 성큼

들어왔다. 덜컹이는 창문을 닫으려고 B가 자리에서 일어나자 사내가 중얼거리듯 말했다.

"고장 났는지 창문이 잘 안 닫히던데, 낚싯줄 같은 걸로 묶어야 하나?"

사내가 낚싯줄을 건넸다. B는 창문 앞에 서서 낚싯줄로 창문을 매두려면 길이가 얼마나 돼야 할지 가늠하면서 그녀를 떠올렸다.

여닫이 창문의 손잡이는 잡자마자 헐렁하게 빠졌다. 하필 손잡이를 잡으면서 그녀를 떠올려서 그렇게 된 거야, 하고 생각하며 B는 자신의 손에 힘없이 쥐어진 창문 손잡이를 내려다보았다. 손에 녹가루가 묻어났다.

그래. 그녀가 온다는데 할 수 있는 일이란 게 겨우 도망가는 일이라니. 어쩌면 제주에 며칠 더 머물면서 두어 번 그 카페에 들를지도 모르겠다고 생각했다. 그녀가 맞다면.

이병률 (1967~)　　　　시인. 충북 제천 출생. 서울예대 문예창작과 졸업. 1995년 《한국일보》 신춘문예에 시 당선. 《시힘》 동인. MBC 라디오의 여러 프로그램 방송작가로 오랫동안 활동함. 시집 『당신은 어딘가로 가려 한다』(2003), 『바람의 사생활』(2006), 『찬란』(2010), 『눈사람 여관』(2013), 『바다는 잘 있습니다』(2017)과 산문집으로 『끌림』(2005), 『바람이 분다 당신이 좋다』(2012), 『어떤 날』(2013), 『내 옆에 있는 사람』(2015), 『혼자가 혼자에게』(2019)가 있음. 현대시학작품상 수상.

누가 라면을 함부로 말하는가

이문재 (시인)

느림을 얘기하면서 라면을 예찬한다? 그렇다. 나는 인스턴트식품의 아버지인 라면에서 취향과 느림의 단서를 건져 올릴 작정이다. 결론부터 말하면(이것도 느리게 살기에 역행하는 화법이지만) 라면은 단순한 식품이 아니다. 도시인들에게 거의 마지막으로 남아 있는 '요리'이다. 도시인들은 라면 앞에서 집요하다. 자기 고집을 꺾지 않는다. 라면 앞에서 도시인들은 적극적인 개인이다.

십여 년 전, 나는 한때 라면을 끊은 적이 있다. 동료 기자 가운데 먹을 거리에 아주 까다로운 친구가 있었는데, 라면을 '장복'하면 몸에 큰 탈이 난다는 것이었다. 라면을 튀긴 기름이 그렇게 좋지 않다는 것이었다. 그 때부터 나는 오후 다섯 시에 먹던 간식을 자장면으로 바꾸었다. 과음을 하고 난 다음 날 또는 늦은 밤, 속이 출출할 때 찾곤 하던 라면과 나는 단호하게 헤어졌다.

내게 라면은 아주 특별한 음식이었다. 1970년대 초반, 내가 초등학교 삼학년 때인가. 처음으로 라면을 먹어 본 기억이 나는데, 아, 세상에 이렇게 맛있는 음식이 다 있는가, 하고 국물까지 깨끗이 비운 냄비를 바라보며 감탄을 거듭했다. 어디 끓인 라면만 그랬던가. 하굣길에 누가 라면 한 봉지를 사면, 예닐곱 명이 달려들어 생라면을 씹어 댔다. 그것은 새로운, 훌륭한 과자였다. 그뿐인가, 스프를 손바닥에 올려놓고 혀로 핥아먹던 모습이라니.

그 뒤 나의 성장기는 라면과 동행하는 성장기였다. 대학에 들어가자 라면은 간식이 아니라 주식의 반열로 올라섰다. 언젠가는 컵라면 한 상자로 겨울을 난 적도 있다(컵라면은 결코 라면이 아니다. 컵라면과 라면이 같다고 하는 사람은 돌고래와 상어가 같다고 말하는 것과 다르지 않다). 이십오 년 가까이 먹어 온 라면을 끊고 나자, 허전하기가 이루 말할 수 없었다. 자장면은 입에 들어갈 때는 매혹적이지만, 뒷맛이 영 개운치 않았다. 어떤 때는 머리가 띵해질 때도 있었다. 사실 자장면보다는 곁들여 나오는 양파를 먹기 위해 중국집에 갈 때가 많다. (우리 회사 옆 중국집은 이십 년이 넘었는데, 아직도 손으로 면발을 뽑는다. 주인도 아직 바뀌지 않았다.)

다시 라면을 찾기 시작한 것은 이삼 년 전이다. 라면에 대해 다시 생각하게 된 것이다. 생태학적인 문제의식을 누구 못지않게 강조하는 글쟁이가 라면을 옹호한다는 것은 자연스럽지 않다. 생태론이 지구를 구하는 거의 유일한 인식론이자 실천론이라고 믿고 있는 글쟁이가 공장에서 대량 생산되고, 또 대량 소비되는 제품을 '느리게 살기'의 한 목록에 함께 올려놓는 것도 어불성설이다. 하지만, 나는 라면의 원료나 제조, 유통 과정을 상찬하려는 것이 아니다. 라면을 끓여 먹는 방식의 다양함에 대해 집중하려는 것이다.

만일 어떤 자리에서 화제가 떨어져 분위기가 썰렁할 때가 있으면, 다음과 같은 화제를 던져 보라. 좌중이 곧바로 야단법석으로 돌변할 것이다 "혹시 라면 끓이다가 싸운 적들 없으신가?" 이 한 마디면 만사형통이다. 세 사람이 모인 자리건, 열 사람이 모인 자리건 관계가 없다. 놀랍게도 한국의 성인 남녀들은 라면에 대한 기억이 저마다 두어 상자씩은 된다. 어디 자기 경험뿐이랴. 부모부터 가족들, 친구들, 친구의 친구들에 이르기까지 저마다 다른 라면에 대한 기호를 털어놓느라, 자리는 아연 시끌벅적해진다.

내 후배 가운데 하나는 신혼 시절에 라면 때문에 부부 싸움을 대판 했다. 그 후배는 십 수 년 넘게, 저만의 라면 끓이는 법이 있었는데, 신부가 번번이 그 '원칙'을 따라 주지 않았다. 그 후배 특유의 라면 끓이기는 끓는 물에 라면을 다 넣지 않고, 밤톨만큼 따로 떼어 놓는 것이었다. 라면이 익는 동안, 그 생라면을 씹어 먹는다는 것이었다. 라면 조리법에 대해 적지 않은 콘텐츠를 주워들었지만, 이런 방식은 그야말로 특이한 것이었다.

라면을 끓이는 과정이야 단순하다. 물을 붓고, 끓기를 기다렸다가 라면과 스프를 넣고, 적당히 익으면 후루룩 입에 집어넣는 것이다. 하지만 과정마다 색다른 방식들이 동원된다. 맹물을 고집하는 사람이 있는가 하면, 콩나물을 넣는 사람, 멸치를 넣는 사람, 김치를 넣는 사람, 아예 물 대신 우유를 넣고 끓이는 사람도 있다. 물을 얼마나 붓느냐 하는 것도 간단치 않은 문제다. 라면을 먼저 넣느냐, 스프를 먼저 넣느냐, 이것도 큰 논쟁거리 가운데 하나다. 라면을 넣을 때에도 이 등분을 하느냐, 사 등분을 하느냐, 아니면 통째로 넣느냐를 놓고 언성이 높아진다. 그 다음, 언제 불을 끄느냐가 또 관건이다. 면발이 꼬들꼬들하지 않으면 젓가락도 대지 않는 사람이 있는가 하면, 푹 삶아서 풀어진 라면이 아니면 밥상을 뒤집어엎는 경우도 있다.

문제는 계속된다. 아, 계란을 넣는 시기, 계란을 푹 익혀 먹는 사람, 계란 노른자를 미리 풀어서 집어넣는 사람, 라면이 다 익은 다음에 계란을 넣는 사람, 그것을 또 휘휘 저어 풀어 놓고 나서. 크음, 입맛을 다시며 달겨드는 사람, 계란을 넣으면 라면 고유의 맛과 향이 사라진다며 아예 계란의 '계' 자도 꺼내지 못하게 하는 사람 ……. 사정이 이렇다 보니, 네 식구 한 가족인 경우, 한꺼번에 라면 네 개를 끓일 수 없는 지경에 이르고 만다. 아무리 가부장적인 아버지라도, 그리하여 주방에는 얼씬거리지 않는 고지식한 중년이라도, 라면만큼은 손수 끓여 먹는 경우가 많다. 그리하여 분식집에서 라면을 사 먹지 못하는 사람도 많다. 라면을 주문할 때, 일일이 저 수많은 조리법을 주장하기 힘들기 때문이다.

돌아보면, 지난 한 세기는 국수에서 라면으로, 라면에서 다시 컵라면으로 이행한 세기라고 압축할 수 있다. 전근대 시기에서 국수는 그야말로 별식이었다. 일상에서 일탈한 축제의 음식이었다. 국수는 잔치를 빛내는 음식이었거니와 장수를 의미했다. 반면 라면은 근대화의 출발선과 거의 일치한다. 나에게 라면이라는 시대적 아이콘은 박정희와 멀지 않다. 라면이 일상 속으로 진입하는 동안, 한국은 근대화라는 속도전을 치러 냈다. 라면은 증산, 수출, 건설을 지상 목표로 한 근대화 프로젝트의 '양식'이었다. 국민소득 일만 달러는(그 성격과 실제 내용이 어떻든 간에) 식사 시간까지 아껴 가며 이뤄 낸 것이었다. 밤샘 공부와 야근 및 잔업을 가능하게 한 것은 라면의 힘이었다.

라면과 컵라면이 공존하는 것 같지만(돌고래와 상어처럼), 라면과 컵라면 사이에는 분명한 단절이 있다. 라면에는 위에서 살펴본 것처럼 개인의 기호가 완강하게, 그리고 배타적으로 내장되어 있다. 하지만 컵라면은 일률적이다. 거기에는 개인의 취향이 들어갈 틈이 없다. 뜨거운 물과 일회용 작은 젓가락이 있을 뿐이다. 하다못해 단무지조차 끼어들 여지가 없다.

라면이 각종 재료와 조리 방식을 수용하는 반면, 컵라면은 그 자체로만 존재한다. 라면에 삼 분 안팎의 기다리는 시간이 있다면, 컵라면이 물에 풀어지는 시간은 그보다 훨씬 짧다. 라면이 식탁을 거의 떠나지 않는 반면, 컵라면은 주방과 식탁을 홀쩍 벗어난다. 그러니 라면이 근대의 식품이라면, 컵라면은 탈근대의 식품이다. 조사해 본 적은 없지만, 라면 세대와 컵라면 세대는 확연히 구분될 것이다. 라면이 이른바 386세대를 상징하는 식품이라면, 컵라면은 그 아래, 영상 이미지와 친화력이 강한 디지털 세대의 '주식'일 것이다.

나는 국수와 라면의 중간에 위치한다. 컵라면은 내가 감당하기 힘들다. 기대하거니와, 나는 라면의 시대가 좀 오래 가기를 바란다. 라면은 개인의 기호가 다양하고 또 강력하게 들어간 식품이기 때문이다. 라면은 거의 유일하게 '역진화'한 먹을거리다. 더는 인스턴트식품이 아니다. 보라, 요즘 누가 밥을 짓는가. 밥은 전기밥솥의 컴퓨터 회로가 짓는다. 김치는 물론이고, 찌개거리며, 국거리, 샐러드까지 공장에서 만들어진다. 주방이 없어지고 있다. 보통 사람들의 요리법도 사라지고 있다. 사정이, 사태가 이럴진대, 누가 라면을 함부로 여길 수 있단 말인가.

라면을 끓이면서 도시인들은 저마다 '자기 자신'으로 돌아간다. 물의 양을 맞추면서, 면의 상태를 살피면서, 자기만의 방식으로 계란을 깨 넣으면서, 도시인들은 회심의 미소를 짓는다. 아, 돌아보라, 둘러보라. 또 내다보라. 우리 도시인들이 언제 자기 자신으로, 개인으로 돌아갈 수 있단 말인가. 우리 도시인들이 언제, 어디에서, 또 누구 앞에서 저토록 강하게 자기 자신을 주장하고, 표현하고, 또 실현한단 말인가.

라면은 오래 가야 한다. 라면이 사라지는 순간, 개인이 선택하고 관리하고 유지할 수 있는 취향은 사라지고 만다. 라면의 시대가 종말을 고한다면, 그 순간이 '주체의 소멸'이다. 컵라면의 시대가 도래한다면, 그것은 개인이 아니라 소비자의 시대가 도래하는 것이다. 그 때의 취향은 개인이 아니라 (불특정 다수로 전락한) 소비자의 취향이다. 라면의 시대를 연장시킬 수 있다면, 우리에게는 가능성이 있다. 이른바 슬로푸드를 호출해 복원할 수 있는 희미한 가능성 말이다.

안도현 시인의 시 '너에게 묻는다'를 패러디해야겠다.

라면 한 그릇 함부로 대하지 마라, 너희가 언제 …….

이문재 (1959~)　시인. 경기 김포 출생. 경희대 국문과 졸업. 1982년 《시운동》 4집에 시를 발표하며 등단. 현재 경희대학교 후마니타스칼리지 교수. 시집으로 『내 젖은 구두 벗어 해에게 보여줄 때』(1988), 『산책시편』(1993), 『마음의 오지』(1999), 『제국호텔』(2004), 『지금 여기가 맨 앞』(2014), 산문집으로 『이문재 산문집』(2006), 『바쁜 것이 게으른 것이다』(2006), 인터뷰집 『내가 만난 시와 시인』(2003) 등이 있음. 김달진 문학상, 시와시학 젊은 시인상, 소월시문학상, 지훈문학상, 노작문학상 등을 받음.

조춘점묘 (早春點描) [1]

이상 (시인, 소설가)

□ 보험 없는 화재火災

격장隔墻에서 불이 났다. 흐린 하늘에 눈발이 성기게 날리면서 화염은 오적어烏賊魚 모양으로 덩어리 먹을 퍽퍽 토한다. 많은 약품을 취급하는 큰 공장이란다. 거대한 불더미 속에서는 간헐적으로 재채기하듯이 색다른 연기 뭉텅이가 내뿜긴다. 약품이 폭발하나보다.

역 송구스러운 말이나 불구경 싫어하는 사람은 없는 것 같다. 뒤꼍으로 돌아가서 팔짱을 끼고 서서 턱살 밑으로 달겨드는 화광火光을 쳐다보고 섰자니까 얼굴이 후끈후끈해 들어오는 것이, 꽤 할 만하다. 잠시 황홀한 '엑스터시' 속에 놀아 본다.

불을 붙여놓고 보니까 뜻밖에 너무도 엉성한 그 공장 바락크는 삽시간에 불길에 휘감겨 버리고 그리고 그 휘말린 혓바닥이 인접한 게딱지

---

1) 조춘점묘(早春點描): 조춘(早春) 이란 '이른 봄'이란 뜻이고, 점묘(點描)란 '붓으로 점을 찍어서 그린 그림' 또는 '사물의 전체를 그리지 아니하고 어느 작은 부분만을 따로 떼어서 그림'을 뜻하는 것이니, '이른 봄의 도회지 풍경을 내려다보며 생각한 것을 그림처럼 표현한 것'을 의미함.

같은 빈민굴을 향하여 널름거리기 시작해서야 겨우 소방대가 달려왔다. 인제 정말 재미있다. 삼방三方으로 호스를 들이대고는 빈민굴 지붕 위에 올라서서 야단들이다. 하릴없이 까치다.

이만큼 떨어져서 얼굴이 뜨거워 못 견디겠으니 거진 화염 속에 들어서다시피 바싹 다가선 소방대들은 어지간하렷다 하면서 여전히 점점 더 사나워 오는 훈훈한 불길을 쪼이고 있자니까 인제는 게서 더 못 견디겠는지 호스 꼭지를 쥔 채 지붕에서 뛰어내려 온다. 그러면 그렇지 하고 그 실오라기만도 못한 물줄기를 업신여기자니까 이번에는 호스를 화염 쪽에서 돌려서 잇닿은 빈민굴을 막 축이기 시작이다. 이미 화염에 굴뚝 빨래 널어놓은 장대를 끄슬리우기 시작한 집에서 들은 세간 기명器皿을 끌어내느라고 허겁지겁들 법석이다 하더니 헐어내기 시작이다.

타는 것에서는 손을 떼고 성한 집을 헐어내는 이유는 이 좀 심한 서북풍에 화염의 진로를 차단하자는 속일 것이다. 그러나 아직 불은 붙지도 않았는데 덮어놓고 헐리고 물을 끼얹히고 해서 세간 기명을 그냥 엉망을 만들어버린 빈민굴 주민들로 치면 또 예서 더 억울할 데가 없을 것이다.

하도들 들이몰리고 내몰리고들 좁은 골목 안에서 복작질들을 치길래 좀 내다보니까 삼층장, 의걸이, 양푼, 납세 독촉장, 바이올린, 여우 목도리, 다 해진 돗자리, 단장, 스파이크 구두, 구공탄 풍로, 뭐 이따위 나부랭이가 장이 서다시피 내쌓였다. 그 중에도 이부자리는 물벼락을 맞아서 결딴이 난 것이 보기 사납다.

그제서야 예까지 타들어오려나 보다 하고 선뜻 겁이 난다. 집으로 얼른 들어가 보니까 어머니가 덜덜 떨면서 때 묻은 이불 보퉁이를 뭉쳤다 끌렀다 하면서 갈팡질팡하신다. 코웃음이 문득 나오는 것을 참으면서 ― 그건 그렇게 싸서 어따가 내 놀 작정이십니까 ― 하고 묻는다. 생각하여 보면 남의 셋방 신세어니 탄들 다 탄대야 집 한 채 탄 것의 몇 분의 일도 못 되리라.

불길은 인제는 서향西向 유리창에 환하다. 타려나 보다. 타면 탔지 하는 일종 비유키 어려운 허무한 생각에서 다시 뒤꼍으로 돌아가서 불구경을 계속한다.

그 동안에도 만일 불이 정말 이 일대를 소진하고야 말 작정이라면 제일 먼저 꺼내와야 할 것이 무엇일까를 생각하여 보았다. 그러나 아무것도 선뜻 떠오르는 게 없다. 그럼 다 타도 좋다는 심리인가? 아마 그런 게다. 그러나 어머니는 그 다 떨어진 포대기와 빈대투성이 반닫이가 무한히 아까운 모양이었다.

또 저 걸레나부랭이를 길에 내놓았다가 그것들을 줄레줄레 들고 찾아갈 곳이 있나 그것도 생각해 보았으나 그 역시 없다. 일가 혹은 친구 ― 내 한 몸뚱이 같으면 몰라도 이 때 묻은 가족들을 일시에 말없이 수용해 줄 곳은 암만해도 없는 것이다.

불행히 불은 예까지는 오기 전에 꺼졌다. 그 좋은 불구경이 너무 하잘 것없이 끝난 것도 섭섭했지만 그와는 달리 무엇이라고 형언할 수 없는 적막을 느꼈다. 듣자니 공장은 화재보험 덕에 한 파운드짜리 알코올 병하나 꺼내놓지 않고 수만 원의 보상을 받으리라 한다. 화재보험 ― 참 이

것은 어떤 종류의 고마운 하느님보다도 훨씬 더 고마운 하느님에 틀림
없다.

어머니는 어찌 되든지 간에 그때 마음 같아서는 "빌어먹을! 몽탕 다
타나 버리지." 하고 실없이 심술이 났다. 재산도 그 대신 걸레조각도 없
는 알몸뚱이가 한 번 되어 보고 싶었던 게다. 물론 화재보험 하느님이 내
게 아무런 보상도 끼칠 바는 아니련만 ……

□ **단지斷指한 처녀**

들판이나 나무에 핀 꽃을 똑 꺾어 본 일이 없다. 그건 무슨 제법 야생野生
것을 더 귀해 한답시고 해서 그런 게 아니라 대체가 성격이 비겁하게 생
겨먹은 탓이다.

못 꺾는 축보다는 서슴지 않고 꺾을 수 있는 사람이 역시 — 매사에 잔
인하다는 소리를 듣는 수는 있겠지만 — 영단英斷이란 우수한 성격적 무
기를 가진 게 아닌가 한다.

끝엣누이 동무되는 새악시가 그 어머니 임종에 왼손 무명지를 끊었
다. 과연 동양 도덕의 최고수준을 건드렸대서 무슨 상인지 돈 3원을 탔
단다. 세월이 세월 같으면 번듯한 홍문紅門이 서야 할 계제에 돈 3원이란
어떤 도량형법으로 산출한 액수인지는 알 바가 없거니와 그보다도 잠깐
이 단지한 새악시 자신이 되어 생각을 해 보니 소름이 끼친다. 사뭇 식도
로다 한 번 찍어 안 찍히는 것을 두 번 찍고 세 번 찍고 열 번 찍어 안 넘
어가는 나무가 없다는 격으로 기어이 찍어 떨어뜨렸다니 그 하늘이 동할

효성도 효성이지만 위선 이 끔찍끔찍한 잔인성은 상상만 해도 몸서리가 치고 오히려 남음이 있는가 싶다. 이렇게 해서 더러 죽은 어머니를 살리는 수가 있다니 그것을 의학이 어떻게 교묘하게 설명해 줄지는 모르나 도무지 신화 이상의 신화다.

원체가 동양 도덕으로는 신체발부身體髮膚에 창이瘡痍를 내는 것을 엄중히 취체取締한다고 과문寡聞이 들어왔거늘 그럼 이 무시무시한 훼상毁傷을 왈曰, 중에도 으뜸이라는 효도의 극치로 대접하는 역설적 이론의 근거를 찾기 어렵다.

무슨 물질적인 문화에 그저 맹종하자는 게 아니라 시대와 생활시스템의 변천을 좇아서 거기 따르는 역시 새로운 즉 이 시대와 이 생활에 준거되는 적확한 윤리적 척도가 생겨야 할 것이고가 아니라 의식적으로 입법해 내어야 할 것이다.

단지斷指 ― 이 너무나 독한 도덕행위는 오늘 우리가 짊어지고 있는 어떤 종류의 생활 시스템이나 사상적 프로그램으로 재어 보아도 송구스러우나 일종의 무지한 만적蠻的 사실인 것을 부정키 어려운 외에 아무 취할 것이 없다.

알아보니까 학교도 변변히 못 가 본 규중처녀라니 물론 학교에서 얻어 배운 것은 아니겠고 그렇다면 ― 어른들의 호랑이 담배 먹는 옛 이야기나 그렇지 않으면 울긋불긋한 각설이떼체體 효자충신전孝子忠臣傳이 뙤겨 준 것임에 틀림없을 것이다. 그 밖에 손가락을 잘라서 죽는 부모를 살릴 수 있다는 가엾은 효법孝法을 이 새악시에게 여실히 가르쳐 줄 수 있을 만한 길이 없다. 아 — 전설傳說의 힘의 이렇듯 큼이여.

그러자 수삼 일 전에 이 새악시를 보았다. 어머니를 잃은 크낙한 슬픔이 만면에 형언할 수 없는 수색愁色을 빚어내는 새악시의 인상은 독하기는커녕 어디 한 군데 흠잡을 데조차 없는 가련한 온순한 '하디'의 〈테스〉 같은 소녀였다. 누이는 그냥 제 일같이 붙들고 울고 하는 곁에서 '단지'에 대한 그런 아포리즘과는 딴 감격과 슬픔을 느끼지 않을 수 없었다. 기적으로 상처는 도지지도 않고 그냥 아물었으니 하늘이 무심치 않구나 했다. 여하간 이 양羊이나 다름없이 부드럽게 생긴 소녀가 제 손가락을 넓적한 식도로다 텍걱 찍어 내었거니는 꿈에도 생각할 수 없다.

다만 그의 가련한 무지와 가중한 전통이 이 새악시로 하여금 어머니를 잃고 또 저는 종생의 불구자가 되게 한 이중의 비극을 낳게 한 것이다.

극구 칭찬하는 어머니와 누이에게 억제하지 못한 슬픔은 슬쩍 감추고 일부러 코웃음을 치고 — 여자란 대개가 도무지 잔인하게 생겨 먹었습네다. 밤낮으로 고기도 썰고 두부도 썰고 생선대가리도 족이고 나물도 뜯고 버들가지를 꺾어서는 피리도 만들고 피륙도 찢고 버선감도 싹뚝싹뚝 썰어내고 허구한 날 하는 일이 일일이 잔인하기 짝이 없는 것뿐이니 아따 제 손가락 하나쯤 비웃 한 마리 토막 치는 세음만 치면 찍히지 — 하고 흘려버린 것은 물론 기변機變이요 속으로는 역시 그 갸륵한 지성至性과 범키 어려운 일편단심에 아파하지 않을 수 없었고 존경하는 마음으로 하여 머리 수그리지 않을 수는 없었다.

불행히 시대에서 비켜선 지고至高한 효녀 그 새악시! 그래 돈 3원에다 어느 신문 사회면 저 아래에 칼표 딱지만 한 우메구사[일본어로 '여백을 채우는 기사'를 뜻함. [편집자 주]를 장만해 준 밖에 무엇이 소저小姐의 적막해진 무명지無明指 억울한 사정을 가로맡아 줍디까. 당신을 공경하면서 오히려 '단지'를 미워하는 심사 저 뒤에는 아주 근본적으로 미워해야 할 무엇이 가로 놓여 있는 것을 소저! 그대는 꿈에도 모르리다.

□ **차생윤회**此生輪廻

길을 걷자면, '저런 인간일랑 좀 죽어 없어졌으면.' 하고 골이 벌컥 날 만큼 이 세상에 살아있지 않아도 좋을, 산댔자 되레 가지가지 해독이나 끼치는 밖에 재주가 없는 인생들을 더러 본다. 일전 영화 《죄와 벌》에서 얻어들은 '초인 법률 초월론超人法律超越論'이라는 게 뭔지는 모르지만 진보된 인류 우생학적 위치에서 보자면, 가령 유전성이 확실히 있는 불치의 난병자, 광인, 주정酒精 중독자, 유전의 위험이 없더라도 접촉 혹은 공기 전염이 꼭 되는 악저惡疽의 소유자, 또 도무지 어떻게도 손을 댈 수 없는 절대 걸인 등 다 자진해서 죽어야 하든지 그렇지 않으면 모종의 권력으로 일조일석一朝一夕에 깨끗이 소탕을 하든지 하는 게 옳을 것이다. 극흉극악의 범죄인도 물론 그 종자를 절멸시켜야 옳을 것인데, 이것만은 현행의 법률이 잘 행사해 준다. 그러나 — 법률에 대한 어려운 이론을 알 바 없거니와 — 물론 충분한 증거와 함께 범죄 사실이 노현露顯한 경우에 한하여서이다. 영화 《프랑켄슈타인》에 나오는 지상 최대의 흉악한 용모

의 소유자가 여기도 있다면 그 흉리胸裏에는 어떤 극악의 범죄 계획을 내
함內含하고 있다 하더라도 다만 그의 용모 골상이 흉악하다는 이유만으로
는 법률이 그에게 판재判裁나 처리를 할 수는 없으리라. 법률은 그런 경우
에 미행을 붙여서 차라리 이 자의 범죄 현장을 탐탐眈眈히 기다릴 것이다.
의아한 자는 벌치 않는다니 그럴 법하다.

그러나 또 생각해 보면 걸인도 없고 병자도 없고 범죄인도 없고, 하여
간 오늘 우리 눈에 거슬리는 온갖 것이 다 깨끗이 없어져 버린 타작마당
같은 말쑥한 세상은 만일 그런 것이 지상에 실현될 수 있다면 세상은 그
야말로 심심하기 짝이 없는 권태 그것과 같은 세상일 것이다. 그러니까
자선가의 허영심도 채울 길이 없을 것이고 의사도 변호사도, 아니 재판
소도 온갖 것이 다 소용이 없어질 것이고 따라서 그날이 그날 같고 이럴
것이니 이래서야 참 정말 속수무책으로 바야흐로 할 일이 없어질 것이
다. 이런 춘풍태탕春風駘蕩한 세월 속에서 어쩌다가 우연히 부스럼이라도
좀 나는 사람이 하나 있다면 참괴慚愧 이것을 이기지 못하여 천하 만민 앞
에서 아주 깨끗하게 일신을 자결할 것이고 또 그런 세상의 도덕이 그러
기를 무언중無言中에 요구해 놓아둘 것이다.

그게 겁이 나서 그런지는 모르지만 천하의 어떤 우생학자도 초인 법
률 초월론자도 행정자에게 대하여 정말 이 '살아 있지 않아도 좋을 인간
들'의 일제一齊한 학살을 제안하거나 요구하지는 않나 보다. 혹 요구된 일

이 전대에 더러 있었는지는 모르지만 일찍이 한 번도 이런 대영단적^{大英斷}^的 우생학을 실천한 행정자는 없는가 싶다. 없을 뿐만 아니라 나환자 사구금^{救救金}이니 빈민 구제기관이니 시료^{施療}병실이니 해서 어쨌든 이네들의 생명에 대하여 아무런 위협도 가하지 않을 뿐 아니라 한편 그윽이 보호하는 기색이 또한 무르녹는다.

가령 종로에서 전차를 기다리자면, '나리, 한 푼 줍쇼' 하고 달겨든다. 더러 준다. 중에는 '내 10전 줄게. 다시는 거지 노릇을 하지 말라.' 한 부인이 있다니 포복할 일이다. 또 점두^{點頭}에 그 호화 장려한 풍모로 나타나서 '한 푼 줍쇼.' 소리를 될 수 있는 대로 듣기 싫게 연발하는 인간에게도 불성문^{不成文}으로 한 푼 주어 보내기로 되어 있다. 그래서 암암리에 사람들은 이 지상의 암^癌을 잘 기를 뿐만 아니라 은연히 엄호한다. 역^亦 눈에 띄지 않는 모순이다.

즉 그런 그다지 많지 않은 그러나 결코 적지 않은 한 층을 길러서 이쪽이 제 생활의 어떤 원동력을 게서 얻자는 것인지도 모른다. 목숨이 끊어지지 않을 만큼만 먹여 살려서는 그런 것이 역연^{歷然}히 지상에 있다는 것을 사실로 지적해서는 제 인생 생활의 가치와 '레종 데뜨르 [raison d'etre : 존재의 이유, 존재의 근거 라는 뜻의 프랑스어 [편집자 쥐] 를 교만하게 긍정하자는 기획일 것이다. 그러면서 부절^{不絶}히 이 악저^{惡疽}로 하여 고통과 협위^{脅威}를 느끼는 중에 '네 놈이 어디 나 같은 인간이 될 수 있나 해 보아라.' 하는 형용할 수 없는 무슨 투쟁심을 흉중^{胸中}에 축적시켜서는 '저게 겨우내 안 죽고 또 살았' 하는 의외에도 생활의 원동력을 파급하자는 것일 게다.

하루 종로를 오르내리는 동안에 세 번 적선을 베푼 일이 있다. 파破 기록적 사실임에 틀림없다. 한 푼 받아들고 연해 고개를 끄덕이고 꽁무니를 빼는 꼴을 보면서, "네 놈 덕에 내가 사람 노릇을 하는 것이다. 알기나 아니?" 하고 심히 궁한 허영심에서 고소苦笑하였다. 자신 역亦 지상에 살 자격이 그리 없다는 것을 가끔 느끼는 까닭이다. 그러나 다음 순간 '나를 먹여 살리는 내 바로 상부구조가 또 이렇게 만족해하겠지.' 하고 소름이 연連 쫙 끼쳤다. 그때의 나는 틀림없이 어떤 점잖은 분들의 허영심과 생활 원동력을 제공하기 위하여 꾸멀꾸멀하는 '거지적 존재'고나 눈의 불이 번쩍 나지 않을 수 없었다.

□ 공지空地 에서

얼음이 아직 풀리기 전 어느 날 덕수궁 마당에 혼자 서 있었다. 마른 잔디 위에 날이 따뜻하면 여기저기 쌍쌍이 벌려 놓일 사람 더미가 이날은 그림자도 안 보인다. 이렇게 넓은 마당을 텅 이렇게 비워두는 뜻이 알 길 없다. 땅이 심심할 것 같다. 땅도 인제는 초목이 우거지고 기암괴석이 배치되는 데만 만족해하지는 않을 게다. 차라리 초목이 없고 괴석이 없더라도 집이 서고 집 속에 사람들이 북적북적하고 또 집과 집 사이엔 참 아끼고 아껴서 남겨놓은 가늘고 길고 요리 휘고 조리 휘인 얼마간의 지면地面 ― 즉 길에는 늘 구두 신은 남녀가 뚜걱뚜걱 오고 가고 여러 가지

차량들이 굴러가고 하기를 희망할 것이다. 그렇게 땅의 성격도 기호^{嗜好}도 변하였을 것이다.

그래 이건 아마 겨울 동안에는 인마^{人馬}의 통행을 엄금해 놓은 격별^{格別}한 땅이나 아닌가 하고 대단히 겸연쩍어서 부리나케 대한문^{大漢門}으로 내달으려니까 하늘에 소리 있으니 사람의 소리로다. 그러나 역시 잔디밭 위에는 아무도 없고 지난 가을에 헤뜨리고 간 캐러멜 싸개가 바람에 이리 날고 저리 날고 할 뿐이다.

그러나 다음 순간 반드시 덕수궁에 적을 둔 금리^{金鯉 : 금잉어} 떼나 놀아야 할 연못 속에 겨울 차리를 한 남녀가 무수히 헤어져 놀고 있는 것이 눈에 띄었다. 하나도 육지에 올라선 이가 없이 말짱 그 손바닥만 한 연못에 들어서서는 스마트한 스케이팅을 즐기는 것이 아닌가.

요컨대 새로 발견된 공지로군 하고 — 경이의 눈을 옮길 길이 없어 가까이 다가서서는 그 새로 점령된 미끈미끈한 공지를 조심성스레 좀 들여다보았다. 그러니 금리어들은 다 어디로 쫓겨 갔을까? 어족은 냉혈동물이라니 물이 얼어도 밑바닥까지만 얼지 않으면 그 얼음장 밑 냉수 속에서 족히 살아갈 수 있다는 것인가. 그러나 그 예리한 스케이트 날로 너무 긁어 메워 놓아서 얼음은 영 불투명하다. 투명만 하면 불그스레한 금리어 꽁지가 더러 들여다보이기도 하련만 — 하여간 이 손바닥만 한 연못이 깊으면 얼마나 깊을까 — 바탕까지 다 꽝꽝 얼었다면 어족은 일거에 몰사하였을 것이고 얼음장 밑에 물이 흐르고 있다면 이 까닭 모를 소요에 얼마나 어족들이 골치를 앓을까? 이 신기한 공지를 즐기기 위하여는 물론 그들은 어족의 두통 같은 것은 가산하지 않았을 것이다.

그날 황혼 천하에 공지 없음을 한탄하며 뉘 집 2층에서 저물어가는 도회를 내려다보고 있었다. 그때 실로 덕수궁 연못 같은 날만 따뜻해지면 제출물에 해소될 엉성한 공지와는 비교가 안 되는 참 훌륭한 공지를 하나 발견하였다.

××보험회사 신축용지라고 대서^{大書} 특서^{特書}한 높다란 판장^{板墻}으로 둘러막은 목산^{目算} 범^凡 천 평 이상의 명실상부의 공지가 아닌가.

잡초가 우거졌다가 우거진 채 말라서 일면이 세피아 빛으로 덮인 실로 황량한 공지인 것이다. 입추^{立錐}의 여지가 가히 없는 이 대도시 한복판에 이런 인외경^{人外境}의 감을 풍기는 적지 않은 공지가 있다는 것은 기적 아닐 수 없다.

인마^{人馬}의 발자취가 끊인 지 ― 아니 그건 또 처음부터 없었는지도 모르지만 ― 오랜 이 공지에는 강아지가 서너 마리 모여 석양의 그림자를 끌고 희롱한다. 정말 공지 ― 참말이지 이 세상에는 인제는 공지라고는 없다. 아스팔트를 깐 뻔질한 길도 공지가 아니다. 질펀한 논밭, 임야, 석산, 다 아무개의 소유답^{所有畓}이요, 아무개 소유의 산갚이요, 아무개 소유의 광산인 것이다. 생각하면 들에 나는 풀 한 포기가 공지에 뿌리를 내리지 못한다. 이치대로 하자면 우리는 소유자의 허락이 없이 일보의 반보를 어찌 옮겨 놓으리오. 오늘 우리가 제법 교외로 산보도 할 수 있는 것은 아직도 세상인심이 좋아서 모두들 묵허^{黙許}를 해 주니까 향유할 수 있는 사치다. 하나도 공지가 없는 이 세상에 어디로 갈까 하던 차에 이런 공지다운 공지를 발견하고 저기 가서 두 다리 쭉 뻗고 누워서 담배나 한 대 피었으면 하고 나서 또 생각해 보니까 이것도 역^亦 ×× 보험회사가 이윤을 기다리고 있는 건조물인 것을 깨달았다. 다만 이 건조물은 콘크리트로 여러 층을 쌓아 올린 것과 달라 잡초가 우거진 형태를 하고 있을 뿐인 것이다.

봄이 왔다. 가난한 방 안에 왜꼬아리 분盆 하나가 철을 찾아서 요리조리 싹이 튼다. 그 닷곱 한 되도 안 되는 흙 위에다가 늘 잉크병을 올려놓고 하다가 싹트는 것을 보고 잉크병을 치우고 겨우내 그대로 두었던 낙엽을 거두고 맑은 물을 한 주발 주었다. 그리고 천하에 공지라곤 요 분盆 안에 놓인 땅 한군데밖에는 없다고 좋아하였다. 그러나 두 다리를 뻗고 누워서 담배를 피우기에는 이 둥글납작한 공지는 너무 좁다.

□ 도회^{都會}의 인심

도회의 인심이란 어느 만큼이나 박薄해 가려는지 알 길이 없다.

이런 이야기를 들은 일이 있다. 상해^{上海}에서는 기아棄兒를 — 그것도 보통 죽은 것을 — 흔히 쓰레기통에다 한다. 새벽이면 쓰레기 치워 가는 인부가 와서는 휘파람을 불어가며 쓰레기를 치우는데 그는 이 흉악한 기아를 보고도 별반 놀라지 않을 뿐만 아니라 그 애총을 이리 비켜놓고 저리 비켜 놓고 해서 쓰레기만 치워 가지고 잠자코 돌아간다는 것이다. 요컨대 기아야 뭐이 그리 이상하랴. 다만 이것은 쓰레기는 아니니까 내가 치워 가지 않을 따름 어떻게 되는 걸 누가 알겠소 — 이 뜻이다.

설마 — 했지만 또 생각해 보면 있을 법도 한 일이다. 참 도회의 인심은 어느 만큼이나 박하고 말려는지 종잡을 수가 없다.

이 '나가야' [연립주택을 가리키는 일본어 (편집자 주)]로 이사 온 지도 벌써 돌이 가까워오나 보다. 같은 들보 한 지붕 밑에 죽 — 칸칸이 산다. 박서방, 김씨, 이상, 최주사, 이렇게 크고 작은 문패가 칸칸이 붙었다. 그러나 그들은 서로 사귀지 않는다. 그 중에도 직업은 서로 절대 비밀이다. 남편 혹은 나 같은 아내 없는 장성한 아들들은 앞문으로 드나든다. 그러나 아내 혹은 말만한 누이동생들은 뒷문으로 드나든다. 남편은 아침 혹或 낮에 나가면 대개 저녁 혹은 밤에나 들어온다.

그러나 아낙네들은 집에 있다. 저녁때가 되면 자연 쌀을 씻어야겠으니까 수도로 모여든다. 모여들면 남자들처럼 서로 꺼리고 기피하지 않고 곧잘 언어노출증을 나타낸다. 그래서는 잠자코 있었으면 모를 이야기 안 해도 좋을 이야기 흥아잡이 무릎맞춤이 시작되어서 가끔 여류 무용전女流武勇傳을 만들기도 한다. 그리하여 힘써 감추는 남편 씨의 직업도 탄로가 나고 해서 바깥양반의 자존심을 여지없이 분쇄하고 마는 것이다. 그러나 기압은 대체로 보아 무풍상태無風狀態다.

우리 집 변소 유리창에서 똑바로 보이는 제2열 나가야 ×호 칸에 들은 젊은 세대는 작하昨夏 이래 내외 싸움이 그칠 사이가 없더니 가을로 들어서자 추풍낙엽과 같이 남편이 남편 직에서 떨어졌다. 부인은 ×× 카페 화형花形: 인기 있는 여급이라는 것이다. '메리 위도' [행복한 과부를 뜻함 (편집자 주)]가 된 화형은 남편을 경질하기에는 환경의 이롭지 못함을 깨달았던지 떠나

버리고 그 칸은 빈 채다. 물론 이사를 하는 경우에도 이웃에 인사를 하는 수고스러운 미덕은 이 '나가야' 규정에 없다. 그 바로 이웃 칸에 든 젊은 이의 감상담感想談에 의하면, 앓던 이 빠진 것 같다고 — 왜냐 하면 그 풍기 를 문란케 하는 종류의 '레코드' 소리를 안 듣게 되었다는 것이다. 그러자 또 이웃 아주 지방분이 잘 — 침착沈着한 젊은이는 젖먹이를 잃어버렸다. 그와 동시에 그 죽은 아이 체중보다도 훨씬 더 많을 지방분도 깨끗이 잃 어버렸다, 그러나 그 어린애를 위해서나, 애 어머니 지방분을 위해서나 부의賻儀 한 푼 있을 리 없다. 나도 훨씬 뒤에야 알았으니까 —

날이 훨씬 추워지자 우리 바로 격장에 사남매로 조직된 가족이 떠나 왔다. B전문학교 다니는 오빠가 한 쌍, W여고보에 다니는 매씨妹氏가 한 쌍, 매양 석각夕刻이면 혼성 4중창의 유행가가 우리 아버지 완고한 사상 을 괴롭힌다 한다. 그렇건만 나는 한 번도 그 오빠들을 본 일이 없고 누 이는 한 번도 그 매씨들과 말을 바꾸어 본 일이 없는 것이다.

정월에 반대편 이웃집에서 흰떡을 했다. 한 가락 주겠지 했더니 과연 한 가락도 안 준다. 우리는 지짐이만 부쳤다. 좀 줄까 하다가 흰떡 한 가 락 안 주는 걸, 뭘 하고 혼자 먹었다. 4남매 집은 원래 계산에 넣지 않은 이유가 그믐날 밤까지도 아무것도 부치지도 지지지도 않았기 때문이다. 그것은 전혀 흰떡과 지짐이를 그 이웃집에 기대하고 있는 수작이 아닌가 해서 미워서 그런 것이다. 물론 이것은 내 오해인지도 모르지만 —

해토解土하면서 막다른 칸에 든 젊은이가 본처에서 일약 첩으로 실격 한 사건이 생겼다. 그러나 아무도 그 젊은이를 동정하지는 않고 그 남편이 배불뚝이라고 험담들만 실컷 하다 나자빠졌다. 그리고 우리 집에는 나날이 찾아오는 빚쟁이 수효가 늘어가기 시작이다. 그러다가 건물회사에서 집달리를 데리고 나와 세간 기명 등속에다가 딱지를 붙이고 갔다. 집세가 너무 많이 밀렸다는 이유다. 이런 뒤법석이 일어난 것을 4남매는 모두 학교에 갔으니 알 길이 없고 이쪽 이웃 역^亦 어느 장님이 눈을 떴누 하는 식이다. 차라리 나는 다행하다 생각하였다. 동네방네가 죄다 알고 야단들을 치면 더 창피다.

"이료노라 ―", "누굴 찾으시오.", "×씨 집이오?", "아뇨!", "그럼 어디오 ―", "그걸 내가 아오?" 하는 문답이 우리 집 문간에서 있나 보더니 아버지 말씀이, "알아도 안 가르쳐주는 게 옳아.", "왜요?", "아, 빚쟁일시 분명하니 거 남 못할 노릇 아니냐 ―" 하신다. 도회의 인심은 대체 얼마나 박하고 말려고 이러나?

□ **골동벽**^{骨董癖}

가령 신라나 고려적 사람들이 밥상에다 콩나물도 좀 담고 또 장조림도 담고 또 약주도 좀 따르고 해서 조석으로 올려놓고 쓰던 식기나부랭이가 분묘 등지에서 발굴되었다고 해서 떠들썩하나 대체 어쨌다는 일인지 알 수 없다. 그게 무엇이 그리 큰일이며 그 사금파리 조각이 무엇이 그리 가치 높이 평가되어야 할 것이냐는 말이다. 황차^{況此} 그렇지도 못한 이조 항아리 나부랭이를 가지고 어쩌니 어쩌니 하는 것들을 보면 알 수 없는 심사이다.

우리는 선조의 장한 일들을 잊어버려서는 못쓴다. 그러나 오늘 눈으로 보아서 그리 값도 나가지 않는 것을 놓고 얼싸안고 혀로 핥고 하는 꼴은 진보한 커트글라스 그릇 하나를 만들어내는 부지런함에 비하여 그 태타惰惰의 극을 타기唾棄하고 싶다.

가끔 아는 이에게서 자랑을 받는다. 내 이조 항아리 좋은 것 우연히 싸게 샀으니 와 보시오 — 다. 싸다는 그 값이 결코 싸지도 않을 뿐만 아니라 가보면 대개는 아무 예술적 가치도 없는 태작駄作인 경우가 많다. 그야 오늘 우리가 삼월三越 백화점 식기부에서 살 수 없는 물건이니 볼 점點이야 있겠지 — 하지만 그 볼 점이라는 게 실로 하찮은 것이다.

항아리 나부랭이는 말할 것 없이 그 시대에 있어서 의식적으로 미술품으로 만들어진 것은 아니다. 간혹 꽤 미술적인 요소가 풍부히 섞인 것이 있기는 있으되 역시 여기餘技 정도요 하다 못 해 꽃을 꽂으려는 실용이라도 실용을 목적으로 된 것임에 틀림없다. 이것이 오랜 세월을 지하에 파 묻혔다가 시대도 풍속도 영 딴판인 세상인 눈에 띠니 위선 역설적으로 신기해서 얼른 보기에 교묘한 미술품 같아 보인다. 이것을 순수한 미술품으로 알고 와자지껄들 하는 것은 가경可驚할 무지다.

어느 박물관에서 허다한 점수의 출토품을 연대순으로 진열해 놓고 또 경향이며 여러 가지 분류 방법을 적확히 구분해서 일목요연토록 해 놓은 것을 구경하고 처음으로 그런 출토품의 아름다움과 가치 있음을 느꼈다.

결국 골동품의 가치는 그런 고고학적인 요구에서 생기는 것일 것이다. 겸하여 느끼는 아름다운 심정은 즉 선조에 대한 그윽한 향수에서 오는 것이 아닐까. 역사라는 학문을 부정할 수는 없으리라. 어느 시대의 생활양식, 민속, 민속예술 등을 알고자 할 때에 비로소 골동품의 지위가 중대해지는 것이지 그러니까 골동품은 골동품만을 모아놓는 박물관과 병존하지 않고는 그 존재 이유가 소멸할 뿐 아니라 하등의 '구실'을 못한다. 같은 시대 것 같은 경향 것을 한데 모아놓고 봄으로 해서 과연 구체적인 역사적인 지식을 얻을 수 있는 것이지 — 그러니까 물론 많을수록 좋다 — 그렇지 않고 외따로 떨어진 한 파편은 원인原人 '피테칸트로푸스'의 단 한 개의 골편骨片처럼 너무 짐작을 세울 길에 빈곤하다. 그것을 항아리 한 개 접시 두 조각해서 자기 침두枕頭에 늘어놓고 그 중에 좋은 것은 누가 알까봐 쉬쉬 숨기기까지 하는 당세 골동인骨董人 기질은 위선 아까 말한 고고학적 의의에서 가증한 일이요, 둘째 그 타기할 수전노적 사유관념이 밉다.

그러나 이 좋은 것을 쉬쉬 하는 패쯤은 양민이다. 전혀 5전에 사서 백 원에 파는 것으로 큰 미덕을 삼는 골동가가 있으니 실로 경탄할 화폐제도의 혼란이다.

모 씨는 하루 이런 이야기를 한다. — 요전에 샀던 것 깜빡 속았어. 그러나 5원만 밑지고 겨우 다른 사람한테 넘겼지 큰일 날 뻔했는걸 — 이다. 위조 골동품을 모르고 고가에 샀다가 그것이 위조라는 것을 알자 산 값에서 5원만 밑지고 딴 사람에게 팔아먹었다는 성공 미담이다.

재떨이로 쓸 수도 없다는 점에 있어서 위선 '제로'에 가까운 가치밖에 없는 한 개 접시를 위조하는 심사를 상상키 어렵거니와 그런 이매망량魑魅魍魎[온갖 도깨비] 이 이렇게 교묘하게 골동세계를 유영하고 있거니 생각하면 소름이 끼칠 일이다. 누구는 수만 원의 명도(名刀)를 샀다가 위조라는 것을 알고 눈물을 머금고 장사를 지내버렸다 한다. 그러나 이 가짜 항아리 접시 나부랭이는 속은 사람이 또 속이고 또 속은 사람이 또 속이고 해서 잘 하면 몇 백 년도 견디리라. 하면 그동안에 선대에는 이런 위조골동품이 있었담네 — 하고 그것마저가 유서 깊은 골동품이 되고 말 것이다.

이런 타기할 괴취미밖에 가지지 않은 분들에게 위(僞)조(造)을랑은 눈에 띄는 대로 때려 부수시오 — 하고 권하기는커녕 골동품 — 물론 이 경우에 순수한 미술품 말고 항아리 나부랭이를 말함 — 은 고고학적 민속학적 요구에서 박물관에 모여서만 가치 있는 것이지 그러지 않곤 의미 없소 허니 죄다 박물관에 기부하시오, 하는 권하면 권하는 이더러 천한 놈이라고 꾸지람을 하실 것이 뻔하다.

□ **동심행렬**童心行列

아침 길이 똑 보통학교 학동들 등교 시간하고 마주치는 고로 자연 허다한 어린이들을 보게 된다. 그네들의 일거수일투족 눈 한 번 끔벅하는 것 말 한 마디가 모두 경이(驚異)다. 경이인 것이 위선 자신이 그런 어린이들과 너무 멀고 또 제 몸이 책보를 끼는 생활을 그만둔 지 너무 오래고 또 학교 다니던 어린 동생들도 다 — 장성해서 집안이 그런 학동을 기르는 집안 분위기에서 퍽 멀어진 지가 오래 되기 때문일 것이다. 그저 먼 — 꿈의 세계를 너무나 똑똑히 눈앞에 보는 것 같아서 가슴이 뿌듯할 적이 많다.

학동들은 7,8세로 여남은 살까지 남녀가 뒤섞인 현란한 행렬이다. 이것도 엄격한 중고 교육을 받은 우리로는 경이다. 자전거가 멋모르고 좁은 골목에 들어섰다가 혼이 난다. 암만 벨을 울려도 이 아침 거리의 폭군들은 길을 비켜주지는 않는다. 자전거는 하는 수 없이 하마^{下馬}를 하고 또 뭐라고 중얼거려도 보나 그런 것에 귀를 기울이는 사심^{邪心}이 없다. 저희끼리 이야기가 너무나 재미있어 견딜 수가 없는 것이다. 물론 누구하고 동무도 없고 행렬에도 끼이지 못하고 화제도 없는 인물은 골목 한편 인가^{人家} 담벼락에 비켜서서 이 화려한 행렬에 공손히 길을 치워 주어야 한다.

우리는 구경도 못한 '란도셀'이란 것을 하나씩 짊어졌다. 그것도 부럽다. 그 속에는 우리는 한 번도 가지고 놀아보지 못한 찬란한 그림책이 들었다. 12색 크레용도 들었다. 불란서 근대화 파들보다도 훨씬 무서운 자유분방한 그들의 자유화^{自由畵}를 기억한다. 우리는 일생을 통하여 기어코 완전한 거짓말 속에서 시종하라는 건가 보다. 우리는 이제 시작해서 저런 자유화 한 장을 그릴 수 있을까. 란도셀이란 것 속에는 하고 많은 보배가 들어있다. 그러나 장난꾼이들 '란도셀'이란 '란도셀'이 어쩌면 그렇게 모조리 해어져 떨어져서 헌털뱅인구.

단발이 부쩍 늘었다. 여남은 살 먹은 여학동 단발한 것은 깨끗하고 신선하고 7, 8세 여학동 단발한 것은 인형처럼 귀엽다.

남학동들은 일제히 양복이다. 양복에다가 보통학교 아동 이외에는 이행을 불허하는 경편^{輕便} 운동화들을 신었다. 그래서는 좁은 골목 넓은 길을 살과 같이 닫고 또 한 군데 한없이 머물러서는 장난한다. 이렇게 등교 시간 자체가 그네들에게는 황홀한 것이고 규정 이상의 과정인 것이다.

중에는 셋 혹ﾐ 넷 무더기가 져서 걸어가면서 무슨 책인지 한 책에 집중되어 열중한다. 안경 쓴 학동이 드문드문 끼었다. 유리에 줄이 좍좍 간 것이 제법 근시들이다.

무에 저리 재밌을까 — 고 궁금해서 흘깃 좀 훔쳐본다. 양홍洋紅 군청群青 등 현란한 극채색판의 소년 잡지다. 그림은 무슨 군함 등속인가 싶다. 그러나 글자는 그저 줄이 죽죽 가 보일 뿐이지 눈에 들어오지 않는다.

보통학교 학동이 안경을 썼다는 것은 사실 해괴망측한 일이다.

일인 것이 첫째 깜찍스럽다. 하도 앙증스럽고 해서 처음에는 웃고 그만두었으나 생각해 보면 웃고 말 일이 아니다. 근시는 무슨 절름발이나 벙어리 같은 유類의 그야말로 불구자라곤 할 수 없으되 불구자는 불구자다. 세상에는 치레로 금테안경을 쓰는 못생긴 백성도 있기는 있으나 '오페라글라스' 비행사의 그 툭 불그러진 안경 이외에 안경은 없는 게 좋다. 그것을 저런 아직 나이 들지 않은 연골軟骨 어린이들에게까지 씌우지 않으면 안 된다는 세상은 그리 고맙지 않은 세상임에 틀림없다.

예는 여러 가지 원인이 있겠으나 현대의 고도화한 인쇄술에도 트집을 아니 잡을 수 없다. 과연 보통학교 교과서만은 활자의 제한이 붙어서 굵직굵직한 것이 괜찮다. 그만만하면 선천적 근시안이 아닌 다음에는 활자 탓으로 눈을 옥지르거나 하는 일은 없을 것 같다.

그러나 학동들이 교과서만 주무르다 그만두느냐 하면 천만에, 위선, 참고서라는 것이 대개가 9'포인트' 활자로 되어 먹었다. 급기及其 소년잡지 등속에 이르른즉슨 심지어 6호, 7'포인트' 반을 사용하여 오히려 태연한 출판업자 — 게다가 추악한 극채색을 덮어서 예의銳意 학동들의 동공을 노리고 총공격의 자세를 일각도 게을리하지는 않는다.

아직도 안경 쓴 학동보다 안 쓴 학동의 수효가 더 많은 것으로 보아 한편 괴이도 하나 한편 아직 그들의 독서열이 40도에 이르지 않은 것을 차라리 다행히 생각하고 싶다. 누구에게라도 안경상商을 추장推獎하고 싶다. 오늘 같은 부덕한 활자 허무 시대에 가하여 불완전한 조명 장치밖에 없는 이 땅에 늘어갈 것은 근시안뿐일 터이니 말이다.

(1936년)

이상 (1910~1937)　　시인. 소설가. 서울 출생. 본명 김해경. 경성고등공업학교 건축과 졸업. 1930년 《조선》에 첫 장편소설 「12월 12일」을 발표함. 1934년에 구인회에 참가. 1936년 6월 일본 동경으로 건너갔으나 1937년 사상불온혐의로 구속되었고 건강이 더욱 악화되어 그 해 4월 동경대학 부속병원에서 사망함. 1933년 《가톨릭청년》에 시 <1933년 6월 1일>,<거울> 등을, 1934년 《조선중앙일보》에 국문시 <오감도> 등 다수의 시작품을 발표함. 특히, <오감도>는 난해시로 당시 문학계에 큰 충격을 일으켜 독자들의 강력한 항의로 연재를 중단함. 시뿐만 아니라 <날개>(1936), <지주회시>(1936), <봉별기>(1936), <종생기>(1937), <동해>(1937) 등의 소설도 발표함. 수필 <산촌여정>(1935), <권태>(1937) 등과, 사후에 『이상전집1-3』(1956), 『이상전집1-3』(1966), 『이상전집1-2』(2004), 『이상전집1-4』(2009), 『이상전집1-4』(2014), 『이상전집』(2016)이 간행됨

2장

느낌은 그리움처럼,
아무튼 산문

조와 (弔蛙) [1]

김교신 (교육자, 종교인)

작년 늦은 가을 이래로 새로운 기도터가 생겼었다. 층암이 병풍처럼 둘러싸고 가느다란 폭포 밑에 작은 담潭을 형성한 곳에 평탄한 반석 하나가 담 속에 솟아나서 한 사람이 꿇어앉아서 기도하기에는 천성의 성전이다.

이 반상에서 혹은 가늘게 혹은 크게 기구하며 또한 찬송하고 보면 전후좌우로 엉금엉금 기어오는 것은 담 속에서 암색暗色[바위색깔]에 적응하여 보호색을 이룬 개구리들이다. 산중에 대변사나 생겼다는 표정으로 신래新來의 객에 접근하는 친구 와군蛙君들, 때로는 5, 6마리 때로는 7, 8마리.

---

1) 조와(弔蛙 : 개구리 죽음을 슬퍼함) 이 글은 《성서조선》 158호 권두언(1942년). 태평양전쟁 중 일제강점기 민족의 무서운 시련을 그린 것으로, 1942년의 《성서조선사건(聖書朝鮮事件)》의 직접적인 동기가 되었으며, 이후 잡지 《성서조선》은 폐간당함. 이 사건으로 전국의 정기구독자 300여 명 전원이 검거되어 고초를 겪었고, 《성서조선》 창간 멤버 6인(김교신·송두용·양인성·유석동·정상훈·함석헌)과 필진이던 류영모·류달영 등 12인이 서대문 형무소에서 1년간 옥고를 치렀음. [편집자 주]

늦은 가을도 지나서 담상潭上에 엷은 얼음이 붙기 시작함에 따라서 와군들의 기동이 일부일日復日 완만하여지다가, 내종乃終에 두꺼운 얼음이 투명을 가리운 후로는 기도와 찬송의 음파가 저들의 이막耳膜에 닿는지 안 닿는지 알 길이 없었다. 이렇게 격조하기 무릇 수개월여!

봄비 쏟아지던 날 새벽, 이 바위틈의 빙괴氷塊도 드디어 풀리는 날이 왔다. 오래간만에 친구 와군들의 안부를 살피고자 담 속을 구부려 찾았더니 오호라, 개구리의 시체 두세 마리 담 꼬리에 부유浮游하고 있지 않은가!

짐작건대 지난겨울의 비상한 혹한에 작은 담수의 밑바닥까지 얼어서 이 참사가 생긴 모양이다. 예년에는 얼지 않았던 데까지 얼어붙은 까닭인 듯, 동사한 개구리 시체를 모아 매장하여 주고 보니 담저潭低에 아직 두어 마리 기어 다닌다. 아, 전멸은 면했나보다!

(1942년)

김교신 (1901~1945)　　교육자. 종교인. 함경남도 함흥 출생. 1919년 3월 3일 함흥 만세시위에 참가해 체포됨. 같은 해 도일하여 세이소쿠 영어학교에 입학. 기독교에 입교한 후 무교회주의자 우치무라 간조의 문하에 들어감. 1922년 도쿄고등사범학교 영문과에 입학하여 지리·박물과로 졸업. 12년간 양정고등보통학교 교사로 근무하면서 손기정의 마라톤 코치로 활약하여 베를린올림픽 국가대표 선발전에 도쿄까지 동행하여 우승을 일구어 냄. 1927년 새로운 기독교를 통한 민족구원의 소망으로 《성서조선》을 발간. 1942년 3월 권두언 <조와(弔蛙)>가 민족을 찬양했다는 '성서조선 사건'으로 옥고를 치루고 잡지는 폐간 당함. 저서에 『김교신전집1-6』(1975), 『김교신전집1-7』(2001)이 있음

헐려 짓는 광화문 [2]

설의식 (언론인)

헐린다 헐린다 하던 광화문은 마침내 헐리기 시작한다. 총독부 청사 까닭으로 헐리고 다시 총독부 정책 덕택으로 짓게 된다.

원래 광화문은 물건이다. 울 줄도 알고 웃을 줄도 알며 노할 줄도 알고 기뻐할 줄도 아는 '사람'이 아니다. 밟히면 꾸물거리고 죽이면 소리치는 생물이 아니라 돌과 나무로 만들어진 건물이다.

의식 없는 물건이요, 말 못하는 건물이라 헐고, 부수고, 끌고, 옮기고 하되 반항도, 회피도, 기뻐도, 설워도 아니 한다. 다만 조선의 하늘과 조선의 땅을 같이한 조선의 백성들이 그를 위하여 아까워하고 못 잊어 할

---

2) 광화문은 1395년(태조 4년) 9월에 지어져 '사정문'으로 이름 지어졌으나 1425년(세종 7년)에 지금의 이름인 '광화문'으로 바뀐다. 임진왜란 때 화재로 소실되었다가 1864년(고종 1년) 경복궁 재건 때 경복궁의 정문으로 옛 모습을 되찾았다. 그러나 경술국치 후 1927년 일제의 조선 문화 말살 정책의 일환으로 광화문을 헐어 경복궁 동문인 건춘문 북쪽으로 옮겨진다. 이 일에 대해 비분강개하여 쓴 신문 사설이 바로 이 글이다. 그 후 한국전쟁으로 소실되었다가 1968년 12월 11일 복원된다.
그러나 원래 경복궁의 본래 축이 아닌 총독부 청사의 축에 맞춰 재건축하였고, 건축 전부터 겉모양만 복원하는 것은 잘못되었다는 여론이 계속 있어 2003년부터 광화문을 부분 철거하고 문화재청 주도의 경복궁 복원사업의 일환으로 기존의 광화문을 고종 중건기 모습으로 복원하기 위해 철거 · 해체하여 복원된 광화문은 2010년 8월 15일 광복절에 일반인에게 공개한다. [편집자 주]

뿐이다. 오백 년 동안 풍우風雨를 같이 겪은 조선의 자손들이 그를 위하여 울어도 보고 설워도 할 뿐이다.

석공의 마치가 네 가슴을 두드릴 때, 너는 알음(知)이 없으리라마는 뚜 닥닥하는 소리를 듣는 사람이 가슴을 아파한다. 역군役軍의 둔장이 네 허들춤 때에 너는 괴로움이 없으리라마는 우지끈 하는 소리를 듣는 사람이 허리 질려 할 것을 네가 과연 아느냐 모르느냐?

팔도강산의 석재와 목재와 인재의 정수精粹를 뽑아 지은 광화문아! 돌 덩이 한 개 옮기기에 억만 방울의 피가 흐르고 기왓장 한 개 덮기에 억만 줄기의 눈물이 흘렀던 광화문아! 청태靑苔 끼인 돌 틈에 이 흔적이 남아 있고 풍우 맞은 기둥에 그 자취가 어렸다 하면 너는 옛 모양 그대로 있어야 네 생명이 있으며 너는 그 신세 그대로 무너져야 네 일생을 마친 것이다.

풍우 오백 년 동안에 동안에 충신도 드나들고 역적도 드나들며 수구당도 드나들고 개화당도 드나들던 광화문아! 평화의 사자도 지나고 살벌殺伐의 총검도 지나며 일로日露의 사절도 지나고 원청元淸의 국빈도 지나던 광화문아! 그들을 맞고 그들을 보냄이 너의 타고난 천직이며 그 길을 인도하고 그 길을 가리킴이 너의 타고난 천명이었다 하면 너는 그 자리 그 곳을 떠나지 말아야 네 생명이 있으며 그 방향 그 터전을 옮기지 말아야 네 일생을 마친 것이다.

너의 천명과 너의 천직은 이미 없어진 지가 오랬거니와 너의 생명과 너의 일생은 헐리는 그 순간에 옮기는 그 찰나에 마지막으로 없어지고 말았다. 너의 마지막 운명을 우리는 알되 너는 모르니, 모르는 너는 모르고 지내려니와 아는 우리는 어떻게 지내랴?

총독부에서 헐기는 헐되 총독부에서 다시 지어 놓는다 한다. 그러나 다시 짓는 그 사람은 상투 짠 옛날의 그 사람이 아니며, 다시 짓는 그 솜씨는 웅건雄健한 옛날의 그 솜씨가 아니다. 하물며 이시伊時·이인伊人 [이 때 이 사람이라는 뜻. [편집자 주]의 감정과 기분과 이상이야 말하여 무엇하랴?

다시 옮기는 그 곳은 북악을 등진 옛날의 그 곳이 아니며, 다시 옮기는 그 방향은 경복궁을 정면으로 한 옛날의 그 방향이 아니다.

서로 보지도 못한 지가 벌써 수년이나 된 경복궁 옛 대궐에는 장림長霖에 남은 궂은비가 오락가락한다. 광화문 지붕에서 뚝딱하는 마치 소리는 장안을 거쳐 북악에 부딪친다. 남산에도 부딪친다. 그리고 애달파하는 백의인白衣人의 가슴에도 부딪친다. ……

(1926년)

설의식 (1900~1954) 　　언론인. 함경남도 단천 출생. 호는 소오(小悟). 니혼대학 사학과를 졸업. 1922년 《동아일보》 기자로 언론계에 들어가 편집국장으로 있던 1936년 8월 《동아일보》와 그 자매지 《신동아》, 《신가정》지의 일장기 말소사건으로 신문사를 떠남. 광복 후 《동아일보》가 복간되자 주필과 부사장을 지냈으며 1947년 《새한민보》를 창간하였음. 저서로는 『해방이후』(1948), 『화동시대』(1949), 『금단의 자유』(1949), 『소오문장선』(1953), 사후에 『소오문선』(2010), 『설의식수필선집』(2017) 등이 나옴..

선죽교 변 (善竹橋辯)

고유섭 (미술사학자)

나 자신이 그렇게 믿고 있었을 뿐 아니라 세상 사람이 다 그렇게 믿고 의심치 아니하기 무릇 몇 백 년이나 되는 상식적 사실이 근본적으로 동요될 만한 사료에 부딪칠 때 이는 틀림없는 놀라운 일이다. 이제 나에게 맡겨진 과제는 '가장 놀랐던 일'인데 '가장 놀랐던 일'이란 '가장 불행된 일'에나 있을 법하여 편집자는 왜 이러한 불미不美한 과제를 나에게 맡겨 부질없는 과거의 모든 불행된 사실을 회상케 하는가 하여 이 과제는 묵살해버릴까 하였더니, 다시 독촉을 받고 보니 하필 불행한 일에서 '놀랐던 일'을 피력하느니 두어색흘蠹魚酢齕의 나머지에서 '가장' 놀랐다고는 할 수 없으나 '놀랐던 일'이라고는 할 수 있을 법한 한 가지 경험을 들어 써봄직한 것이 이 제목일 듯하여 내건 것이 선죽교 변善竹橋辯이다.

일찍이 고故 [일본인 사학자] 이마니시 류今西龍 박사의 유저집에서 포은圃隱을 논하되 역적으로써 한 것을 보았는데 그 필법이 가위可謂 춘추의 필법이라 할 만한 것이어서 그 입론의 당당함에 감탄한 적이 있었지만, 이제 내가 이곳에 말하고자 하는 것은 송도 선죽교라면 곧 조선의 선죽교로서 포은이 순절하였던 곳으로 누구나 믿고 의심치 않으나 이것을 의심할 만한 자료가 남효온南孝溫 의 『추강집秋江集』에 있으매 이를 설명하고자 하는 바이다. 그《송경록松京錄》한 절에

東出越土嶺路半里許 左入大廟洞 韓壽指洞口 樓礎曰 此鄭侍中夢周爲高勵輩所擊殺處也 引余輩入洞小許 指一小屋曰此侍中故宅也 余等坐門前 憤慨弔古 [3]

동출월토영로반리허 좌입대묘동 한수지동구 누초왈 차정시중몽주위고려배소격살처야 인여배입동소허 지일소옥왈차시중고택야 여등좌문전 분개조고

라 있는데, 남효온의 이《송경록松京錄》은 성종 16년 을사乙巳 9월 7일 송도에 놀던 사실의 기록으로, 홍무洪武 25년 4월 4일 포은이 피격된 때로부터 구십삼 년 팔 개월밖에 지나지 않은 때의 일이다. 이때 동구 누초樓礎를 가리켜 포은의 순절처라 말한 한수韓壽란 사람은, 추강이 개성에 이르러 개성 사인士人 이백원李百源의 소개로 그가 전조前朝 고적古蹟을 매우 잘 안다 하여 특히 청하여 향도鄕導케 한 사람인데 당시 벌써 노인이었다 한다.《송경록》에 "仍請開城老人韓壽者 壽頗知前朝故蹟 百源請爲鄕導

---

3) [해석] 동쪽으로 나와 토령(土嶺)을 넘어 반 리쯤 가서 왼쪽의 대묘동으로 들어갔다. 한수(韓壽)가 마을 입구의 누각 주춧돌을 가리키며 "이곳이 시중 정몽주가 고려배(高勵輩)에게 격살 당한 곳입니다."라 말하고, 우리를 이끌어 마을 안으로 조금 들어가더니 작은 집 한 채를 가리키며 "이것이 시중 정몽주의 고택입니다."라고 하는 것이다. 우리들은 그 문 앞에 앉아 비분강개하며 옛일을 조문하였다.

잉청개성노인한수자 수파지전조고적 백원청위향도 "[4] 라 하였다. 어느 정도 노인인지는 알 수 없으나 노인이라 하였을진대 적어도 예순은 넘었을 것이요. 그렇다고 노망된 늙은이도 아니었을 것이니, 그의 말은 웬만큼 믿어도 좋을 듯한 것이, 그의 전조前朝에 대한 지식이 그가 2·30대에 얻은 것이라 치고 포은의 몰후歿後 5·60년에 얻은 것일 것이니, 그때까지도 포은의 고택이 남아 있었음을 보아 그때 그의 설명이란 것이 그리 무망誣妄된 허虛한 것은 아니었을 것이다.

포은의 순절처가 선죽교란 설은 언제부터 생긴 것인지 상고詳考치 않았으므로 모르겠지만 선죽교를 지금같이 드러내 놓고 포은의 순절처로 선전시키기는 정조 4년 정호인鄭好仁이 유수留守로 있을 적부터인 듯한데, 이때 얼마나 정확한 사료에 입거하여 그러한 것인지는 알 수 없다. 이렇게 되면 선죽교가 포은의 순절처란 결국 한 개의 허구된 우상적 존재가 되고 말 것이니, 이는 신중히 검토한 연후가 아니면 단안을 내릴 일이 못되지만, 포은의 순절처가 선죽교이냐 대묘동大廟洞 입구이냐는 것은 적어도 한번 겨뤄 볼 만한 문제인가 한다. 대묘동 입구란 '진고개[토령(土嶺)]' 넘어서 대모굴이라 속칭하는 곳으로, 지금 행정구역으로는 원정元町 420번지로부터 500번지에 걸쳐 있는 지대이나 고초고체古礎古砌[이리저리 널려있는 오래된 주춧돌과 섬돌]가 지금도 눈에 띄는 일대이다.

---

4) [해석] 개성 노인 한수라는 분을 초청하였다. 한수는 전 조선의 고적에 대하여 두루두루 잘 알았기에 이백원이 향도(길 안내자)가 되도록 청한 것이었다.

선죽교가 어찌 선죽교냐 하면 포은의 순절 후 교반^{橋畔}에서 대나무가 났다 하여 선죽교라 한다. 하지만 이는 『고려고도징^{高麗古都徵}』의 작자 한재렴^{韓在濂}이 일찍이 설파한 바와 같이 포은이 순절하기 이전에 벌써부터 선죽교라 하였던 것으로 『고려사』, 『목은집』 같은 데 일찍이 사실이 보인다. 예컨대 우왕 14년이라면 포은이 순절하기 5년 전인데 그때 조선조 태조가 최영^{崔瑩}하고 싸울 때 선죽교를 지나 남산^{男山}에 올랐다는 기록이 『고려사』에 보이고, 『목은집』에는 목은 이색^{李穡}이 이보다 이전에 조선조 태조의 석전^{石戰}을 선죽교에서 본 기록이 있다. 따라서 선죽이란 이름이 포은 순절에 부회^{附會}된 오어^{誤語}를 지적하였는데, 그뿐 아니라 그는 선죽교에서의 포은의 순절 사실이 『채수유기^{蔡壽遊記}』, 『여지승람^{輿地勝覽}』 김잠곡육^{金潛谷堉}의 『송도구지^{松都舊誌}』 등에도 보이지 아니하니 이 설은 후대에 생긴 것일 거라고 말하였다. 다만 그는 『추강집』에 한수의 사실을 못 보았던 듯하여 결론에 가서

然萇弘碧血 見於莊子 黃夫人血影石著在明史 義烈所感 固有智謀思慮所不能及者 未可全謂無此事爾 [5]

연장홍벽혈 견어장자 황부인혈영석저재명사 의열소감 고유지모사려소불능급자 미가전위무차사이

---

5) [해석] 그러나 장홍(萇弘)의 벽혈(碧血)이 『장자』에 보이고, 황 부인(黃夫人)의 혈영석(血影石)이 『명사(明史)』에 분명히 있으니, 의열(義烈)에 대한 감동은 지식이나 사고 수준에 미치지 못할 수도 있음으로, 이러한 일이 없다고만 말하기는 없는 일이다.

라 하여 선죽교에서의 순절이란 것을 반신半信하려는 태도를 보였으나. 전술한 나의 입론에서 말하자면 적어도 한번은 전의全疑해 볼 만한 문제인가 한다. 선죽교의 교재橋材 일부에 범문梵文 다라니陀羅尼 석당石幢 파편이 있는데 이것도 전기前記 『추강집』《송경록》에 의하여 보면 대묘동과 선죽교 중간에 있던 묘각사妙覺寺의 유물로, 성종 때까지는 그 묘각사에 완전히 서있던 것이 완연하다. 이것은 일부에 개수改修를 위하여 고사古寺의 유재遺材를 이용한 것이겠지만, 지금의 선죽교가 당년의 형태 그대로가 아님도 이로써 짐작할 만하다. 결말은, 하여간에 선죽교가 포은의 순절처가 아니라면 놀랐던 일이라기보다 놀랄 만한 일의 하나가 아닌가.

(1939년)

고유섭 (1905~1944)　　미술사학자. 경기도 인천 출생. 호는 우현(又玄). 경성제국대학에서 미학·미술사 졸업. 1933년부터 10여 년간 개성부립박물관 관장을 지냈고, 1934년 진단학회의 발기인으로 참여. 1936년에 연희전문과 이화여전 교수를 역임하였음. 그의 미술사 연구의 초점의 하나는 전국에 분포하고 있는 석탑으로 삼국 중 백제와 신라, 통일신라 때의 석탑들을 양식론에 입각하여 체계화하였음. 또한 불교미술, 불교 조각 분야, 고려시대 회화에 관한 연구, 조선시대 회화사연구, 고려청자를 중심으로 한 도자기 연구에도 뛰어난 논문을 발표하였음. 그가 생전에 신문이나 잡지에 발표한 글들은 사후에, 제자이던 황수영·진홍섭이 『한국미술사급미학논고』(1963년), 『조선화론집성』(1965년), 『한국미술문화사논총』(1966년), 『송도의 고적』(1977년) 등으로 간행하였고, 『고유섭전집(1-4)』(통문관, 1947)이 있음. 1992년 인천시립박물관 정원에 우현 선생의 동상이 세워졌고, 2006년 인천시립박물관 앞마당을 '우현마당'으로 명명함. 아울러 우리 미술사에서 업적을 기리는 의미에서 '우현상(又玄賞)'을 제정하여 오늘에 이르고 있음.

연인기 (戀印記) [6]

이육사 (시인)

옛날 글에 "인자仁者는 요산樂山하고 지자智者는 요수樂水"라 하였으니, 내 일찍이 인자도 못 되고 지자도 못 되었으니 어찌 산수를 즐길 수 있는 풍격風格을 갖추었으리오만, 무릇 사람이란 제각기 분수에 따라 기호나 애완愛翫하는 바 다르니 나 또한 어찌 애완하는 바 없으리오. 그러나 연기年紀 장자長者에 이르지 못하고 덕이 고인에 미치지 못함에 항상 신변쇄사身邊鎖事를 들어 사람에게 말하길 삼갔더니, 이에 외람되게 내가 인印을 사랑하는 이유를 말하면 거기엔 남과 다른 한 가지 곡절이 있는 것이다.

그것은 인印이라고 해도 요즘 사람들이 관청이나 회사엘 다닐 때 아침 시간을 맞춰서 현관에 썩 들어서면 수위장 앞에서 꼭 찍고 들어가는 목각 도장이나, 그렇지 않고 그보다는 한결 행세깨나 한다는 친구들이 약속수형約束手形에나 소절수小切手 쯤에 찍어 내는 상아나 수정에 새긴 도장도 아니다. 그렇다고 해서 옛날 사람들같이 제법 수령방백을 다녀서 통

---

6) 연인기(戀印記): 각별히 아끼던 도장에 관한 사연을 담은 글

인 놈을 데리고 다니던 인궤印櫃 쪽이 나에게 있을 리도 만무한 것이라 적지 않게 고이하기도 하나, 그보다도 이놈 인이란 데 대한 풍속 습관도 또한 여러 가지가 있었으니, 우선 먼 데 사람들을 쳐보면, 서양 사람들은 사인이란 것이 진작부터 유행이 되었는 모양인데, 그것이 심하게 발달된 결과는 소위 사인 마니어가 생겨서 유수한 음악가, 무용가, 배우, 운동선수까지도 거리에 나서면 완전히 한 개 우상이 되는 것이지마는, 내가 말하려는 본의가 처음부터 그런 난폭한 아희兒戱가 아니라 그렇다고 중국 사람들처럼 국제간에 조약을 맺고 '첨자簽字'를 한다는 과도히 정중한 것도 역시 아니다.

일찍이 이 땅에는 '수결手結'이란 형식으로 왼편 손에 먹을 묻혀서 찍은 일도 있고, '착함著卿'이라는 그보다도 매우 발전된 양식으로 성자姓字 밑에 자기 이름자를, 대개는 어조魚鳥의 모양으로 상형화해서 그리는 법이 있었는데, 이것은 가장 보편적으로 쓰였고 장구하게 쓰였으니 이것보다도 앞에 쓰여지고 또한 문한文翰하는 사람들에게만 쓰여진 것 중에 '도서圖書'란 것이 있었으니, 그것은 글씨나 그림이나 쓰고 그리면 그 밑에 아호를 쓰고 찍었고, 친우간에 시를 지어 보낼 때도 찍는 것이며 때로는 장서표로도 찍는 것이었다.

그런데 이 도서는 각수刻手나 도장장이에게 돈을 주고 새기는 게 아니라 시서화詩書畵를 잘하는 사람들이면 자기 자신이 조각을 한 개인의 여기餘技로 하는 것이었으며, 사람에 따라서는 매우 정교한 조탁을 하는 이도 있었고, 또 이런 것이라야 진품이라고 하는 것인데, 그 시대에는 이런 풍습이 유행하기를 마치 구주歐洲의 시인들이 한 가지 여기로써 데생 같은 것을 그리는 거나 다름이 없었다.

그런데 이런 풍습이 성행하게 되면 될수록 인재의 선택이 매우 까다로웠다. 흔히 박옥璞玉이라는 것이 많이 쓰였으나 상아나 수정도 좋은 것이고, 아주 사치를 하려면 비취나 계혈석鷄血石이나 분황석蚡皇石 같은 것이 제일 좋은 것인데, 이것들 중에도 분황석은 가장 귀한 것으로 조선에서는 잘 얻지 못하는 것이다.

그런데 우리가 시골 살던 때 우리 집 사랑 문갑 속에는 항상 몇 봉의 인재가 들어 있었다. 그래서 나와 나의 아우 수산水山 군과 여천黎泉 군은 그것을 제각기 제 호號를 새겨서 제 것을 만들 욕심을 가지고 한바탕씩 법석을 치면 할아버지께서는 웃으시며 "장래에 어느 놈이나 글 잘하고 서화 잘하는 놈에게 준다."고 하셔서 놀고 싶은 마음은 불현듯 하면서도 뻔히 아는 글을 한 번 더 읽고 글씨도 써보곤 했으나, 나와 여천은 글씨를 쓰면 수산을 당치 못했고 인재는 장래에 수산에게 돌아갈 것이 뻔한 일이었다. 그래서 나는 글씨 쓰길 단념하고 화가가 되려고 장방에 있는 당화唐畵를 모조리 내놓고 실로 열심으로 그림을 배워 본 일도 있었다. 그러나 세월은 12세의 소년으로 하여금 그 인재에 대한 연연한 마음을 팽개치게 하였으니 내가 배우던 중용, 대학은 물리니 화학이니 하는 것으로 바뀌고 하는 동안 그야말로 살풍경의 10년이 지나 갔었다.

그때 봄비 잘 오기로 유명한 남경南京의 여관살이란 쓸쓸하기 짝이 없는 것이라, 나는 도서관을 가지 않으면 고책사古冊肆나 골동점에 드나드는 것으로 일을 삼았다. 그래서 그곳에서 얻은 것이 비취 인장翡翠印章 한 개였다. 그다지 크지도 않았건만 거기다가 모시 칠월장毛詩七月章[7] 한 편을 새겼으니 상당히 섬세하면서도 자획이 매우 아담스럽고 해서 일견 명장의 수법임을 알 수 있었다.

나는 얼마나 그것이 사랑스럽던지 밤에 잘 때도 그것을 손에 들고 자기도 했고, 그 뒤 어느 지방을 여행할 때도 꼭 그것만은 몸에 지니고 다녔다. 대개는 여행을 다니면 그때는 간 곳마다 말썽을 부리는 게 세관리들인데, 모든 서적과 하다못해 그림엽서 한 장도 그냥 보지 않는 녀석들이건만 이 나의 귀여운 인장만은 말썽을 부리지 않았다. 그랬기에 나는 내고향이 그리울 때나 부모형제를 보고 싶을 때는 이 인장을 들고 보고 칠월장을 한번 외도 보면 속이 시원하였다. 아마도 그 비취인에는 내 향수와 혈맥이 통해 있으리라.

그 뒤 나는 상해上海를 떠나서 조선으로 돌아오게 되었고 언제 다시 만날는지도 모르는 길이라 그곳의 몇몇 문우들과 특별히 친한 관계에 있는 몇 사람이 모여 그야말로 최후의 만찬을 같이하게 되었는데, 그 중 S에게는 나로부터 무엇이나 기념품을 주고 와야 할 처지였다. 금품을 준다 해

---

7) 모시 칠월장(毛詩七月章): '모시(毛詩)'란 오늘날 중국에서 가장 오래된 시집인 『시경(詩經)』을 말한다. '시경'은 전한 노(魯)나라 사람 모형(毛亨)과 조(趙)나라 사람 모장이 주석한 '모시(毛詩)'이다.
또한 칠월장(七月章)은 시경(詩經)의 〈빈풍칠월豳風七月〉을 가리키는 것으로, 훗날 육사 형제들은 빈풍칠월을 적은 12폭짜리 병풍을 만들어 어머니의 수연 선물로 드리기도 했다고 전한다. 비취인장에 새겨져 있던 모시칠월장이 바로 이 빈풍칠월로 짐작되는데 원래 그 시어 내용이 많아 도장에 맞게 어느 부분 핵심만 뽑아 새겼는지, 도장이 분실되어 짐작만 할 뿐이다. [편집자 주]

도 받지도 않으려니와 진정을 고백하면 그때 나에게 금품의 여유란 별로 없었고, 꼭 목숨 이외에 사랑하는 물품이라야만 예의에 어그러지지 않을 경우이라, 나는 하는 수 없이 그 귀여운 비취인 한 면에다 "증贈 S, 1933. 9. 10. 육사陸史[8]"라고 새겨서 내 평생에 잊지 못할 하루를 기념하고 이 땅으로 돌아왔다.

몇 해 전 시골을 가서 어릴 때 문갑 속에 있던 인재를 찾으니 내 사백舍伯께서 하시는 말씀이 "그것은 할아버지께서 일찍이 말씀하시길 너들 중에 누구나 시서화를 잘하는 놈에게 주라 하셨으나 너들이 모두 유촉遺囑을 저버렸기에 할 수 없이 장서인藏書印을 새겨서 할아버지가 끼쳐 주신 서적을 정리해 두었다."는 것이다. 그리고 내 아우 수산은 그동안 늘 서도에 게으르지 않아 '도서圖書'를 여러 봉 장만했는데, 그중에는 자신이 조각한 것도 있고 인면印面도 '산고수장山高水長'이라고 새긴 것과 '오거서일로향五車書一爐香'이라고 새긴 큰 인은 거의 진품에 가까운 것이 있으나, 여천이 가졌다는 몇 개 안되는 인은 보잘것없어 때로 내형乃兄의 것을 흠선은 해도 여간해서는 제 소유로 만들 가망은 없는 것이고, 나는 아무것을 흠선도 않으려니와 여간한 도서개圖書個쯤은 사실로 내 눈에 띄지 않는 것이나, 화가 H군이 가지고 있는 계혈석에 반야경을 새긴 것은 여간 탐스러

---

8) S는 이육사의 1932년 중국 난징(南京) 조선혁명군 군사정치간부학교 제1기 입학 동기생 독립운동가 석정 윤세주(1900~1942)를 지칭함. 석정 선생은 경남 밀양 출신으로 동향인 약산 김원봉보다 몇 살 아래지만 함께 항일운동단체인 '의열단'에 참가(1919년 11월)하며 빛나는 항일운동 투쟁역사를 기록하는데 1942년 5월 태항산 전투에서 전사한다. 묘는 중국 열사능원에 안장되어 있고, 1982년 건국훈장 국민장이 추서되었다. [편집자 주]

운바 아니었지마는, H군으로 보면 그것은 세전지보^{世傳之寶}라 나에게 줄 수도 없는 것이고, 나는 상해에서 S에게 주고 온 비취인을 S가 생각날 때마다 생각해 보는 것이다. 지금 S가 어디 있는지 십년이 가깝도록 소식조차 없건마는, 그래도 S는 그 나의 귀여운 인을 제 몸에 간직하고 천대산^{天臺山} 한 모퉁이를 돌아 많은 사람들 틈에 끼어서 강으로 강으로 흘러가고만 있는 것같이 생각된다.

나는 오늘밤도 이불 속에서 모시 칠월장이나 한 편 외보리라. 나의 비취인과 S의 무강을 빌면서.

(1941년)

이육사 (1904~1944)　　시인. 독립운동가. 경북 안동 출생. 본명은 이원록 또는 이원삼, 개명은 이활. 자는 태경. 아호는 육사. 북경 조선군관학교 및 베이징대학 사회학과에서 공부함. 1925년에 형 이원기 아우 이원유와 함께 대구에서 의열단에 가입. 1927년에는 조선은행 대구지점 폭파사건에 연루되어 대구형무소에 투옥됨. 이밖에도 1929년 광주학생운동, 1930년 대구 격문사건 등에 연루되어 모두 17차에 걸쳐서 옥고를 치름. 중국을 자주 내왕하면서 독립운동을 하다가 1943년 가을 잠시 서울에 왔을 때 일본 관헌에게 붙잡혀, 베이징으로 송치되어 1944년 1월 감옥에서 순국함.
문단 활동은 1930년 1월 3일자 《조선일보》에 시작품 <말>과 《별건곤》에 평문 <대구사회단체개관> 등을 발표하면서부터 시작되었음. 1935년 《신조선》에 <춘수삼제>, <황혼> 등을 발표. 생존 시에는 작품집이 발간되지 않았고, 1946년 아우 이원조에 의하여 서울출판사에서 『육사시집』 초판본이 간행됨. 대표작으로는 <황혼>, <청포도>, <절정>, <광야>, <꽃> 등을 꼽을 수 있음. 1968년 시비가 안동에 건립되었고, 사후에 『육사시집』 외에, 유고 재첨가본 『광야』(1971), 『이육사전집』(1975), 『광야에서 부르리라』(1981), 『이육사전집』(1986), 『(원본)이육사전집』(1986), 『이육사 수상·시전집』(1987), 『이육사: 이육사연구, 이육사전집』(1992), 『이육사전집』(2004), 『(원전주해)이육사 시전집』(2008), 『광야에서 부르리라 : 이육사시전집』(2010) 등이 있음

연인기 | 이육사 · 131

행복한 걷기

서명숙 (제주 올레 이사장)

인생의 중턱, 고갯마루에서 심하게 휘청거렸다. 아침에 일어나면 머리가 빠개질 것 같았고, 오후면 눈알이 쏟아져 내릴 것 같았다. 그토록 좋아하고 천직이라 생각했던 언론사 기자 일이 끔찍하게 싫어졌다. 20년 넘게 피 말리는 마감에 쫓기면서 다른 언론사, 동료 기자들과 특종 경쟁을 하느라고 피폐해진 몸과 마음은, '더 이상 이렇게 살아서는 안 된다'면서 강한 경고음을 울려 대고 있었다.

2003년 초부터 지친 몸과 슬픈 마음으로 걷기 시작했다. 다행히 걷기는 바짝 마른 내 마음에 윤기를 불어넣고, 불어난 체중은 줄여 주었다. 그뿐인가, 주변의 자연이 얼마나 아름다운지, 세상이 얼마나 살 만한 곳인지를 조목조목 일러 주었다. 하지만 아쉽게도 길은 종종 허망하게 끊어지거나 사라지고 말았다. 아예 사람은 걸을 수 없는, 차들만 오만하게 달리는 길은 또 얼마나 많던지 ……. 자꾸만 갈증이 나고, 참을 수 없는 허기를 느꼈다. 온종일, 내 몸이 지쳐서 그만두고 싶다고 외칠 때까지 내처 걸어 봤으면 하는 열망에 사로잡혔다.

카미노 데 산티아고[산티아고 가는 길]에 대해 알게 된 것은 그즈음이었다. 성 야고보가 예수 사후에 스페인 전역을 전도하면서 걸어간 길, 세상에서 가장 오래되고 아름다운 옛길, 장장 800 Km에 이르는 도보 순례자들의 성지라는 그 길!

그 길을 마음에 품은 지 3년 만인 2007년 가을에 마침내 길을 떠났다. 그해 9월 10일 프랑스 국경 마을 생장피드포르에서 출발해 순례길의 마지막 도시인 산티아고 데 콤포스텔라에 도착한 것은 10월 15일, 36일 만이었다. 여한 없이 걸으면서 바쁜 생활에 쫓겨 내팽개쳤던 자신을 재발견하고, 있는 그대로의 자신을 사랑하게 된 나날이었다.

그곳에서 이상하게도 고향 제주가 자주 생각났다. 피레네를 넘으면서는 한라산의 윗세오름을, 산중 마을 만자린을 지나면서는 중산간 마을들을, 대서양 연안의 땅끝 마을 피니스테레에서는 유년 시절을 보낸 서귀포를……

그 길 위에서 생각했다. 제주의 옛길, 사라진 길. 다정한 올레[거리에서 대문까지의, 집으로 통하는 아주 좁은 골목길이라는 뜻의 제주도 방언]들을 되살릴 수는 없을까. 끊어진 길을 다시 이을 수는 없을까. 그 길을 혼자, 때론 친구나 연인과 함께 유유자적, 휘적휘적, 간세다리[게으름뱅이를 뜻하는 제주도 방언]가 되어 걸어갈 순 없을까.

제주에 그런 도보 길이 생긴다면 어지럼증이 생길 만큼 빠른 속도, 각박한 도시 생활, 각종 첨단 기기에 포위된 일상을 살아가는 한국인들에게 큰 위안이 될 텐데……. 이어도가 따로 있다던가. 평화와 행복을 준다면 그곳이 이어도인 것을.

그러나 그 길을 내가 만들겠다고 생각한 건 아니었다. 지방정부나 회원이 많은 시민 단체가 만든다면 그 길을 걸을 텐데, 왜 그런 길 하나 못 내는 걸까. 원망 섞인 상상만 했을 뿐.

여행이 거의 끝나 갈 무렵 산중 마을 멜리데에서 영국 여자 헤니와 우연히 동행이 되어 한나절을 걸었다. 그녀는 문어 요릿집에서 맛난 문어찜을 먹던 중 내게 놀라운 제안을 했다.

"모든 사람들이 우리처럼 스페인을 찾을 수는 없다. 우리가 누린 이 행복을 다른 사람들에게 나눠 줘야 한다. 귀국하면 너는 너의 길을, 나는 나의 길을 만들자. 다른 사람들도 우리처럼 그곳에서 쉬어 가고 위안을 얻을 수 있도록."

귀가 번쩍 뜨였다. 사실 전에도 비슷한 이야기를 한 사람이 있었다. 절친하게 지내던 한의사 이유명호 선배가 강화도 민통선 철책 길을 여러 차례 걸으면서 "제주와 강화에 걷는 길을 만들자"고 꼬드겼지만, 그때만 해도 그녀의 깊은 뜻을 헤아리지 못했다. 먼 나라까지 찾아와서야 비로소 제 나라에 걷는 길이 필요하다는 것을. 길을 걷는 사람은 길을 만들 수도 있음을 깨닫게 된 것이다.

귀국한 뒤에 가까운 사람들에게 기회가 닿을 때마다 그 소망을 이야기했더니, 놀랍게도 많은 사람들이 깊이 공감해 주었다. 가까이 지내던 여자 선후배들은 도로가 더 뚫리고, 건물이 더 들어서기 전에 하루속히 내려가서 길을 만들라고 성화였다. 급기야 나는 제주에 걷는 길을 만드는 일에 도전하려고 아예 귀향하기에 이르렀다. 사단법인 '제주올레'를 발족하고 첫 코스 [시흥 말미오름~광치기 해안]를 선보인 것은 2007년 9월 8일.

그 뒤 2년여의 세월이 흘렀다. 코스도 어느덧 12개로 늘어났고, 총 길이도 190 Km를 넘어섰다. 그 길 위를 숱한 올레꾼들이 걸었다. 혼자서, 둘이서, 친구끼리, 동서끼리, 자매끼리, 동창생끼리, 엄마 손을 잡고 온 다섯 살배기 남자애도 있었고, 두 딸의 응원을 받으면서 완주한 팔십 노모도 있었다.

나처럼 끝없이 계속되는 생존경쟁에 치여, 지치고 상처 받은 영혼들이 이 길을 찾아왔다. 중학생 아들을 사고로 잃은 지 50일이 됐다는 한 중년 여자는 위미리 바닷가 앞에서 말없이 눈물만 흘렸다. 너무나도 사랑했던 어머니를 여읜 지 얼마 안 됐다는 한 젊은 처자는 말 없는 자연이 큰 위로가 되었다고 했다. 분당의 한 중년 여성은 모처럼 자연에서 걷는 시간을 통해 그동안의 삶이 얼마나 피폐하고 허망한 것인지를 깨닫고, 서울로 올라가자마자 남편을 설득해서 집을 내놓고 한 달 만에 경기도로 옮겨 앉았단다.

이 길을 걸어 본 이들은 한결같이 약속이나 한 듯 내게 말한다. 행복하다고, 정말이지 행복하다고. 돌이켜 보면 그 산티아고 길에서 영국 여자를 만난 건 내게 벼락처럼 쏟아진 축복이었다. 한순간의 만남이 내 삶의 방향을 완전히 바꾸어 놓았기에. 그리고 숱한 올레꾼의 삶에도 영향을 미치고 있기에.

서명숙 (1957~)　　언론인. 제주 서귀포 출생. 고려대학교 교육학과 졸업. 《시사저널》 정치부장과 편집장, 《오마이뉴스》 편집국장을 지내며 23년을 기자로 살다가 2007년 8월부터 제주 '올레' 길 내는 사명을 실천함. (사)제주올레 이사장. 지은 책으로 『흡연 여성 잔혹사』(2004), 『놀멍 쉬멍 걸으멍 제주걷기여행』(2008), 『꼬닥꼬닥 걸어가는 이 길처럼』(2010), 『숨, 나와 마주 서는 순간』(2015), 『영초언니』(2017), 『서귀포를 아시나요』(2019) 등이 있음.

영혼의 모음
- 어린 왕자에게 보내는 편지

법 정 (스님, 수필가)

1

어린 왕자!

지금 밖에서는 가랑잎 구르는 소리가 들린다. 창호에 번지는 하오의 햇살이 지극히 선하다.

이런 시각에 나는 티 없이 맑은 네 목소리를 듣는다. 구슬 같은 눈매를 본다. 하루에도 몇 번씩 해지는 광경을 바라보고 있을 그 눈매를 그린다. 이런 메아리가 울려온다.

"나하고 친하자, 나는 외롭다."

"나는 외롭다 …… 나는 외롭다 …… 나는 외롭다 ……."

어린 왕자!

이제 너는 내게서 무연한 남이 아니다. 한 지붕 아래 사는 낯익은 식구다. 지금까지 너를 스무 번도 더 읽은 나는 이제 새삼스레 글자를 읽을 필요도 없어졌다. 책장을 홀홀 넘기기만 해도 네 세계를 넘어다 볼 수 있기 때문이다. 행간에 쓰여진 사연까지도, 여백에 스며있는 목소리까지도 죄다 읽고 들을 수 있게 되었다.

몇 해 전, 그러니까 1965년 5월, 너와 마주친 것은 하나의 해후였다. 너를 통해서 비로소 인간관계의 바탕을 인식할 수 있었고, 세계와 나의 촌수를 헤아리게 되었다. 그때까지 보이지 않던 사물이 보이게 되고, 들리지 않던 소리가 들리게 된 것이다. 너를 통해서 나 자신과 마주친 것이다.

그때부터 나의 가난한 서가에는 너의 동료들이 하나둘 모여들기 시작했다. 그 아이들은 메마른 나의 가지에 푸른 수액을 돌게 했다. 솔바람 소리처럼 무심한 세계로 나를 이끌었다. 그리고 내가 하는 일이 곧 나의 존재임을 투명하게 깨우쳐 주었다.

더러는 그저 괜히 창문을 열 때가 있다. 밤하늘을 쳐다보며 귀를 기울인다. 방울처럼 울려올 네 웃음소리를 듣기 위해, 그리고 혼자서 웃음을 머금는다.

이런 나를 곁에서 이상히 여긴다면, 네가 가르쳐 준 대로 나는 이렇게 말하리라.

"별들을 보고 있으면 난 언제든지 웃음이 나네 ……."

2

어린 왕자!

너의 아저씨(생텍쥐페리)는 이렇게 말하고 있더라.

"어른들은 숫자를 좋아한다. 어른들에게 새로 사귄 동무 이야기를 하면, 제일 중요한 것은 도무지 묻지 않는다. 그분들은 '그 동무의 목소리가 어떠냐? 무슨 장난을 제일 좋아하느냐? 나비 같은 걸 채집하느냐?' 이렇게 묻는 일은 절대로 없다. '나이가 몇이냐? 형제가 몇이냐? 몸무게가 얼마나 나가느냐? 그 애 아버지는 얼마나 버느냐?' 이것이 그분들의 묻는 말이다. 그제서야 그 동무를 아는 줄로 생각한다.

만약 어른들에게 '창틀에는 제라늄이 피어 있고 지붕에는 비둘기들이 놀고 있는 아름다운 붉은 벽돌집을 보았다'라고 말하면, 그분들은 이 집이 어떻게 생겼는지 생각해 내질 못한다. '1억 원짜리 집을 보았어.'라고 해야 한다. 그러면 '거 참 굉장하구나!' 하고 감탄한다."

지금 우리 둘레에서는 숫자놀음이 한창이다. 두 차례 선거를 치르고 나더니 물가가 뛰어오르고, 수출고가 예상보다 처지고, 국민소득이 어떻다는 등. 잘 산다는 것은 눈에 보이는 숫자의 단위가 많을수록 좋다는 것이다. 따라서 다스리는 사람들은 이 숫자에 최대 관심을 쏟고 있다. 숫자가 늘어나면 으스대고, 줄어들면 마구 화를 낸다. 자기 목숨의 심지가 얼마쯤 남았는지는 무관심이면서, 눈에 보이는 숫자에만 매달려 살고 있다.

그런데 이런 가시적인 숫자의 놀음으로 인해서 불가시적인 인간의 영역이 날로 위축되고 메말라 간다는 데 문제가 있다. 똑같은 물을 마시는데도 소가 마시면 우유를 만들고 뱀이 마시면 독을 만든다는 비유가 있지만, 숫자를 다루는 그 당사자의 인간적인 바탕이 문제다. 그런데 흔히 내로라하는 어른들은 인간의 대지를 떠나 둥둥 겉돌면서도 그런 사실조차 모르고 있다.

어린 왕자!

너는 그런 사람을 가리켜 '버섯'이라고 했지?

"그는 꽃향기를 맡아 본 일도 없고 별을 바라 본 일도 없고, 누구를 사랑해 본 일도 없어. 더하기밖에는 아무것도 한 일이 없어. 그러면서도 온종일 나는 착한 사람이다. 나는 착한 사람이다 하고 뇌고만 있어. 그리고 이것 때문에 잔뜩 교만을 부리고 있어. 그렇지만 그건 사람이 아니야, 버섯이야!"

그래, 네가 여우한테서 얻어 들은 비밀처럼, 가장 중요한 것은 눈에는 보이지 않아. 잘 보려면 마음으로 보아야 한다. 사실 눈에 보이는 것은 빙산의 한 모서리에 불과해. 보다 크고 넓은 것은 마음으로 느껴야지. 그런데 어른들은 어디 그래? 눈앞에 나타나야만 보인다고 하거든. 정말 눈뜬장님들이지. 눈에 보이지 않는 세계까지도 꿰뚫어 볼 수 있는 그 슬기가 현대인에겐 아쉽다는 말이다.

3

어린 왕자!

너는 단 하나밖에 없는 소중한 꽃인 줄 알았다가, 그 꽃과 같은 많은 장미를 보고 실망한 나머지 풀밭에 엎드려 울었었지? 그때에 여우가 나타나 '길들인다'는 말을 가르쳐 주었어. 그건 너무 잊혀진 말이라고 하면서 '관계를 맺는다'는 뜻이라고.

길들이기 전에는 서로가 아직은 몇천몇만의 흔해 빠진 비슷한 존재에 불과하여 아쉽거나 그립지도 않지만, 일단 길을 들이게 되면 이 세상에서 단 하나밖에 없는 소중한 존재가 되고 만다는 거야.

"네가 나를 길들이면 내 생활은 해가 돋은 것처럼 환해질 거야. 난 어느 발소리하고도 다른 발소리를 알게 될 거다. 네 발자국 소리는 음악이 되어 나를 굴 밖으로 불러낼 거야."

그리고 여우와는 아무 상관도 없는 밀밭이, 어린 왕자의 머리가 금빛이라는 이 한 가지 사실 때문에, 황금빛이 감도는 밀을 보면 그리워지고 밀밭을 지나가는 바람 소리가 좋아질 거라고 했다.

그토록 절절한 '관계'가 오늘의 인간 촌락에서는 퇴색해버렸다. 서로를 이해와 타산으로 이용하려 들거든. 정말 각박한 세상이다. 나와 너의 관계가 없어지고 만 거야. '나'는 나고 '너'는 너로 끊어지고 말았어. 이와 같이 뿔뿔이 흩어져 버렸기 때문에 나와 너는 더욱 외로워질 수밖에 없는 거야. 인간관계가 회복되려면, '나', '너' 사이에 '와'가 개재되어야 해. 그래야만 '우리'가 될 수 있어. 다시 네 동무인 여우의 목소리를 들어보자.

"사람들은 이제 무얼 알 시간조차 없어지고 말았어. 다 만들어 놓은 물건을 가게에서 사면 되니까. 하지만 친구를 팔아 주는 장사꾼이란 없으므로 사람들은 친구가 없게 됐단다. 친구가 갖고 싶거든 날 길들여!"

길들인다는 뜻을 알아차린 어린 왕자 너는 네가 그 장미꽃을 위해 보낸 시간 때문에 네 장미꽃이 그토록 소중하게 된 것임을 알고 이렇게 말한다.

"내 장미꽃 하나만으로 수천수만의 장미꽃을 당하고도 남아. 그건 내가 물을 준 꽃이니까. 내가 고깔을 씌워 주고 병풍으로 바람을 막아준 꽃이니까. 내가 벌레를 잡아 준 것이 그 장미꽃이었으니까. 그리고 원망하는 소리나 자랑하는 말이나 혹은 점잖게 있는 것까지라도 다 들어 준 것이 그 꽃이었으니까. 그건 내 장미꽃이니까."

그러면서 자기를 길들인 것에 대해서는 영원히 자기가 책임을 지게 되는 거라고 했다.

"너는 네 장미꽃에 대해서 책임이 있어!"

"사람들은 특급열차를 잡아타지만, 무얼 찾아가는지를 몰라."

그렇다. 현대인은 바쁘게 살고 있다. 시간에 쫓기고 일에 밀리고 돈에 추격당하면서 정신없이 산다. 어디서 와서 어디로 가는지도 모르면서, 피로회복제를 마셔 가며 그저 바쁘게만 뛰어다니려고 한다. 전혀 길들일 줄을 모른다. 그래서 한 정원에 몇 천 그루의 꽃을 가꾸면서도 자기네들이 찾는 걸 거기서 얻어내지 못하고 있는 거다. 그것은 단 한 송이의 꽃이나 한 모금의 물에서도 얻어질 수 있는 것인데.

너는 또 이렇게 말했지.

"그저 아이들만이 자기네들이 찾는 게 무언지를 알고 있어, 아이들은 헝겊으로 만든 인형 하나 때문에도 시간을 허비하고, 그래서 그 인형이 아주 중요한 것이 돼, 그러니까 누가 그걸 뺏으면 우는 거야 ……."

어린 왕자!

너는 죽음을 아무렇지 않게 생각하더구나. 이 육신을 묵은 허물로 비유하면서 죽음을 조금도 두려워하지 않더구나. 생야일편부운기生也一片浮雲起 사야일편부운멸死也一片浮雲滅: 삶은 한 조각구름이 일어나는 것이요, 죽음은 한 조각구름이 스러지는 것이라고 여기고 있더라.

그렇다, 이 우주의 근원을 넘나드는 사람에겐 죽음 같은 건 아무것도 아니야. 죽음도 삶의 한 과정이니까. 어린 왕자, 너의 실체는 그 묵은 허물 같은 것이 아닐 거야. 그건 낡은 옷이니까. 옷이 낡으면 새 옷으로 갈아입듯이 우리들의 육신도 그럴 거다. 그리고 네가 살던 별나라로 돌아가려면 사실 그 몸뚱이를 가지고 가기에는 거추장스러울 거다.

"그건 내버린 묵은 허물 같을 거야. 묵은 허물, 그건 슬프지 않아. 이봐 아저씨, 그건 아득할 거야. 나두 별들을 쳐다볼래. 모든 별들이 녹슨 도르래 달린 우물이 될 거야. 모든 별들이 내게 물을 마시게 해줄 거야 ……."

4

어린 왕자!

이제는 너를 길들인 후 내 둘레에 얽힌 이야기를 전하고 싶다.

『어린 왕자』라는 책을 처음으로 내게 소개해 준 벗은 이 한 가지 사실만으로도 한평생 잊을 수 없는 고마운 벗이다. 너를 대할 때마다 거듭거듭 감사하지 않을 수 없다. 그 벗은 나에게 하나의 운명 같은 것을 만나게 해 주었다.

지금까지 읽은 책도 적지 않지만, 너에게서처럼 커다란 감동을 받은 책은 많지 않았다. 그러기 때문에 네가 나한테는 단순한 책이 아니라 하나의 경전이라고 한대도 조금도 과장이 아닐 것 같다. 누가 나더러 지묵 紙墨으로 된 한두 권의 책을 선택하라면『화엄경』과 함께 선뜻 너를 고르겠다.

가까운 친지들에게『어린 왕자』를 아마 서른 권도 넘게 사주었을 것이다. 너를 읽고 좋아하는 사람한테는 이내 신뢰감과 친화력을 느끼게 된다. 설사 그가 처음 만난 사람이라 할지라도 너를 이해하고 좋아하는 사람이라면 그는 내 벗이 될 수 있어. 내가 아는 프랑스 신부 한 사람과 뉴질랜드 노처녀 하나는 너로 해서 가까워진 외국인이다.

너를 읽고도 별 감흥이 없어하는 사람들이 있는데, 그런 사람은 나와 치수가 잘 맞지 않는 사람으로 생각하는 거다. 어떤 사람이 나와 친해질 수 있느냐 없느냐는 너를 읽고 난 그 반응으로 능히 짐작할 수 있다는 말이다. 그러니까 너는 사람의 폭을 재는 한 개의 자尺度다. 적어도 내게 있어서는.

그리고 네 목소리를 들을 때 나는 누워서 들어. 그래야 네 목소리를 보다 생생하게 들을 수 있기 때문이야. 상상의 날개를 마음껏 펼치고 날아다닐 수 있는 거야. 네 목소리는 들을수록 새롭기만 해. 그건 영원한 영혼의 모음母音이야.

아, 이토록 네가 나를 흔들고 있는 까닭은 어디에 있는 것일까. 그건 네 영혼이 너무도 아름답고 착하고 조금은 슬프기 때문일 것이다. 사막이 아름다운 건 어디엔가 샘물이 고여 있어서 그렇듯이.

　네 소중한 장미와 고삐가 없는 양에게 안부를 전해다오.

　너는 항시 나와 함께 있다.

(1971년)

법정 (1932~2010)　　스님. 수필가. 전라남도 해남 출생. 1955년 통영 미래사로 입산하여 1956년 당대의 고승 효봉을 은사로 사미계를 받고 1959년에 28세 되던 해 통도사에서 비구계를 받았음. 1992년 출가하는 마음으로 불일암을 떠나 강원도 산골 오두막에서 혼자 살아왔음. 1996년 서울 도심의 대중음식점 대원각을 시주받아 이듬해 길상사로 고치고 회주로 있었음. 2003년부터 강원도 산골의 오두막에서 문명을 멀리하고 살던 중 폐암이 발병하여 2010년 3월 11일 길상사에서 입적함. 저서로는 수필집 『영혼의 모음』(1973), 『무소유』(1976), 『물소리 바람소리』(1986), 『버리고 떠나기』(1993), 『새들이 떠나간 숲은 적막하다』(1996), 『산에는 꽃이 피네』(1998), 『오두막 편지』(1999), 『인연 이야기』(2002), 『홀로 사는 즐거움』(2004), 『살아 있는 것은 다 행복하라』(2006) 등이 있고, 역서로 『숫타니파타』(1974), 『불타 석가모니』(1981), 『진리의 말씀 : 법구경』(1986), 『신역 화엄경』(1988), 『깨달음의 거울 : 선가귀감』(1990) 등과 여행 산문집 『인도기행』(1991) 이 있음.

괜찮다
- 관계의 문화

이어령 (문학평론가)

 '괜찮아유' 라는 말을 유행시킨 텔레비전의 희극 프로도 있었지만 한국 사람들은 괜찮지 않을 때에도 '괜찮다'라는 말을 곧잘 쓴다. 속으로는 불쾌하고 고통스럽고 난감한 심정인데도 입에서는 '괜찮아유'라는 말이 튀어나온다. 어느 때는 남이 걱정할까 봐, 어느 때는 자기 약점을 남에게 보일까 봐 그런 말을 쓰기도 한다. 그래서 앞머리에 '괜찮다'라는 말이 네 번이나 되풀이되는 미당 서정주의 시 〈내리는 눈발 속에는〉을 읽고 있으면 오히려 그 말이 "괜찮지 않다, 괜찮지 않다"의 탄식으로 들려온다. 역설적인 표현인 것이다.

 복합적인 이 말의 참뜻을 제대로 이해하려면 관계를 중시하는 모든 동아시아 문화의 뿌리를 캐봐야 한다. 왜냐하면 '괜찮다'라는 말은 '관계하지 아니하다'의 긴 말이 여러 차례 줄어서 된 말이기 때문이다. 지금도 좀 나이가 든 사람들이 '괜찮다'를 '관계치 않다'라고 말하는 것을 보더라도 그 생략 과정을 짐작할 수 있다.

 서양은 법이 지배하는 사회이고 동양은 관계가 지배하는 사회이다.

· 느낌 그게 뭔데, 문장

서양의 기업 안내서를 보면 중국에서 기업을 하려면 무엇보다도 관시guanxi관계를 알아야 한다고 되어 있다. 공식적인 법 절차보다 인간관계의 연줄이 더 중요하다는 말이다. 의리와 정으로 맺어진 자랑스러운 동양의 인간관계가 비즈니스 사회에 오면 이렇게 비공식적인 뒷거래의 뜻으로 변하고 만다.

비교적 부정이 없다는 일본에서도 역시 법보다는 인간의 얼굴이 앞설 때가 많다. 만약 그런 인간관계를 소홀히 했다가는 '잇피키 오카미(외톨이 늑대)'가 되고 만다. 미국의 한 외교관이 중국을 '개인적 집단주의', 일본을 '집단적 개인주의'라고 부른 이유도 그 때문이다. 한국도 그 둘 중의 하나로 보였을 것이다. 그러니 중국어에도 '괜찮다'와 아주 똑같은 말이 있다고 해도 놀랄 일이 아니다.

별로 대단치 않다거나 염려할 것이 없다고 할 때 중국인들은 "메이 관시mei guanxi 沒關係"라고 한다는 것이다. '괜찮다'처럼 '관계가 없다'는 뜻이다. 일본 사람들도 자기에게 책임이 없는 것을 '관계없다'는 뜻으로 "간게이 나이요"라고 한다.

어떤 사상도 다 그렇지만 빛과 그늘이 있게 마련이다. 그러므로 우리는 관계의 문화를 버리거나 고수하는 것이 아니라 앞으로 다가오는 문명에 맞도록 키워가는 쪽으로 시선을 돌려야 한다. 서구의 개인주의가 벽에 부딪힌 오늘날 특히 그런 시점의 전환이 필요하다.

가령 누에를 치는 방법을 놓고 따져보자, 누에는 대단한 식욕가이다. 그러면서도 시인 이상이 말한 대로 뽕잎이 아니면 입에 대지 않는 아주

식성이 까다로운 귀족 가축이다. 그래서 누에 치는 법이 그 나라의 문화에 따라 다 다르다. 서양(독일) 사람들은 누에가 아무것이나 먹을 수 있도록 아예 그 누에의 종자를 바꿔버린다. 독일의 나치가 인종 개량 그리고 인종 말살 정책을 썼던 것과 유사하다. 이러한 발상은 철저한 개인주의, 모든 사물의 존재를 전체가 아니라 작은 한 원자로 파악하고 있는 서구 합리주의에서 비롯된 것이다.

그러나 일본 사람들은 누에의 종자 자체를 바꾸는 것이 아니라 자기네들이 원하는 방향으로 길을 들여 본래의 식성을 바꾸고 또 습성을 변하게 하여 봄과 가을의 두 철에 고치를 치도록 만들어 생산성을 올렸다. 에도 말기의 아이카(藍香)란 사람이 양잠의 혁명을 일으켜 일약 일본을 견직물의 왕국으로 만들어낸 것이 그렇다.

그런데 우리는 어떠했는가. 누에의 종자를 고치려고 하지 않았으며 그 습성을 길들여 자기에게 편하도록 뜯어고치지도 않았다. 한국인의 누에치기 특성은 누에를 내 쪽이 아니라 내가 누에 쪽으로 나가 최대한으로 누에의 편의를 맞춰주는 데 있다. 뽕잎을 썰 때는 보릿짚 위에서 썰었느냐 도마 위에서 썰었느냐, 그리고 도마라면 그것이 잣나무 도마냐 괴목 도마냐로 고치의 질이 좋아지고 나빠지곤 한다. 그리고 누에 옆에서는 방아를 찧지 않았고 집 안에 곡성이 나도 안 되었다. 상중인 집안에서는 누에에게 해롭다 하여 상식을 올릴 때 곡을 생략하기도 했다는 것이다. 월경 중에 있다거나 시어머니에게 꾸지람을 들었다든가 하여 기분이 언짢을 때에는 잠실 드나드는 것을 삼갔다. 그렇지 않으면 흉잠의 원인이 되어 고치를 딸 수 없다고 생각한 것이다.

결국 이렇게 온갖 조심과 정성을 다 쏟아 누에를 가꾸다 보면 누에가 달라지고 그것을 키우는 사람의 성품도 달라진다. 누에는 생산성을, 사람은 고도의 수양을 배우게 된다. 우리 옛 조상들이 며느릿감을 고를 때 누에를 친 것이 아홉 번이면 업어가고, 다섯 번이면 손잡고 가며, 세 번이면 놔두고 돌아간다고 한 것도 그런 이유에서이다. 누에 하나 치는 데도 누에와 인간의 관계를 존중한다. 그 관계에서 생산성과 교양성을 동시에 얻는다.

물론 우리는 종種을 바꾸려고 한 독일 양잠술이나 1년에 두 번씩 수확을 올리는 일본의 양잠술에 비하여 낙후된 것이 사실이다. 하지만 양잠 하나만을 놓고 그리고 생산성 하나만을 두고 말할 때에는 종이나 습성이나 누에의 종과 습성 쪽을 개량한 것이 옳았을는지 모르나, 총체적인 삶의 질을 놓고 볼 때에는 반드시 그 기능주의에만 후한 점수를 줄 수 없다. 특히 오늘날 그 산업 문명의 부작용을 보면 알 수 있다. 생산성과 인간성은 아무 관계가 없다. 그래서 공장은 인성의 사막이 되고 도시는 범죄의 온상이 되어버린 것이다.

모든 사물을 관계로 보려고 한 한국 문화 — 오랫동안 현대 문명을 지배해 오던 생산성의 신화가 붕괴하고 탈산업주의의 새 문명이 도래하게 되면 한국인의 그 진가가 발휘될 것이다. 이 관계의 문화를 잘 키워가고 발전만 시켜간다면 정말 한국 사람들은 '괜찮은' 사람들이다.

이어령 (1934~)　　　소설가. 언론인. 문학평론가. 충남 아산 출생. 서울대학교 문리과대학 및 동대학원 졸업. 1956년 《한국일보》에 <우상의 파괴>를 발표하여 문단에 커다란 반향을 일으키며 등장. 20대의 젊은 나이에 파격적으로 《한국일보》 논설위원이 된 이래 여러 신문의 논설위원을 역임. 1972년부터 월간 《문학사상》 주간. 1967년 이화여자대학교 강단에 선 후 30여 년간 교수로 재직, 현재 석좌교수. 1990~1991년에는 초대 문화부 장관을 지냄. 현재 대한민국 예술원 회원. 저서로 『지성의 오솔길』(1960), 『흙 속에 저 바람 속에 : 이것이 한국이다』(1963), 『거부하는 몸짓으로 이 젊음을: 이것이 오늘의 세대다』(1969), 『차 한 잔의 사상』(1969) 등과 평론집 『저항의 문학』(1959), 『전후문학의 새 물결』(1962), 『축소지향의 일본인』(1982), 『디지로그』(2006) 『젊음의 탄생』(2009), 『지성에서 영성으로』(2010) 등과 장편소설 『둥지 속의 날개』(1984), 시집 『어느 무신론자의 기도』(2008)도 있음..

잘 익은 말을 찾아서

이윤기 (소설가, 번역가)

나는, '좋은 소설은 모름지기 어떠해야 하는가'라는 질문을 더러 받는다. 나는 이런 질문에는 대답하지 않기로 하고 있다. 왜 그러는가 하면, 이런 질문에 대답하자면 내가 소설은 모름지기 어떠해야 하는지, 혹은 좋은 소설은 어떤 모양새를 갖추고 있어야 하는지 눈치 챈 사람이어야 하는데, 형편이 그렇지 못하기 때문이다. 어렴풋이 알고 있다고 하더라도 일일이 설명하다 보면 나 자신을 '좋은 소설을 쓰는 사람'이라고 인정하는 셈이 되기 때문이다. 그래서 나는 좋은 소설은 어떠해야 하는지 설명하는 대신 특정한 소설을 들이대고는, '나는 이 소설을 좋은 소설이라고 생각한다' 이렇게 대답한다.

편집자가 나에게 글쓰기를 요구하면서 던져준 제목은 '좋은 번역이란 무엇인가'이다. 자, 형편이 이러한데, 내가 어떻게 이 제목으로 글을 쓸 수 있겠는가? 이 제목 앞세우고 '좋은 번역이란 이런 것이다' 하고 쓴다면 나는 좋은 번역이 과연 어떠한 번역인지 아는 사람인 셈, 결국은 나 자신을 '좋은 번역가'로 내세우는 셈이 아니겠는가? 나는 이런 짓을 할 수 있을 만큼 자신의 능력을 확신하고 있는 사람이 아니다. 하지만 많은 편집자들은 나에게 요구한다. 소설은 어떻게 써야 하는지, 번역은 어떻게 해야 하는지 발언할 것을 요구한다. 소설을 쓰고 번역을 하는 것만으로는 부족하다면서, 남의 선배가 되었으니 선배 값할 것을 요구한다. 나는 열병식보다는 전투를 더 좋아하는 야전군인데, 군대는 나에게 원대 복귀하여 전술학 강의할 것을 요구하니 참 딱한 일이다. 전술학 이론가가 아닌 사람이 전술학을 강의하자면 자신의 전투 경험을 일반화해야 하는데 그게 어디 쉬운 일인가? 하지만 할 말이 아주 없는 것은 아니다.

텍스트의 이해는 번역의 기본인 만큼 텍스트 독해에 대해서는 별로 할 말이 없다. 문제는 우리말인데, 나는 우리말과의 씨름을 이렇게 하고 있다.

첫째는 사전과의 싸움이다. 나는 이 싸움의 내역을 글로 써낸 적이 있다. 요약하면 이렇다.

사전을 열어야 말의 역사, 단어의 진화사進化史가 보인다. 그런데도 번역가는 사전 안 펴고, 어물쩍 구렁이 담 넘듯이 넘어가고 싶다는 유혹과 하룻밤에도 수십 번씩 싸워야 한다. '제록스'와 '샴푸'는 상표명이 '복사하다' '머리 감다'는 의미의 일반 동사로 바뀐 대표적인 영어단어에 속한다. 여기까지는 누구나 알고 있다. '호치키스'는 어떤가? '호치키스'는 원래 기관총 상표명이다. 전쟁 끝나 기관총 잘 안 팔리니까 그 기관총 탄창에 총알 쟁여 넣는 기술을 원용해서 만든 것이 우리가 아는 호치키스다. 하지만 호치키스는 상표명이고 이 물건의 일반명사는 '스테이플러'다. 우리말로는 '제책기製冊機'라고 한다. 남의 번역을 시비하는 것은 되도록 삼가고 있지만 번역하는 사람이 사전 안 찾고 얼렁뚱땅 넘어가는 버릇은 반드시 고쳐야 한다는 뜻에서 하나만 시비한다. 나는 십수 년 전 어떤 소설의 한국어 번역판에서 "그는 자기의 루거를 불태웠다."는 문장을 읽고 많이 웃었던 적이 있다. 원문을 확인할 것도 없이 'He fired his Luger'일 것이라고 짐작했기 때문이다. '루거'는 독일제 9밀리 권총의 상표명이다. 따라서 그 문장의 정확한 번역은 "그는 권총을 쏘았다."가 맞다.

그러나 사전도 맹신할 물건은 못 된다. 아주 간단하게만 설명하면 그 까닭은 이렇다. 사전에 나오는 설명은 개념 이해의 길라잡이에 지나지 않는다. 거기에 실려 있는 말은 화석화化石化 한 개념에 지나지 않는다. 사전 속의 말은 박물관의 언어이지 펄펄 살아 있는 저잣거리의 말이 아니다. 사전적 해석만 좇아 번역한 문장이 종종 죽은 문장이 되는 것은 바로 이 때문이다.

둘째는 우리말의 어구語句와 어절語節을 일목요연하게 정리하는 일이다. 우리는 한 문장 속에 주절主節이 있고 종속절從屬節 있는 문장을 복문複文이라고 부른다. 나는 복문 속의 종속절은 되도록 어구語句, words and phrases로 정리하여 단문으로 만드는 주의다. 복문은 글월의 복잡한 성분상 가독성을 엄청 떨어뜨리기 때문이다.

한 정치학자의 번역서에 등장하는 다음과 같은 문장을 보자.

"변화하는 의사결정의 환경으로 인해 계획과 행정에 종사하는 전문가의 역할에도 중대한 변화가 야기되었다."

여러 개의 '절'로 이루어진 이 복잡한 복문은 이렇게 바뀔 수 있다.

"의사결정 환경이 변화하면서 계획 및 행정 전문가의 역할에도 큰 변화가 왔다."

다음과 같이 명료하지 못한 문장도 있다.

"정치학자뿐만 아니라 계획가들도 정치학과 계획 사이에 분리할 수 없는 관련이 있다는 것을 오래전부터 알고 있었다."

세 개의 절로 이루어진 이 복문은 실은 이런 뜻이다.

"정치학과 계획이 불가분하다는 것은 정치학자들은 물론 계획가들도 오래전부터 알고 있었다."

셋째는 살아 있는 표현, 전부터 우리가 써왔고 지금 우리가 쓰고 있는 말을 찾아내는 일이다. '숙어熟語'가 무엇인가? '잘 익은 말'이다. 원문의 배후에 숨어 있는, 푹 익은 우리말을 찾아내는 일이다.

제목이 《낫싱 투 루즈Nothing to loose》라는 영화가 있다. 나는 연하의 친구들에게 이 영화제목을 우리말로 번역하게 해보았다. 상당수의 친구들은 '더 이상 잃을 것이 없다', 이렇게 번역했다. 그럭저럭 뜻은 통하는 만큼 크게 나무랄 만한 번역은 아니다. 그러나 여기에서 모색을 그만두어서는 안 된다고 나는 생각한다. '더 이상 잃을 것이 없'는 상황을 우리말로는 '밑져야 본전'이라고 하지 않는가. 나는, 《낫싱 투 루즈》라는 영화

제목은 반드시 '밑져야 본전'으로 번역되어야 한다고 주장하는 것이 아니다. 적어도 거기까지 모색한 뒤에 그 말결에 걸맞은 말을 찾아야 할 것이 아니겠느냐는 것이다.

《에버 애프터 Ever after》라는 영화를 본 적이 있다. 신데렐라 모티프를 패러디한 영화였다. 친구들에게 이 영화의 제목을 우리말로 번역하게 해 보았다. '그 후로 오랫동안'이라고 번역하는 친구가 있어서 그럴듯하다 싶었다. 그러나 이 말의 배후에는 해피엔딩 설화의 결사結辭에 단골로 등장하는 말. 즉 '잘 먹고 잘 살았다'가 도사리고 있다. '에버 애프터'라는 말의 결은 '잘 먹고 잘 살았다'는 우리말의 결과 아주 흡사하다. 이렇게 번역해야 한다는 뜻은 아니지만 번역가의 모색은 여기까지 이르러야 한다는 것이다.

'메덴 아간Meden Agan', 고대 그리스의 현자賢者 솔론이 남긴 말이다. 이 간결한 말을 영어로 풀어내면, 간결하지 못하게도 '만사에 지나침이 없게 하라Let there be nothing in excess'가 된다. 뜻이 통하기는 한다. 그러나 번역가는 여기에서 걸음을 멈추어서는 안될 것 같다. '지나친 것은 모자라는 것과 같지 못하다'는 뜻을 지닌, '과유불급過猶不及'이라는 잘 익은 우리말이 그 배후에 있기 때문이다. '루모르 볼라트Rumor volat'라는 라틴어 속담이 있다. 영어로 번역하면 'Rumor flies', 곧 '소문은 난다'가 될 터이다. '발 없는 말이 천리 간다'는 우리 속담이 있지 않은가?

'부족한 지식은 위험한 것이다 A little learning is a dangerous thing'라는 영국 속담이 있다. 이 속담의 뜻을 이해하는 것은 어렵지 않다. 문제는 번역가의 모색이 '선무당이 사람 잡는다'는 우리 속담에 이를 수 있느냐 없느냐 하는 데 있다.

번역 과정에서 일어나는 언어의 변화가 '단순한 물리적 변화'여서는 안 된다. 그런 번역은 컴퓨터도 해낸다. 문제는 '화학적 변화'다. 텍스트의 문장이 우리말로 변하게 하되 화학적으로 변해야 한다는 것이다.

다만 희망 사항일 뿐인가?

이윤기 (1947~2010)　소설가. 번역가. 경북 군위 출생. 검정고시를 통해 고졸학력을 얻고 성결신학대 기독교학과를 수료함. 베트남전에 참가하기도 함. 1977년 《중앙일보》 신춘문예에 단편소설 <하얀 헬리콥터>가 당선됨. 1991년부터 1996년까지 미국 미시간주립대학교 종교학 초빙 연구원, 미국미시간주립대학교 문화인류학 객원 교수로 재직했음. 순천향대학교 문학명예박사를 받음. 번역을 생업으로 삼아 『그리스인 조르바』(1981), 『장미의 이름』(1986), 『세계 풍속사』(1991), 『변신 이야기』(1994), 『푸코의 진자』(1995), 『신화의 힘』(2002) 등 200여 권의 책을 우리말로 옮긴 우리 시대를 대표하는 번역가. 중편소설 『숨은 그림 찾기』(1998), 장편소설 『하늘의 문』(1994), 『뿌리와 날개』(1998), 『내 시대의 초상』(2003) 등과 소설집 『하얀 헬리콥터』(1988), 『나비 넥타이』(1998), 『두물머리』(2000) 등을 펴냈고, 그 밖에 『이윤기의 그리스 로마 신화』(2000~2010) 등의 교양서와 『어른의 학교』(1999), 『이윤기가 건너는 강』(2001), 『꽃아 꽃아 문 열어라』(2007), 『위대한 침묵』(2011) 등의 산문집을 펴냄. 동인문학상, 한국번역가상, 대산문학상 수상

한국어의 멸종위기설

이익섭 (교수, 국문학자)

현재 세계에서 쓰이는 언어는 몇 개나 될까요? 지난번 우리말이 세계의 12위라는 말씀은 드리면서 정작 세계에 있는 언어 몇 개 중의 12위라는 건 밝히지 않았더군요. 그런데 과연 세계의 현존 언어는 몇 개나 될까요?

지난 봄 어느 대학에서 특강을 하면서 같은 질문을 던진 일이 있는데 100개라고 대답하는 학생도 있었고, 그보다는 더 많이 잡아 보라하였더니 150개, 조금 더 높여 180개라고 대답하는 학생도 있었습니다. 그래도 좀 더 크게 잡아 보라고 하였더니 300개라고 대답하는 학생이 나왔습니다.

대개 그 언저리에서 맴돌았습니다. 그래서 제가 그랬습니다. 인도에서 쓰이는 언어만도 300개는 된다고, 통계에 따라 차이가 많지만 인도에서만 쓰이는 언어만도 312개라고 하기도 하고 844개라고 하기도 합니다. 그러니 세계에서 쓰이는 언어의 수는 300개 정도가 아니겠지요.

역시 통계에 따라 다릅니다만 현재 쓰이고 있는 세계의 언어 수를 대체로 5,000개 내지 6,000개로 잡고 있는 듯합니다. 일례로 M. Ruhlen의 *A Guide to the World's Languages*(1991)에는 5,000여 개의 언어 목록을 싣고 있고, C. Moseley and R. E. Asher의 *Atlas of the World's Languages*(1994)에는 6,796개의 언어 목록을 실어 놓았으니까요. Barbara F. Grimes의 *Ethnologue: Language of the World*(1992)에도 6,528개의 현존 언어의 목록을 싣고 있습니다.

지난번 우리말이 12위라고 하였을 때 많은 분들이 크게 고무되는 듯한 반응을 보여 주셨습니다만 그 12위가 6,000개 중에서 12위라는 걸 알면 우리의 자신감은 더욱 확고해질 것입니다. 그때 제가 우리나라에 대해 '언어대국'이라는 표현을 썼습니다만 6,000개 중에서 12위라면 대단한 존재인 게 분명합니다.

그런데 기억하실지 모르나 수년 전 기이하게도 우리 한국어가 앞으로 100년 안에 이 지구상에서 사라질지도 모른다는 이야기를 놓고 설왕설래 소란을 피웠던 일이 있습니다. 얘기인 즉 앞으로 100년 안에 이 지구상에는 10개 언어만 살아남는단다, 그러니 한국어는 멸종될게 아니냐 하는 것이었습니다. 그리고는 한다는 소리가 앞으로 자식이 태어나면 우리말보다는 영어를 가르쳐 자식들로부터 원망을 듣는 일이 없도록 해야 한다는 기괴망측한 방향으로 이 이야기를 뒤틀어 나갔습니다. 사실 터무니없는 소리였고, 따라서 그저 실없는 사람의 이야기로 끝내야 할 이야기였습니다. 그런데 한 일간지가 이를 부추겨 논전을 붙이면서 법석을 떨었던 것이지요.

동식물들의 많은 것들이 멸종되어 가듯이 언어도 많은 것들이 사라져 가는 것이 사실입니다. 가까운 예로 만주어는 한때 중국을 호령한 막강한 언어였음에도 이제는 순수한 만주어 토박이가 과연 몇 명이라도 있기나 할까 할 정도가 되었고, 일본 북해도의 아이누어도 마찬가지 신세가 되었지요. 지난번 『사라지는 언어들』이라는 책 이름을 소개한 것이 있는데 그 책에 보면 어떤 언어를 간직하였던 마지막 사람의 사진들이 몇 장 실려 있습니다. 언어도 그렇게 생명을 다하는 수가 있는 것입니다.

그러나 앞으로 100년 안에 10개의 언어만 살아남는다는 말은 어디에서 들은 소리인지 모르나 터무니없는 말이 아닐 수 없습니다. 100년 후이면 지구상의 언어 90%가 자취를 감추리라는 견해를 말한 학자는 있습니다. 가령 Michael Krauss라는 학자가 1922년 미국 언어학회 회지인 *Language*에서 앞으로 100년 안에 세계 언어의 90%가 사라지거나 고사 枯死 상태가 될 것이라고 추정한 것이 그것입니다.

이 90% 멸종설은 가장 극단적인 추정일 것입니다. 그 이야기를 한 1922년부터 100년이 되는 해가 이제 얼마 남지 않았는데 그 추측이 허황했다는 것은 이미 다 증명된 셈이니까요. 다른 한 예측으로는 21세기 내에 지구상의 언어 중 절반이 사라지고, 22세기가 끝날 때는 1,000개 정도의 언어만 살아남는다고 한 것이 있습니다. 절반이 어떻게 된다는 것도 대단한 변혁이지만 대개 이 정도로 잡는 것이 온당할지 모르겠습니다.

그런데 말입니다. 가장 극단적인 90% 멸종설을 받아들인다 해도 말입니다. 그래도 600개는 살아남는다는 말이 되지 않습니까? 10개만 살아남는다는 위기론은 얼마나 황당하고 터무니없는 선동입니까?

600개가 살아남는다는 것이 성에 안 차 거기서 다시 90%가 사라지기를 바란다고 해도 60개는 살아남을 것입니다. 그 지경이 되어도 한국어는 염려할 것이 없을 것입니다. 그런데 왜 호들갑을 떨고 미리 피난 보따리를 싸라고 혹세무민惑世誣民들을 하는지, 그리고 왜 그리 쉽게들 아이구머니나 하고 더러운 흙탕물에 휩쓸려 가는지 저로서는 도무지 이해할 수가 없습니다.

6,000여 개의 언어라 하지만 대부분의 언어는 매우 영세하지요. 사용자가 1만 명도 안 되는 언어가 50%를 넘으니까요. 사용자가 1백만 명 이상인 언어도 고작 283개뿐입니다. 많은 언어가 얼마나 영세한 상태인가를 알면 사실 놀라운 수준이지요.

그러니까 멸종위기를 염려하는 언어란 거의가 사용자가 1만 명도 안되는, 그야말로 약소민족의 언어인 것입니다. 그런 언어를 쓰는 종족은 한 국가를 거느리지도 못하고, 따라서 그런 언어는 한 나라의 공용어公用語 자격도 가져 본 일이 없는 언어들이지요. 그걸 기록하기 위해 고안되어 쓰인 문자도 없고, 그 문자로 기록되어 온 문화 전통도 없는 미개족의 언어들인 것입니다. 우리 한국어가 처한 상황과는 너무나 먼 거리에 있는 불쌍한(?) 언어들인 것입니다.

옛날 하늘이 무너질까봐 걱정한 어리석은 사람들의 얘기를 다시 떠올리지 않을 수 없습니다. 한국어의 멸종을 염려하는 사람들은 그 보다도 더한 사람들이 아닌가 합니다. 이제 정말 좀 떳떳이 어깨를 펴고 살았으면 좋겠습니다. 다시 외치지만 한국어는 당당한 언어요. 대한민국은 당당한 언어 대국입니다.

이익섭 (1938~)   국문학자, 강원도 강릉 출생. 서울대학교 국어국문학과 및 동 대학원 졸업(문학박사), 서울대학교 국어국문학과 교수, 국립국어연구원(현 국립국어원) 원장, 한국어세계화재단 이사장, 현재 서울대학교 명예교수. 저서로 『영동 영서의 언어 분화』(1981), 『국어문법론』(1983), 『방언학』(1984), 『국어학개설』(1986), 『국어 표기법 연구』(1993), 『사회언어학』(1994), 『한국의 언어』(공저)(1997), 『국어문법론 강의』(공저)(1999), 『국어 부사절의 성립』(2003), 『한국어 문법』(2005), 『(꽃길 따라 거니는) 우리말 산책』(2010) 등이 있음.

나는 스님이 되고 싶다

최인호 (소설가)

한 일간지에 경허 스님의 행장을 소설화한 『길 없는 길』이란 작품을 연재한 적이 있다. 3년에 걸쳐 1,000회 정도 연재하였는데 경허를 주인 공으로 한 소설이었으므로 자연히 경허 스님이 오랫동안 주석하였던 수 덕사를 중심으로 한 호서지방들의 사찰들을 순례해야만 했다.

동학사에서 견성하였던 경허는 천장암天藏庵에서 확철대오廓徹大悟하였 고, 그 후로는 수덕사를 비롯하여 개심사, 부석사, 정혜사와 같은 암자들 을 돌아다니시다 말년에는 해인사의 방장方丈으로 자리를 옮겼으며, 그 후에는 행방을 감추어 함경도의 작은 한촌에서 신분을 감추고 아이들을 가르치다가 64세의 나이로 열반에 드신 큰스님이시다.

그러므로 나는 자연스럽게 경허 스님의 행장을 따라 거의 모든 사찰 들을 탐사할 수밖에 없었다.

만나는 스님마다 어찌나 잘 반겨 주었는지 지금도 그때의 일을 생각 하면 가슴이 뛴다. 영화감독 배창호 군과 이명세 군과 어울려 청계사에 서 한밤중 번개 치던 모습을 물끄러미 바라보던 일. 동학사에서였던가,

비구니 암자에서 허락을 얻고는 부처님 옆에서 잠을 자다가 새벽 예불소리에 깜짝 놀라 깨던 일. 그러나 뭐니 뭐니 해도 수덕사에서 있었던 모든 일들은 아직도 추억이 되어 생생하게 떠오르고 있다.

당시 주지스님이었던 법성法惺 스님은 내게 법당에서 가장 가까운 요사채 하나를 공짜로 주셨다. 나는 시도 때도 없이 수덕사에 들러 한여름에도 공양을 준비할 때마다 아궁이로 연결된 뜨끈뜨끈한 방구들에 허리를 지지면서 학질 들린 사람처럼 땀을 뻘뻘 흘리며 지내곤 했었다.

그 무렵 나는 정말 스님이 되고 싶었다.

그러나 나는 출가를 하기 위해 아내를 떠나 가정을 버리고 아이들과 헤어질 그런 용기는 없었다. 우리들의 인생이란 어디서 와서 어디로 가는지 잘 모르지만, 사내의 몸을 받은 대장부로서 이 세상에 태어난 이상 중노릇 한번은 해볼 만하다는 절실한 느낌을 받으면서도 나는 차마 머리를 삭발하고 내 있던 자리를 벌떡 일어나 박차고 가출할 용기는 없었던 것이다.

내 그런 마음에 한 가닥 희망을 준 것은 어느 날 무법 스님이 큰 선물을 가져온 이후부터였다. 무법 스님이 수백 년 묵은 소나무 등걸을 구해다가 그 위에 수덕사의 방장스님이신 원담圓潭 스님의 선필을 새겨 온 것이었다.

海印堂해인당

나는 오래전부터 그 깊은 뜻은 잘 모르지만 불교적 용어 중에 해인삼매海印三昧란 말을 좋아하고 있었다.

해인삼매는 부처가 《화엄경》을 설법하면서 도달한 삼매의 경지를 말하는 것으로, 풍랑과 같은 모든 번뇌가 사라진 뒤에야 비로소 삼라만상 모든 업이 도장 찍히듯 그대로 바닷물에 비쳐 보여 일체의 깨달음을 얻을 수 있음을 의미한다. 아무튼 나는 해인이라는 말의 의미가 너무 좋아서 언젠가 무심코 이런 말을 한 적이 있었다.

'새로 짓는 집의 이름을 해인당이라고 부르고 싶다.'

이 말을 귀 기울여 들은 무법 스님이 소나무 등걸에 '해인당'이라는 옥호를 새겨 직접 우리 집까지 날라다 준 것이었다. 나는 이 현판을 우리 집 이층 바깥벽에 내어 걸어두고 있다.

이 현판뿐만 아니라 무법 스님은 내게 액자까지 하나 선물해 주었다. 역시 원담 스님이 써준 글씨인데 경허 스님의 선시 중에서 한 구절을 인용하여 써준 것이다.

世與靑山何者是 세여청산하자시
春光無處不開花 춘광무처불개화

이 구절은 경허 스님이 천장암에서 읊은 노래로, 그 노래를 본 순간 내 마음은 마치 불을 지핀 듯 불기운으로 환히 타오르고 있었다.

세상과 청산은 어느 것이 옳은가.
봄볕이 있는 곳에 꽃 피지 않는 곳이 없구나.

경허 스님의 이 선시를 본 순간 나는 내가 비록 머리를 깎고 청산으로 갈 수는 없지만 이 세상 모든 것이 청정한 도량道場임을 깨달았던 것이다.

내가 찾아갈 곳이 청산이냐, 세상이냐 어느 것이 옳을까하며 시비를 거는 것은 옳은 일이 아니다. 비록 내가 세속에 머물러 있다 하더라도 내 마음이 봄볕을 비추는 곳을 찾아가고 있다면 그곳이 어디건 꽃이 필 것이 아니겠는가. 내 몸이 비록 청산을 가지 못한다 하더라도 내 마음이 봄볕을 향한다면 그곳에는 반드시 꽃이 피어날 것이 아니겠는가.

요즘도 눈을 감으면 내 마음엔 그때 그 무렵 내가 순례하였던 그 청산들과 그 산속에 숨어 있던 사찰들과 암자들의 모습들이 아련하게 떠오른다. 눈을 뜨면 아직도 나는 머리를 깎고 스님이 되고 싶은 꿈을 꾼다. 조그만 암자 속으로 들어가 온전한 내 모습과 싸우며 죽기를 각오하고 생사를 초탈하고 윤회에서 벗어나고 싶은 참 꿈 말이다. 밀라레빠 성자가 노래하였던 것처럼 모든 욕망 버리고 눈 쌓인 히말라야의 설산으로 가서 아무도 만나지 않고 아무도 모르게 수도하다가 아무도 모르게 죽어가는 그런 은수자隱修子가 되고 싶다.

최인호 (1945~2013)　소설가. 서울 출생. 연세대학교 영어영문학과 졸업. 고교 2학년 때 단편 <벽구멍으로>(1963)로 《한국일보》 신춘문예에 입선하였으며, 1967년에 단편 <견습환자>로 《조선일보》 신춘문예에 당선됨. 주요 작품으로 <모범동화>(1970), <타인의 방>(1971), <전람회의 그림>(1971), <무서운 복수>(1972), <기묘한 직업>(1975) 등의 단편소설과, 장편소설 『별들의 고향』(1972), 『바보들의 행진』(1973), 『천국의 계단』(1978), 『불새』(1979), 『겨울 나그네』(1984) 『잃어버린 왕국』(1984), 『왕도의 비밀(제왕의 문)』(1991), 『상도』(1997), 『해신』(2001), 『유림』(2005) 등의 작품을 발표함. 송산상 문화부문, 연문인상, 동리문학상, 아름다운예술인상 대상 등을 수상함.

3장

길 위의 인생,
여행자의 기록

짧은 여행의 기록[1]
- 제3묘원에서 만난 사람

기형도 (시인)

무등無等은 날이 흐려서 잘 보이지 않았다. 가까운 검은 산들을 거느리고 회색의 구름 숲 속에 무등은 있었다. 나는 지금 충장로와 중앙로를 가로지르는 금남로 3가와 4가 사이 '충금'다방 2층에 앉아있다. 광주고속터미널은 내가 본 그 어느 대도시 터미널보다 초라하고 궁핍했으며 무더웠고 지친 모습이었다. 땀이 폭포처럼 옷 사이로 흘러내렸다.

지금은 저녁 6시. 광주에 도착한 지 2시간이 흘렀다. 터미널에서 부산이나 해남 혹은 이리 방면의 차표를 끊으려 예매처를 기웃거렸으나 너무 혼잡하고 더러워서 터미널을 버리고 길을 건너 신문들을 한 뭉치 샀다. 내가 써두고 온 기사가 나와 있었다. 갑자기 욕지기가 치밀었다. 슈퍼마

---

1) 여행기 〈짧은 여행의 기록〉은 1988년 8월 2일(화요일) 오후 3시 30분 강남터미널에서 시작하여 8월 5일(금요일) 밤 11시, 서울에 도착하기까지 3박 4일간의 짧은 여행기록이다.

시인은 이 기간에 대구, 전주, 광주, 순천, 부산, 서울로 다녔고 장정일 시인. 강석경 소설가의 만남을 자세하게 그리고 있다.

오늘 본문은 전체 12꼭지 가운데 8번째 글로 1988년 8월 4일(목요일) 광주 망월동 묘지[국립 5·18민주묘지]를 방문하여 박관현 열사의 묘 등을 참배하고 내려오다가 우연히 만난 이한열 열사의 어머니와의 에피소드를 그리고 있다.

[편집자 주]

켓에 들어가 필름 한 통을 샀다. 어디로 갈 것인가. 보도블록 위에 주저
앉았다. 황지우黃芝雨 형에게 전화를 넣을까 하다가 그만 두었다. 시간은
많다.

　망월동 공원묘지를 찾아갈 결심을 하였다. 그러나 이 사람 저 사람에
물어도 망월동행 차편을 모른다고 했다. 나는 이해할 수 없었다. 물어물
어 25번 버스가 간다고 알 수 있었고 25번 버스를 타기 위해 현대 예식장
으로 택시를 타고 갔다. 이 사람들이 모두 죽음의 공포를 겪었던 사람들
일까. 어찌 보면 그랬다. 어두웠고 흐미하였다. 거리는 복잡했지만 힘이
없이 늘어져 있었다. 망월동까지 버스는 달렸고 그곳은 외곽 지대였다.
버스기사는 나에게 내려서 걸어가라고 했다. 가겟집 아낙네는 1시간을
걸어야 한다고 무덤덤하게 이야기했다. 망월동 3거리에 봉고차가 있었
다. 공원묘지까지 운행하는 셔틀버스였다. 차가 왔다. "묘지 가실랍니
까?" 그는 시내로 퇴근하는 길이었는데 나 때문에 한 번 더 운행하겠노라
했다. 땀이 비 오듯 흘러내렸다. 가게 집에서 산 카스테라와 비비콜을 먹
으며 나는 봉고차에 혼자 앉아 묘지로 갔다. 가는 도중 묘지에서 내려오
는 한 떼의 대학생들을 보았다. '가자 북으로! 오라 남으로' 플래카드를
든 방송대학생들이었고 봉고차는 이윽고 묘역에 도착했다. 나는 가지 말
라고 당부하고 제3 묘원을 올랐다. 만장 같은 격한, 그러나 햇빛에 바삭
바삭 마르고 있는 수십 개의 붉고 검고 흰 현수막들과 무덤들이 있었다.
나는 꽃 한 송이 소주 한 병 없이 무덤 사이를 거닐었다. '여보 당신은 천
사였소, 하늘나라에서 만납시다' 무명열사의 묘, 박관현의 묘, 묘비명 사

이를 걸으며 나는 몇 장의 사진을 찍었다. 묘원은 아무도 없었고 나 혼자였으며 열사熱沙였다. 너무 뜨거워 화상처럼 달구어진 내 얼굴 위로 땀이 사납게 흘러 내렸고, 그것들이 내 눈 속에 들어갔다. 나는 눈물을 닦는 사람처럼 자꾸만 눈가의 땀들을 닦아 냈고 그것은 매우 고통스러웠다. 마른 꽃다발과 뜨거운 술병, 금이 간 성모상들을 넘어 간이 화장실을 들렀다. 변기 속에는 죽은 구더기들이 가득 차 있었다.

　제3 묘원을 나와 기다리고 있던 봉고차에 탔을 때 50대 후반(혹은 40대 후반)으로 보이는 아낙네가 서너 살 되어 보이는 소녀와 함께 봉고차에 올랐다. 퍼머 머리에 찌든 얼굴, 갈라진 두툼한 입술, 넓적한 코, 초점이 흐린 눈동자, 검게 탄 피부, 가는 몸매, 흰 반팔 남방, 갈색 면바지, 굽 없는 흰 샌들을 신은 촌부였다. "앞에 타세요." 운전사가 말했다. 50대로 보이는 기사가 나를 보며 말했다. "이한열(李漢烈)이 어머니에요." 나는 좌석 앞으로 옮아갔다. 여인이 힘없이 인사를 했다. "묘지 다녀가세요?" 나는 "한열이 선뱁니다. 연세대학교 선배예요." 라고 말할 수밖에 없었다. "좋은 학교 보내면 뭘 해요. 이렇게 돼 버렸는데." 여인은 말했다. "이따금 이곳에 다녀갑니다." 늙고 지친 얼굴이었다. 퍼머 머리의 절반이 백발이었다. "한열이 누이의 딸이에요." 봉고차는 그녀와 나만을 싣고 달렸다. "시내로 곧장 들어 갈랍니다. 오늘은 퇴근하는 길이에요." 기사가 말했다. 3거리에 차가 닿았을 때 서너 명의 대학생들로 보이는 청년들이 소리쳤다. "묘지 갑시다!" "이런, 난 시내로 퇴근하려 했는데 ……." 기사가 나를 쳐다보았다. "저희가 내리지요. 저들을 태워주세요." 나와 한열이 어머니는 내렸다. 봉고차는 또다시 묘지로 갔다. 우리는 25번을 기다렸다. 내가 가게에 들어가 음료수 캔 세 개를 샀을 때 버스가 왔고 나는 스트로도 받지 못하고 허둥지둥 버스로 올랐다. 나뭇가지처럼 깡마른 여인이 있는 곳으로 갔다. "이것 드세요." 나는 어쩔 줄 모르고 캔을 내밀었다. 고맙다고 했다. 나도 말이 없었고 여인도 침묵이었다. 지치고 피곤한 얼굴, 누군가 건드려도 곧 울음을 터뜨릴 것 같은, 햇빛에 검게 탄 촌부. 치산동에 산다고 했다. 버스가 서방시장에 섰을 때 한열이 어머니가 인사를 했다. 안녕히 가시라고. 나는 손녀딸의 손을 한번 잡아 주었다. 그들이 내렸고 버스 문이 닫혔다. 갑자기 창 밖에서 한열이 어머니가 난처한 얼굴로 소리쳤다. 버스는 떠나고 있었다. 그와 함께 한 소년이 승강구 부분에서 무엇인가 주워 창밖으로 던졌다. 흰색 맥고모자를 썼던 한열이 조카의 앙증맞은 고동색 샌들 한 짝이었다.

버스는 달렸고 나는 금남로 입구에서 내렸다. 햇볕은 여전히 뜨거웠지만 무등은 구름 속에서 솟아 잘 보이지 않았다. 나는 비 오듯 땀을 흘리며 걸었다. 어깨에 둘러멘 가방이 대리석처럼 무거웠다. '충금'다방에 들어서자마자 나는 가방을 던졌다. 커튼은 햇빛에 바랜 핏빛이었다. "1년 전이지요. 7월 5일이에요. 3남매 중 큰 아들이지요." 한열이 어머니는 한숨을 토하듯, 그러나 힘없이 중얼거렸지만 멋모르고 캔만 빨아먹는 어린 손녀딸의 손을 힘들어 쥐고 있었다. 그럴 수도 있다. 우리 어머니의 뒷모습과 너무 흡사했고, 그것은 감상도 계시도 아니었다. 망월동 공원묘지 제3 묘원은 찌는 듯이 무더웠고 그것은 고의적인 형벌 같았다. 나는 아무런 감정의 변화도 없이 묵묵히 묘원의 인상만 자신 없이 기억 속에 집어넣었다. 광주의 충장로와 금남로 교차로에 있는 이곳 '충금'다방에서 광주와의 첫 만남을 적는다.

(1988년)

이미륵 씨의
무덤을 찾아서

전혜린 (수필가, 번역가)

3월 20일은 『압록강은 흐른다』의 저자인 이미륵李彌勒, 본명 이의경 李儀景 2) 씨
가 독일에서 죽은 날이다. 나는 조그마한 화환을 하나 들고 T와 또 나의
집 근방에 사는 S양과 함께 전차를 탔다. 몹시 추운 눈보라치는 날이
었다.

이미륵 씨의 무덤은 시골 교외의 거친 들판 한가운데 있는 작은 공동
묘지에 있었다.

온갖 모양의 천사 등의 석상과 대리석 십자가 또는 상록수 등으로 알
뜰하게 장식된 수많은 무덤 사이에 그의 무덤은 아무 장식도 없고 아무
데나 굴러다니는 것 같은 돌로 만든 작은 비석 위에 단 세 글자, 새겨진

---

2) 전혜린은 여원사 잡지 독일 뮌헨 통신원 자격으로 월간지 《여원》 1959년 5월호에 발표한 〈이미륵 씨의 무덤
을 찾아서〉와 수필집 『그리고 아무 말도 하지 않았다』(1966)에서 이미륵의 본명을 이의정(李儀政)으로 적고
있다. 이 오류는 같은 제목으로 나온 대문출판사의 1969년, 1972년 판과 삼중당의 1975년, 1984년 판, 민
서출판사의 1978, 1979, 1981, 1982, 1983, 1991, 1993, 1997, 1998, 2002, 2003, 2007, 2008년 판
에 그대로 답습하고 있다. 그러나 전혜린이 번역한 『압록강은 흐른다』(여원사, 1959년)에서는 표지 저자명에
이의경(李儀景)으로 적혀 있다. [편집자 주]

한문 '李彌勒' 때문에 누구의 눈에나 금방 띄었다.

　손바닥보다 조금 넓은 지면과 한 개의 돌, 이름, 그것이 그가 남긴 현세의 자취였다.

　나는 화환을 비석 앞에 갖다 놓았다.

　그때 S양이 그 화환에다 어느새 자기가 가지고 있던 두 송이의 장미(노란빛과 자줏빛)를 꽂았다.

　나는 문득 S양의 얼굴을 보았다. 50세를 훨씬 넘었음에도 불구하고 젊었을 때의 미가 아직도 지워지지 않고 남아 있는, 독일 여자로서는 지나치게 섬세한 선의 얼굴에 입술은 굳게 잠겨져 있었고 아주 넓은 흰 이마에는 무언지 모를 그늘이 덮여 있는 것 같았다.

　겨울답게 푸른 나뭇잎으로만 엮어진 화환 속에 단 두 송이의 장미가 생생한 빛으로 엄격하리만큼 완전한 조화의 미를 이루고 있었다.

　나는 시선을 그 이상 더 S양의 얼굴에 둘 수가 없었다.

　이미륵 씨의 무덤은 S양에게 맡겨 두고 나는 근처의 무덤을 구경했다. 그 중에는 커다란 대리석을 파서 유리 속에 사진을 넣어 둔 비석도 있었다.

　몹시 아름다운 소녀의 얼굴이었다. 흰 금발에 아직도 햇볕이 쬐는 것 같았고 미소 짓는 입은 이슬이 머무른 아침의 꽃봉오리보다 더 싱싱하고 맑아 보였다.

　그 밑에 새겨진 '1898년부터 1951년까지'라는 글자가 아무것도 말하지 않을 정도로 그 소녀는 지금도 살아 있었다.

공원의 조각처럼 커다란 본격적인 조각에 싸인 무덤은 대개가 가족묘였다. 살아 있을 때는 가족적 정신이 없는 서양 사람이 죽은 후에는 한 비석 아래서 자고 싶어 하는 심리에 나는 흥미를 느꼈다.

우리가 묘지를 한 바퀴 돌고 왔을 때 S양은 아직도 그의 무덤 앞을 움직이지 않고 서 있었다. 우리를 보더니 고요히 미소 지으며 이제는 가는 것이 어떠냐고 물었다. 셋은 버스를 타고 전차를 갈아타고 해서 슈바빙 가로 돌아왔다.

눈보라와 묘지에서 언 몸을 S양의 제안으로 작은 다방에 들어가서 럼주를 탄 홍차로 녹일 때도 세 명은 말이 적었다.

"삼월도 지났으니까 이제는 봄이 왔으면 좋겠다. 햇빛이 그립다 ……." 이런 기후 이야기는 나왔어도 이상하게 세 명이 다 이미륵 씨의 이야기는 안 했다.

나는 마치 아직도 묘지의 추위를 느끼고 있듯이 따뜻한 방안에서도 낀 채로 있는 S양의 검은 가죽장갑 속에 든 가늘고 긴 손을 바라보면서 몇 번이나 이미륵 씨의 이름이 나오려는 것을 삼켜 버렸다.

이미륵 씨가 독일에 온 것은 1910년이라고 한다. 한일합병 반대운동에 가담한 그는 압록강을 밤과 안개 속에 넘어야 했다고 한다. 그는 만주와 중국을 통해서 해로로 독일까지 와서 뮌헨의 슈바빙에 방을 얻어서 자취를 하면서 학생 시절, 청년 시절, 중년 시대를 보내고 난 후 1950년에 병사했다.

슈바빙에서 나는 요새도 가끔 이미륵 씨를 안다는 사람을 만나게 된다. '조용한 사람이었습니다'라는 사람과 '독특한 인격의 소유자였다'라는 사람이 있었으나 그들의 공통된 말은 '훌륭한 사람이었다'는 것이다.

그는 의학 공부와 독일 철학, 문학 공부를 마친 후에 문인으로서 신문, 잡지 등에 기고했었다. 나는 S양의 집에서 그 여자가 한 개도 빠짐없이 다 모아 둔 그가 발표한 글을 읽었다. 그 중에는 물론 그의 유일의 단행본 『압록강鴨綠江은 흐른다』도 있었다.

이미륵 씨가 살고 생각한 것은 현대의 한국 사람으로서는 이해보다도 선망이 앞서는 유리알처럼 맑고 조화에 찬 고전의 세계였다.

S양은 이십대에 역시 이십대의 이미륵 씨와 피서지에서 우연히 만나서 서로의 이념과 사고와 취미를 알게 되었다고 한다. S양은 그의 사진도 가지고 있었다. 로마를 배경으로 하고 찍은 깨끗한 옆얼굴, 또 뮌헨 교외의 정원의 나무 숲 사이에서 테이블을 앞에 놓고 앉아 있는 명상적인 얼굴 등이었다. S양은 그가 한국의 높은 귀족 출신이었다고도 말했다.

말년에 그는 뮌헨 대학에서 강사로 학생들에게 한문학과 동양의 사상을 강의했다고 하며 1943년에 나치에게 처형당한 뮌헨 대학 총장 후버 씨와 둘도 없는 친우였다고 했다.

요새도 가끔 사람들의 입에 오르는 일화로서 이런 것이 있다고 한다. 나치가 한참 득세하고 있던 시대에 그가 스웨덴에 여행 갔었다. 같은 기차에 탄 어떤 독일 사람이 이미륵 씨를 붙들고 맹렬히 히틀러 찬양을 시작했다. 처음부터 묵묵히 다 듣고 앉았던 그는 얘기가 끝나자 물었다고 한다. "히틀러가 누구입니까?" 그 말에 그 독일 사람은 그를 마치 무슨 신기한 동물을 보듯이 물끄러미 바라보면서 "아니 지도자 히틀러를 모르신단 말씀입니까? 그 분의 위업은…….'' 하고 또 약 반시간 웅변을 한 후에 "도대체 당신은 어느 나라에서 오셨습니까? 히틀러 이름도 모르다니!" 라고 물었다. 그는 "독일서 왔습니다." 라고 서슴지 않고 대답하여 그를 죽음과 같은 침묵에 빠지게 했다고 한다.

슈바빙 사람의 전통인 독재와 자유의 억압과 개성의 무시에 대한 항거를 그도 또 S양도 함께 나누고 있었다.

S양은 어떤 나치 축제일에도 나치의 깃발을 안 달고 또 오레온 광장에 있는 나치 전몰 용사 제단 앞을 지날 때도 그 당시 의무로 행해졌던 경례를 한 번도 안했다고 한다.

그것만 해도 그 당시로서는 때때로 생명도 위태로운 저항이었다고 한다.

뮌헨 미술학교를 나온 후에 S양과 이미륵 씨 사이에 가능한 부드러운 비밀이 만약에 있었다고 하더라도 그것은 몹시 높고, 몹시 깨끗하고, 몹시 애매한 말해지지 않은 감정 — 한 한숨 같은 것에 불과했던 것 같다.

성묘한 후에도 나는 종종 S양 집에 갔었다. 흰 벽, 커다란 흰 도자기 난로, S양이 그린 온갖 종류의 접시와 화병으로 꽉 차 있는 찬장, 늘 흰 꽃이 담겨 있는 화병이 장식된 승방같이 간소한 방에서 흰 커피 잔을 앞에 놓고 나는 몇 번인가 여기에 와서 앉아 있었던 그를 생각하지 않을 수가 없었다.

그가 늘 앉았다는 의자는 석양을 등에 받고 찬란히 빛났다. 고독의 누에고치 속에 자기를 잠그고, 식물 같은 나날을 침묵 속에 보내고 있는 낙조같이 쓸쓸하면서도 무언지 감동적인 S양의 간결한 생활을 보고 있으면 이미륵 씨의 인간과 그의 고귀성의 추억이 S양의 영혼의 주름살에 남긴 깊은 그늘을 알 수 있을 것 같았고 보지도 못한 이미륵 씨가 몹시도 나에게 가깝게 느껴지는 것이었다.

(1959년)

전혜린 (1934~1965)　　수필가. 번역문학가. 평안남도 순천 출생. 서울대학교 법학과에 입학하였다가 3학년 재학 중 전공을 독문학으로 바꾸어 독일로 유학하여, 독일 뮌헨대학 독문학과를 졸업. 1959년 서울대학교 법과대학·이화여자대학교의 강사를 거쳐 1964년 성균관대학교 조교수 및 펜클럽 한국본부 번역분과위원으로 위촉되어 일하기도 함. 1965년 1월 31세로 요절함. 사강의 『어떤 미소』(1956), 슈나벨의 『안네 프랑크- 한 소녀의 걸어온 길』(1958), 이미륵의 『압록강은 흐른다』(1959), 케스트너의 『화비안』(1960), 루이제 린저의 『생의 한 가운데』(1961), 뵐의 『그리고 아무 말도 하지 않았다』(1964) 등 10여 편의 번역 작품을 남겼음. 수필집 『그리고 아무 말도 하지 않았다』(1966)와 『미래완료의 시간 속에』(1966)가 있고, 『이 모든 괴로움을 또 다시』라는 제명으로 1967년 동아PR연구소 출판부에서 일기가 유작으로 출간되기도 하였음.

약소국민의 여권

손봉호 (교수, 기독교 철학자)

  1965년 9월, 나는 3년의 미국 유학을 마치고 네덜란드에서 공부하기 위해 뉴욕을 떠났다. 비행기에 비해 훨씬 싸고 짐도 많이 가지고 갈 수 있는 배편을 택했다. 네덜란드에 기착寄着하는 이탈리아 선적 여객선을 탔는데 낡은 배에다 승객이 주로 학생들이어서 여비 부담이 크지 않았다. 항해 중에 파도가 좀 일었으나 그때는 젊어서 뱃멀미도 없이 긴 항해의 새로운 경험을 즐겁게 누리며 여행했다.

  8일간 대서양을 건너 네덜란드의 프리싱겐이란 항구에 도착했다. 승객들은 내린 후 두 줄로 서서 입국 수속을 밟았다. 수속은 순조롭게 진행되었다. 그런데 내 여권을 출입국관리관에게 내밀자 내가 섰던 줄은 더 이상 움직이지 않았다. 그 관리가 나의 여권 첫 페이지부터 마지막 페이지까지 모조리 옮겨 적는 것이 아닌가. 그때 내 여권에는 기재된 내용이 많았다. 1년짜리 단수 여권이라 다른 나라로 여행할 때마다 영사관에 가서 여행국 추가 허가를 받아야 했고, 해마다 유효기간을 연장해야 했다.

미국에 3년간 유학한 후 네덜란드에 갔기 때문에 기한 연장을 세 번 받았고, 캐나다에 한 번 여행한 일이 있어 캐나다 방문 허가, 캐나다 비자, 미국 재입국 비자를 받아야 했다. 그리고 네덜란드 여행 허가, 네덜란드 입국 비자까지 받았으니 여권에 적힌 내용이 얼마나 많겠는가? 그 모든 것을 다 옮겨 적고 내가 어떤 사람이며 무엇 때문에 네덜란드에 입국하는가에 대해 샅샅이 조사했다. 워낙 가난한 나라에서 왔기 때문에 혹시 네덜란드에 눌러 앉지나 않을까 의심하는 기색이 역력했다. 내 뒤에 줄 섰던 사람들은 기다리다 못해 모두 다른 줄로 옮겨갔고 나는 입국 심사대를 마지막으로 통과하는 사람이 되었다. 자그마한 키에 몸집이 작은 동양인 젊은이가 진땀을 빼는 것을 보고 바로 앞에 가던 어떤 서양인이 돌아서면서 "도무지 당신 여권이 어떻기에 그렇게 오래 조사를 하느냐? 여권 좀 보자"고 했다. 종이 질이 나빠서 부풀어 오른 내 여권을 그는 신기한 듯 한참 들여다보았다.

네덜란드 정부는 자기 나라에 유학 온 학생들에게 여러 가지 호의를 베풀었다. 그 가운데 하나가 1년에 한 번씩 원하는 외국 학생들을 버스로 벨기에, 프랑스, 룩셈부르크, 독일 등 이웃 나라 여행을 시켜 주는 것이다. 한국에서 돈 한 푼 가져갈 수 없던 시절이라. 돈이 궁한 것은 말할 것도 없고, 다른 나라로 여행할 여유는 전혀 없었기 때문에 좋은 기회라 생각하여 나도 신청했다. 우선 그 모든 나라에 갈 수 있도록 파리에 있는 한국 대사관에 편지를 보내 여권에 방문국 추가 허락을 받고 방문할 나라들의 비자를 일일이 다 받아야 했다. 많은 시간과 돈이 든 것은 말할 것도 없다.

그런데 좋았던 기분은 버스가 국경에 이를 때까지 뿐이었다. 국경에 이르면 나 때문에 버스가 오래 지체해야 했다. 출입국 관리가 다른 학생들의 여권은 대충대충 조사하다가 내 여권만 보면 나를 버스에서 내리게 하고 사무실로 데려가 따로 조사를 시작하는 것이다. 그동안 여행국 추가, 유효기간 연장, 비자 등으로 여백이 부족해서 다른 긴 종이를 병풍처럼 접어서 끼워 넣었기 때문에 가뜩이나 두툼해진 여권이 더욱 볼썽사나웠다. 그런 여권을 샅샅이 뒤지려니 시간이 걸릴 수밖에. 나 때문에 버스에서 기다려야 하는 일행에게 미안하고 부끄러웠던 것은 말로 형용하기조차 어렵다.

1967년 여름이었다. 스위스 제네바에 있는 녹스하우스 Knox House라는 기독교 기관이 해마다 유럽에 유학하고 있는 아시아 학생들을 초청해서 세미나를 개최했다. 나는 그 전에 몇 번 참석했기 때문에 피초청자 대표로 활동하고 있었다. 네덜란드에서 기차를 타고 스위스로 가려면 독일을 경유해야 한다. 이전에 기차를 탈 때 독일 통과 비자를 따로 받지 않았기 때문에 나는 그대로 기차를 탔다. 그런데 이번에는 기차에서 비자를 검열하는 독일 출입국관리관이 통과 비자를 받지 않았다고 시비를 걸었다. 작년에는 비자 없이 다녔는데 왜 그러느냐고 항의했으나 돌아올 때는 반드시 통과 비자를 받아 와야 한다고 명령했다. 아마 그해 그 유명한 동백림 사건東伯林事件. 동베를린 사건. 1967년 7월 8일 중앙정보부에서 발표한 간첩단 사건으로 '동백림'은 당시 동

독의 수도였던 동베를린을 한자로 음차한 것이 터졌기 때문이 아닌가 한다.

　어쨌든 나는 스위스 체류가 끝나기 전에 네덜란드로 돌아갈 때 필요
한 통과 비자를 받기 위해 제네바에 있는 독일 영사관에 갔다. 그런데 독
일 영사는 내가 체류허가를 받은 나라, 즉 네덜란드에 있는 영사관에서
비자를 발급하는 것이지 여행지에서는 발급할 수 없다고 거절했다. 나는
그 전에 통과 비자 없이 독일을 통과했기 때문에 비자를 받지 않았음을
해명하고, 네덜란드 행 기차표를 보여주며 이번만은 예외적으로 비자를
달라고 간청했다. 그러나 그 뻣뻣한 독일 영사는 막무가내였다. 한참 승
강이를 벌이다가 화가 잔뜩 난 나는 벌떡 일어났다.

　"좋소, 지금 바로 제네바 역에 가서 기차표를 바꾸어 그 비싼 독일 대
신 프랑스를 통과해서 가겠소. 잘 계시오!"

　기차표를 흔들어 보이면서 걸어 나왔다. 그랬더니 갑자기 그 영사의
태도가 바뀌어 비자를 줄 테니 돌아오라고 했다. 나는 돌아서서 "필요 없
소! 당신 나라 통과 안 해도 난 얼마든지 돌아갈 수 있소!" 하고 나와 버
렸다. 그 길로 제네바 역에 가서 기차표를 바꿨다. 숙소에는 프랑스에서
온 한국 학생들이 있었다. 이들을 통해 알게 되었는데, 그때 우리나라는
프랑스와 비자 협정을 맺어서 프랑스를 통과하는 데는 비자가 필요 없었
다. 지금 생각해도 그때 내가 약소국 국민에 대한 무시를 참기보다 당당
하게 맞선 독일 영사관에서의 행동은 잘 한 것이라 생각한다.

결혼한 지 석 달도 안 된 신혼이었는데 살 집이 없게 되었다. 안식년으로 떠나는 한 교수의 신축 주택에 일 년간 살기로 되어 있어서 기숙사 방을 비워 주기로 날짜를 정해 놓았는데 공사가 한 달이나 늦어진다는 것이다. 하는 수 없이 이삿짐을 친구 집에 맡겨 놓고 벤 하나를 빌려 네덜란드 친구 부부와 유럽 여행을 떠나기로 했다.

벨기에를 지나 룩셈부르크를 구경하고 왕복 1차선 좁은 길을 따라 프랑스로 가고 있었다. 국경의 조그마한 초소에는 출입국관리관 한 사람이 지키고 있었다. 지나가는 차가 별로 없는 한적한 길이라서 그런지 그곳에 배치된 관리관은 무식하기 짝이 없었다. 우선 한국이 어디에 있는지 몰랐고, 한국인은 비자 없이 프랑스에 입국할 수 있다는 것도 몰랐다. 시원찮은 프랑스어로 한참 설명 하고 나니 두툼한 국경 출입 안내서를 뒤적이기 시작했다. 한참 후에야 겨우 한국인은 비자가 필요 없다는 것을 인정했다. 그런데 이번에는 그 관리관이 "네가 북한Corée du Nord에서 왔는지 남한Corée du Sud에서 왔는지 내가 어떻게 아느냐?"고 물고 늘어졌다. 그 안내서에는 남한Corée du Sud과만 비자 협정이 이뤄졌다고 적혀 있었기 때문이다. 내 여권을 아무리 뒤져 보아도 북한이 아닌 남한을 밝혀 주는 말이 없었다. 영어로 공화국Republic이란 말은 있지만 북한도 그렇게 부르니 도움이 되지 않았다. 북한은 공산국가고 자유가 없어서 북한 주민은 지금 나처럼 이렇게 마음대로 여행할 수 없다고 열심히 설명했지만, 그 관리관은 그런 내용을 전혀 이해하지 못했다. 그러다가 여권 발급처에 '서울'이 적혀 있음을 발견했다. 그래서 "이것 보라고! 이 여권이 서울에서 발급되었다고 되어 있지 않으냐?" 라고 항의했다. 그런데 그 녀석이 이번에는 서울이 북한도시인지, 남한 도시인지 내가 어떻게 아느냐 하는 것이 아닌가. 정말 기가 막혔다. 프랑스인이 다른 나라 지리에 약하다는 것은 어느 정도 알고 있었지만 공무원, 더군다나 국경에서 근무하는 출입국 담당 관리관이 그렇게 무식할 줄은 상상도 못했다. 마침 사무실 벽에 세계 지도가 걸려 있었다. 물론 한국도 그 지도에 조그맣게 그려져 있었고, 거기에 서울도 표시되어 있었다. 그래서 그 친구를 지도 앞으로 끌고 가서 "여기 보라고! 서울이 반도 중간 남쪽에 있지 않느냐?"했다. 그 녀석 왈, "지도를 봐서는 서울이 남쪽인지 북쪽인지 확실하지 않고, 남북한 국경이 어디쯤인지 내가 어떻게 아느냐?" 하는 것이 아닌가! 출입국관리관은 한 사람뿐이니 다른 공무원에게 호소할 수도 없고, 자신의 무식을 드러내기 싫으니 외무부에 전화로 알아볼 생각도 전혀 없는 것 같았다.

정말 무식이 얼마나 답답한가를 그때만큼 절실하게 느껴 본 적이 없다. 그 녀석의 무식 때문에 우리 여행이 초반부터 망가지게 생겼다. 그렇지 않아도 얼마 전 유럽을 여행하던 한 선배가 룩셈부르크 역에서 비슷하게 무식한 프랑스 국경 관리 직원을 만나 프랑스로 가지 못하고 다시돌아 온 사실을 알고 있었기 때문에 은근히 걱정되었다. 기다리다 못한 네덜란드 친구가 유창한 프랑스어로 그 친구에게 북한이 어떤 나라며, 남한이 북한과 어떻게 다르고, 내가 어떤 사람인지를 장황하게 설명했다. 그제야 세계지리 공부가 좀 되었는지 그 관리관은 겨우 여권에 도장을 찍고 통과시켜주었다.

요즘도 가끔 유럽을 여행할 기회가 있다. 입국 심사대를 통과할 때마다 감개무량하다. 과거에 그렇게 천대받던 한국 여권, 요즘은 내밀면 질문 하나 하지 않고 즉시 도장을 쾅 찍어 돌려주지 않는가? 나라가 강해지면 국민이 이렇게 대우를 받는구나 하는 생각이 들면서 감사한 마음이 그지없다. 외국에 나가면 다 애국자가 된다는 말이 있지만, 나같이 약소국의 여권으로 고생하고 자존심이 상해본 사람에게는 특별히 그럴 수밖에 없다. 그래서 어떤 식으로라도 국격國格을 떨어트리는 사람은 밉고 쉽게 용서되지 않는다. 자신과 자신의 가족을 포함한 한국인 모두에게 해를 끼치는 사람이라고 느껴지기 때문이다. 나라가 강해야 국민이 대접받고, 해외에 거주하는 동포들도 어깨를 펴고 살 수 있다.

그러나 다른 한편으로는 좀 씁쓸한 생각도 든다. 개인적으로는 아무 자격이 없어도 나라만 강하면 대우를 받고, 개인적으로 아무리 똑똑해도 나라가 약하면 천대받는 것은 정말 불공정하지 않은가? 한 나라가 강하게 되고 약소국이 되는 것이 어디 그 개인의 책임인가? 조상을 잘못 만나고 상황이 좋지 못해서 나라가 약해졌는데, 아무 잘못도 저지르지 않은 국민이 왜 온갖 수모를 당해야 하는가? 나는 우리나라에 와서 온갖 고생을 다하면서 천대받는 외국인 노동자를 볼 때마다 그런 생각이 든다. 그러나 그것이 현실이고 부조리로 가득 찬 이 세상이 아닌가? 그래서 적어도 나는 약소국 사람들을 무시하지 말아야겠다고 속으로 다짐한다. 그리고 적어도 우리나라 사람들은 약소국 국민들을 결코 천대하지 말기를 간

절히 바라기도 한다.

손봉호 (1938~)　　기독교 철학자. 경북 포항 출생 서울대학교 영문학과와 미국 웨스트민스터 신학대학원에서 신학 석사. 네덜란드 암스테르담 자유대학교 대학원에서 철학박사 학위를 받았음. 한국외국어대학교 교수와 서울대학교 사회교육과 교수를 지내고, 아름다운학교운동본부 공동대표, 한국철학회 회장, 동덕여자대학교총장, 세종문화회관 이사장을 역임함. 현재 서울대학교 명예교수, 나눔국민운동본부 대표, 고신대학교 석좌교수, 기아대책 이사장, 교회개혁실천연대 고문으로 활동 중임. 저서에 『현대정신과 기독교적 지성』(1978), 『사도신경 강해설교』(1982), 『윗물은 더러워도』(1983), 『별 수 없는 인간』(1984), 『나는 누구인가 : 현대인과 기독교의 만남을 위하여』(1986), 『오늘은 위한 철학』(1986), 그리고 에세이집 『꼬집어 본 세상』(1990) 외 다수가 있음. 한국수필문학진흥회 현대수필상을 수상함.

비엔나로 가는 밤기차

김병모 (교수, 고고학자)

유럽의 여름은 바쁘다. 휴가를 이용하여 밀렸던 일들을 해야 하고, 영국처럼 늘상 질척거리는 나라에서는 모처럼 날씨가 개이는 때를 이용하여 집수리도 해야 하는 철이다. 북유럽 학생들은 방학을 이용하여 삼삼오오 짝을 지어 프랑스, 스페인, 이탈리아, 그리스 등지로 떠나고, 남유럽의 태양을 찾아 내려가고 남유럽 남자들은 이때를 기다려 북유럽의 금발 미녀들과의 만남을 고대하기도 한다.

요즈음 새로 생긴 합성어 '배낭족' 이란 말이 신문에 보인다. 배낭을 짊어지고 값싸게 여행하는 젊은이들의 통칭이다. 나와 물리학과의 이기선 씨는 1974년 여름방학을 이용하여 비엔나를 다녀오기로 계획을 세웠다. 비엔나는 먼 곳이다. 영국과 오스트리아는 유럽에서는 서로 대칭의 위치에 있다. 런던은 북서쪽에 비엔나는 동남쪽에 깊숙이 자리 잡고 있다. 유럽에 몇 년 산 사람들에게도 비엔나는 가기가 쉬운 곳이 아니다. 그때까지만 해도 비엔나는 서유럽의 동남 종점으로 이곳을 지나 더 이상 갈 수가 없었기 때문이다. 지금은 공산국가들 중 몇몇 나라가 문호를 개

방하여 한국 사람들도 헝가리, 유고슬라비아, 루마니아 등지를 갈 수 있게 되었지만 1970년대 초반까지만 해도 비엔나가 한국 사람이 정식으로 갈 수 있는 가장 동쪽 유럽이었다.

우리는 배낭족이 되었다. 출발 전 준비로 자세한 지도, 유스호스텔 회원권을 우선 확보했고, 갈 때는 기차 편, 올 때는 스위스에서 출발하는 학생 전세기를 타기로 예약하였다. 이번 여행은 완전한 관광여행이다. 따라서 가는 날과 오는 날만이 정해져 있고 그 사이는 일부러 계획 없는 공간으로 남겼다. 여행은 몹시 피로한 노동을 수반한다. 여행 스케줄이 바쁘면 무리하게 되고, 무리한 스케줄을 따르자면 몸도 피로하고 자칫하면 병도 날 수 있다는 걸 독일까지의 자전거 여행으로 잘 알고 있는 터였다. 아무런 예약도 없이, 따라서 아무런 제약도 없이 우리는 떠났다.

청바지에 운동화 차림으로 런던 빅토리아역을 떠났다. 밤에 떠나는 기차 안은 여행자들로 붐볐다. 중·고등학생들이 단체로 프랑스에 연수여행을 가는 패도 있었고, 영어교육을 마치고 돌아가는 독일학생들도 있었다. 아무리 사람이 많다고 해도 유럽의 기차여행은 우리나라 기차보다 쾌적하다. 기차의 한 객차는 여러 칸으로 나뉘어있고, 한 칸에는 여섯 자리밖에 없음으로, 지정된 좌석을 찾아 짐들을 선반에 올려놓고 기차가 떠나면 복도 쪽으로 난 출입문을 닫으면 조용하다. 이번 여행은 쉬엄쉬엄 하며 다녀야한다. 우선 갈 길이 멀고, 잠자리도 싸구려 유스호스텔이니까 피곤하다고 해도 낮에는 쉴 곳이 없다. 따라서 저녁시간에는 기차든지 호스텔 침대 위든 지 간에 잠을 많이 자두어야 한다는 생각에 눈을 붙였다. 밤 두시쯤 도버항구에 도착하여 페리로 갈아탔다. 우리의 짐이 간편했던 것이 이때 얼마나 다행이었는지 모른다.

'여행 경험이 많을수록 짐이 가벼워진다'는 말이 있다. 가냘픈 여자들이 웬 짐을 그렇게 많이 들고 다니느라고 고생을 하는지 딱해 보일 때가 많다. 돈 많은 사람들의 여행처럼 비행기로 공항에 도착하면 짐꾼이 달려와 짐을 챙겨 밖에 기다리고 있는 리무진에 실어 준다면야 별문제가 없겠지만 기차에서 페리로, 페리에서 다시 기차로 바꾸어 타면서 가야 하는 절차를 뻔히 알면서도, 짐을 지고 메고 들고 쩔쩔매는 사람들을 볼 때가 많다. 우리는 등에 지는 짐 하나, 어깨에 메는 가벼운 가방 하나가 개인 짐의 전부였다. 페리는 넓고 바다는 잔잔하였다.

아침나절에 우리는 프랑스의 '칼레' 땅을 디뎠다. 역에 있는 간이식당에서 파는 생선과 감자튀김은 '칼레' 시장市場이 자랑해도 좋을 만큼 값싸고 맛있는 음식이다. 한 봉지씩 사들고 기차에 올라 창가로 지나가는 여름 프랑스의 농촌풍경을 보며 아침 식사를 즐겼다.

프랑스는 예술의 나라이기 이전에 과학의 나라이고, 과학의 나라이기 이전에 농업국이다. 차창 밖으로 보이는 들판에는 띄엄띄엄 농가들이 보이고 트랙터도 보였다. 농업은 방위산업이다. 농산물을 외국에 의존해서는 안 된다는 교훈을 전쟁을 많이 겪은 유럽인들은 잘 알고 있다. 나폴레옹이 유럽의 패권을 쥐고 있을 때 영국이 막강한 해군력을 동원하여 어떤 무역선도 식량을 공급하지 못하도록 대륙을 봉쇄하였었다. 식량 운반의 길을 봉쇄하여 전쟁에 이기는 방법은 요즈음 소련(러시아)과 리투아니아의 관계처럼 동서고금의 고전적 전략으로 되어있다. 열심히 일하는 프랑스 농부들을 보는 사이에 기차는 계속 달렸다. 독일과의 국경지대를 하루 종일 달렸다. 도중에 큰 도시는 하나도 없었다. 지리책이나 역사책을 통해서 들어본 지명은 저녁이 훨씬 지나서 나타난 '스트라스부르' 뿐이었다.

이곳은 알자스 지방의 중심도시로서 독일과 프랑스 가운데 힘 있는 나라 쪽에서 다스리는 지역이다. 지금은 프랑스 땅으로 되어있는 운하의 도시, 아름다운 고전미를 지니고 있는 도시를 밤에 통과하니 아쉬울 뿐이었다.

많은 사람이 내리고 새로운 사람이 기차에 올랐다. 그 사이 잠시 내려 간이매점에서 바게뜨빵과 치즈 그리고 포도주 한 병을 사서 밤을 뚫고 국경을 지나가고 있는 기차 위에서 맛있는 저녁을 먹었다. 프랑스 치즈, 프랑스 포도주는 세계적으로 맛있는 음식이다. 그것들을 외국에서 수입해서 살 때는 몹시 비싸지만 프랑스 국내에는 싼 가격으로 공급하고 있는데 그러한 자국민을 우선으로 하는 정책이 부러웠다. 사치품은 비싸면 안사면 그만이지만 식료품은 비싸다고 안 사먹을 수는 없는 일 아닌가. 국가 기본정책은 식량정책을 잘 수립하는가 못하는가에 따라 잘잘못이 판가름 되는 법이다. 서민들이 최저생활비로 충분한 식품을 확보할 수 있느냐 없느냐는 그 나라의 정치수준을 가늠하는 한 척도가 된다. 그런 면에서 프랑스는 단연 세계 일류국가임에 틀림없었다. 당시 1프랑이 한국 돈으로 천원이었는데 두 사람이 충분히 먹을 빵과 치즈가 3프랑, 포도주 한 병(작은 병)에 1프랑이었다.

침대로 변한 의자 위에 누워서 또 한밤을 지났다. 프랑스 포도주의 달콤한 취기는 우리 기차가 독일 땅 뮌헨을 통과하여 오스트리아의 비엔나 근교까지 왔을 때야 비로소 가셨다. 벌써 아침이었다. 기차는 강변을 달리고 있었다. 그 강이 바로 아름답고 푸른 다뉴브 강이었다. 높은 산이 있고 계곡물이 힘차게 흐른다. 때로는 울창한 산림도 차창을 스쳐간다. 요한 슈트라우스의 왈츠곡이 들리는 듯했다. 산이 없는 영국을 떠나 평지의 연속인 프랑스를 지나서 동유럽에 오니 역시 산이 있었다. 여름인데도 선선하였다. 비엔나 역에 도착해보니 시계는 아침 아홉시를 가리키고 있었다. 런던에서 36시간이 걸린 셈이다.

기차에서 내리는 우리를 맞이하는 노랫소리가 들렸다. 비엔나를 생각하면 왈츠가 따라 나오고 왈츠를 생각하면 자동적으로 연상되는 인물이 있다. 요한 슈트라우스의 봄의 소리 왈츠를 불러 한 세기를 풍미했던 미성美聲의 소프라노 릴리 폰즈의 꾀꼬리 같은 음성이다. 그런데 그런 음성이 아닌 우렁찬 남성합창의 노랫소리가 들려오고 있었다. 아침에 기차역에서 이게 웬 노랫소린가 하고 우리는 소리 나는 쪽을 보았다. 수염이 허연 노인들이 우리 쪽을 향해 씩씩한 독일말로 행진곡 같은 노래를 불러대는 것이었다. 상상도 못할 저음 소리가 사람의 소리인지 콘트라베이스 같은 저음 악기에서 나오는 소리인지 모를 지경이었다. 과연 음악의 고장인 비엔나다운 환영식이로구나 하는 생각이 들었다. 그런데 누구를 환영하고 있단 말인가. 영국에서 오는 우리 한국학생 두 사람을 환영하는 건 분명 아닐 터였다. 그렇다면 기차가 외국으로부터 비엔나에 도착하면 역에서 고용한 합창단이 무조건 환영의 노래를 해주게 되어있는지 알쏭달쏭하였다.

의문은 곧 풀렸다. 우리 뒤에 수십 명의 축구선수들이 기차에서 내렸고 그들은 독일의 원정경기에서 이기고 돌아온 영웅들이었다. 개선장군들을 고국 팬들이 환영하는 장면이었다. 원정 갔던 축구단을 환영하는 방법으로 노인들의 남성합창단을 택했다는 것은 과연 예술의 도시, 음악의 도시인 비엔나다운 풍경이었다. 자 이제부터 우리는 그 유명한 비엔나에서 며칠 동안 음악 속에 푹 빠져버릴 생각에 흐뭇하였다.

버스를 타고 찾아간 유스호스텔은 깨끗하였다. 관리인이 영어를 썩 잘해서 어설픈 나의 독일어 회화실력이 동원되지 않아도 되어 다행이었다. 무거운 짐을 맡기고 우리는 아침 겸 점심을 먹으러 나섰다. 비엔나에는 초행길이었지만 그래도 영화나 소설을 통해서 알고 있던 그 유명한 '카페 모차르트'를 찾아갔다. 고전양식의 건물 속에 크고 작은 식당, 다방, 빵과 과자집들이 들어찬 복합 식음료점이었다. 정장한 웨이터들이 아침부터 분주하게 일하고 있었다. 손님들의 복장도 모두 점잖았다. 우리의 청바지 행색은 좀 어울리지 않았지만 할 수 없었다. 청바지 입었다고 마음속까지 초라한 건 아니니까. 우리는 고급 의자에 버티고 앉아서 커피와 토스트를 시켰다. 비록 비싼 것은 못 시켰지만 우리는 카페 모차르트에서 아침식사를 하게 되었다는 사실만으로도 흐뭇하였다. 이형의 익살은 아침 식탁을 더욱 즐겁게 하였다.

"미국사람들이 청바지 바람에 런던 코벤트 가든 오페라에 들어오면 정장한 영국 신사 숙녀들이 눈살을 찌푸리지만 미국인들은 여행객이니 까 정장이 없다는 데야 어떡할 텐가. 그런 사람들을 쫓을 수는 없는 일처 럼 우리도 카페 모차르트에 청바지를 입고 들어왔지만 여행객임으로 결 례할 수 있는 충분한 이유가 되니까 맛있는 비엔나커피나 두어 잔 더 마 십시다."

유럽은 나라마다 커피 맛이 다르다. 지중해의 라틴족들이 좋아하는 독한 에스프레소커피, 우유를 반쯤 타서 마시는 올레커피 등이 있고, 커 피에다 각종 술을 타서 먹는 것이 또한 맛있는 커피이다. 뜨거운 유리잔 에 술 탄 커피를 붓고 위에다 아이스크림을 띄워 마시는 멋을 부린다. 이 때 어느 나라 술을 타느냐에 따라서 나폴레옹커피, 아이리시커피, 비엔 나커피로 분류되는 것이다. 우리는 아침 식탁에서 비엔나커피를 두 잔씩 마시고 나니 취흥이 도도해졌다. 기차에 흔들리며 이틀 밤을 보내고 나 서 해장술을 한 셈이다.

비엔나에 왔으니 우리는 비엔나의 자랑인 음악회들을 골라서 구경 갈 참이었다. 신문을 샀다. 음악회 안내를 찾아보았다. 오페라 하우스에서 는 모차르트의 《박쥐》가 상연 중이었고, 어떤 교회에서는 비엔나 소년합 창단의 공연이 있었다. 아침식사를 끝내고 이*형은 비엔나 시내에 있는 국제 원자력회 사무실에 다니러 가고 나는 음악회 표 예매처로 갔다. 지도에서 예매처 주소를 찾아 유리창 없는 전차를 타고 갔다. 아침에 마신 비엔나커피의 향기와 해장술의 취흥에 젖어 요한 슈트라우스의 〈비엔나 숲 속의 이야기〉를 콧노래로 읊조리며 전차를 타고 갔다. 그때까지는 기분이 만점이었다. 비엔나에 온 그 감동이 나를 무척 행복하게 하였다.

그런데 예매처에 갔더니 오페라 표는 매진이었다. 좌석뿐만 아니라 입석도 없었다. 아뿔싸, 이런 낭패가 있나. 런던에서 미리 예매를 해둘 걸 하고 후회해 봤자 소용없었다. 자유롭게 스케줄에 얽매이지 않으려고 일부러 그냥 온 것이 잘못이었다. 오페라는 단념할 수밖에 없었다. 신인 바리톤 가수가 한다는 그 익살꾸러기 '파파게노'의 노래를 못 듣게 된 것은 유감천만이었다.

꿩 대신 닭이라는 말이 이때 나를 위안시켰다. 오페라 표는 없었지만 비엔나 소년합창단의 표는 남아있었다. 우리나라 청소년들에게도 잘 알려진 청순한 소리의 소년합창단의 본거지가 바로 비엔나이니까 본고장의 노래를 한곡 듣기만 하면 비엔나 여행의 목표는 어느 정도 달성하는 셈이라고 위안하며 표 두 장을 사서 지갑 속에 잘 간직하였다. 소년합창단 공연은 다음 날이었다. 그날 오후 시내에 산재한 음악가들과 철학자들의 동상들을 구경하며 기념사진을 찍었다. 과연 한 시대를 주름잡던 도시답게 세계문화사에 빛나는 인물들이 비엔나에 몰려 살았었다는 걸 시내에 있는 수많은 동상들이 설명해 주고 있었다. 하이든, 모차르트, 베토벤, 슈베르트, 슈트라우스 등의 음악가뿐만 아니라 비엔나대학을 중심으로 했던 경제학의 비엔나학파의 활동지였다는 것이 곳곳에서 보였다.

수많은 기념관 박물관 미술관 등에서 오스트리아 제국시대의 찬란한 문화수준을 일별하며 다음날을 보냈다. 음악회를 가기 전에 저녁을 먹어야 했다. 박물관에서 만난 비엔나인 노부부의 추천에 따라 헝가리인들이 경영하는 식당엘 갔다. 동네에 모여살고 있는 헝가리인들이 경영하는 '죠링겐' 이라는 식당들에서는 백포도주와 감자요리가 주안상에 올랐다. 큼직하게 삶은 감자와 버터를 먹으며 맥주 조끼에 따라주는 백포도주는 미술관 박물관을 걸어 다닌 우리들의 피로를 말끔히 풀어주고도 남음이 있었다. 세상에 유명한 술을 한 번씩 마셔보고 싶은 나로서는 죠링겐에서 내는 백포도주를 한잔만 마시고 일어설 수는 없는 매력을 느껴 큼직한 잔으로 한잔씩 더 시켰다. 바이올린을 켜는 헝가리인 악사가 다가와 일본노래인 〈스끼야끼〉를 연주하였다. 아마 우리가 일본사람인 줄로 착각한 모양이다. 나는 팁을 약간 주면서 "한국노래도 할 수 있습니까"라고 물었더니 즉각 〈아리랑〉이 연주되었다. 비엔나에서 헝가리인이 연주하는 한국의 민요인 아리랑을 듣게 되자 기분이 만점이었다.

이래서 우리는 한잔 더 마실 수밖에 없는 분위기에 싸였다. 취한 김에 아리랑을 한국원어로 따라 불렀다. 식당내의 다른 손님들도 박수를 보내고, 주인이 서비스로 또 한잔 보내서 마시게 되고, 이래서 우리는 대취하였다. 결과적으로 그날 저녁에 갈 예정이었던 소년합창단 연주회는 취흥으로 대치되었다. 음악회 표 두 장은 지갑 속 깊은 곳에서 잠자게 되었다.

비엔나를 떠나 잘스부르크로 가는 기차에서 앞자리에 앉은 오스트리아 신사가 우리에게 비엔나 관광의 소감을 묻기에 나는 대답하였다.

"비엔나 오뇌 뮤직. 음악 없는 비엔나"

그러나 비록 정식 음악회는 못 갔어도 기차역에서 노인들의 남성합창
곡을 들었으니 음악이 아주 없었던 비엔나는 아니었던 셈이다.

김병모(1940~) 　　고고학자. 서울 출생. 서울대학교 고고인류학과를 졸업하고 영국 런던대학
교를 거쳐 옥스퍼드대학교에서 박사 학위를 취득함. 한국고고학회회장, 한국전통문화학교 총장
을 역임했고, 국제박물관협의회(ICOM) 종신회원으로 활동하고 있으며, 특히 1993~1995년 한국
고고학회 회장으로 재임시 고속전철 경주시 통과계획 반대운동을 이끌었음. 현재 한양대학교 문
화인류학과 명예교수, 고려문화재연구원 이사장으로 재직하며 우리 민족의 기원을 밝히는 연구
에 매진하고 있음. 지은 책으로 『한국인의 발자취』(1985), 『몽골: 바람의 고향, 초원의 말발굽』(공
저)(1993), 『김수로왕비 허황옥: 쌍어의 비밀』(1994), 『금관의 비밀: 한국 고대사와 김씨의 원류를
찾아서』(1998), 『Megalithic Cultures in Asia』(1998), 『김수로왕비의 혼인길』(1999), 『김병모의 고고
학 여행.1-2』(2006) 등과 에세이집 『옥스포드에서 온 편지』(1990) 등이 있음. 백남 학술상, 대한민
국 보관문화훈장, 황조근정훈장을 수상함

여 행 의 무 게

김중혁 (소설가)

주변 사람들에게 여행을 싫어한다는 말을 자주 했다. 동화작가 에리히 캐스트너의 "내 방 창문을 떼어갈 수만 있다면 여행도 한번 생각해 볼 만한 일"이라는 말까지 들먹이며 여행이 얼마나 귀찮고 번거로운 일인지 토로했다. 지금도 그런 생각이 남아 있긴 하다. 세상의 모든 사람을 A 유형(여행을 좋아하는 사람)과 B 유형(여행을 싫어하는 사람)으로 나눠야 한다면 나는 당연히 B 유형에 속할 사람이다. 그래도 혹시 내 몸속에 A 유형의 기질이 숨어 있지 않을까 의심이 들다가도, 열 시간 동안 비행기에서 꼼짝 못했던 기억을 떠올리면, '나는 역시 B 유형'이라는 결론을 내릴 수밖에 없다.

과장이 섞여 있긴 했다. '나는 아무리 노력해 봐도 여행을 좋아할 수 없는 사람'이라는 결정을 내리려면 최소한 열 번 이상은 '여행이라고 할 만한' 여행을 다녀봐야 하는 것 아닌가 싶기도 하다. 여행을 좋아하지 않는다는 확신을 내리기 위해 싫어하는 여행을 다녀야 한다는 아이러니를 생각하면 끔찍하기도 하지만, 여행을 다녀보지 않고 여행을 싫어한다는 말을 하는 것은 '인생은 허무한 것'이라고 외치고 다니는 스무 살 젊은이의 행동과 다를 바 없다. 내 인생에서 여행이라고 할 만한 여행은 몇 번되지 않았다. 그중에서도 가장 기억에 남는 여행은 요리사 두 명과 함께 떠났던 이탈리아 음식 여행이다.

주변 사람들은 '요리사 두 명과 함께 떠나는 이탈리아 음식 여행'이라는 말만 듣고도 부러워했다. 그 요리사가 어떤 사람들인지 모르면서도 부러워했다. 함께 여행을 떠났던 요리사 P와 L은 마무리를 하지 않은 콘크리트 벽보다도 더 까칠까칠한 성격의 소유자인데다 말을 꺼내기만 하면 날아가는 새들마저 힘이 빠져 땅으로 떨어지고 말 정도의 해괴한 유머 감각을 지니고 있었으며, 인간들의 장엄한 역사와 유물의 흔적에는 아무런 관심도 없고 오직 '맛있는 음식을' 먹고 '여러 종류의 와인을' 마시는 데만 모든 감각을 집중시키고야 마는 자폐적이며 유아적인 성향의 인물들이었다. 이렇게 어처구니없는 사람들과 함께 여행을 떠나고자 마음먹을 수 있었던 가장 큰 이유는, 나 역시 비슷한 성격의 사람이기 때문이었다.

요리사 P와 L은 새로운 메뉴를 개발해야 한다는 사명감 (비슷한 핑계) 때문에 이탈리아로 떠나야 했고, 나는 '둘이서 먹으나 셋이서 먹으나 가격은 비슷할 것이고, 오히려 다양한 메뉴를 맛볼 수 있는 기회의 장을 열어줄 수 있다'라는 심정으로 여행에 동참했다. 그러나 시작부터 덜컹거렸다. 세 명의 구성원 중 가장 연장자였던 요리사 P는 제때 비행기를 타지 못했고, 요리사 L과 나는 일단 로마로 향했다. 요리사 P는 이틀 후 비행기를 타고 이탈리아에 도착했다. 셋이 함께 모이지 못했으니 맛있는 걸사 먹을 수도 없었고 다른 도시로 갈 수도 없었다. 로마에서 죽치고 있어야 했다. 요리사 L과 나는 최대한 돈을 아껴야 했다. 여행의 전체 제목은 '요리사 두 명과 함께 떠나는 이탈리아 음식 여행'이었지만 제1부의 제목은 이탈리아 올로케이션 '만 원의 행복'이었다. 레스토랑? 꿈도 꾸지 않았다. 버스나 지하철? 어지간하면 걸어 다녔다. 열심히 돌아다니다가 저녁 식사 시간이 되면 한국인이 운영하는 민박집으로 돌아와 밥을 먹었다. 이탈리아에 있는 것인지 한국에 있는 것인지 혼란스러웠다.

그래도 파니노는 맛있었다. 콜로세움과 트레비 분수를 관광하다가 배가 고플 때 사먹었던 파니노의 맛은 잊을 수 없다. 구성물은 단 세 가지다. 빵과 치즈와 프로슈토, 하지만 질감의 배분과 균형은 절묘했다. 딱딱한 빵과 부드러운 치즈와 질깃한 프로슈토, 밍밍한 빵과 달콤한 치즈와 짭짜름한 프로슈토, 연갈색 빵과 노란 치즈와 붉은 프로슈토……. 세 가지의 구성물은 삼위일체가 되어 여행자의 쓰라린 배를 달래주었다. 가격은 단돈, 음…… 잊어버렸다. 아무튼 쌌다.

요리사 P가 도착하고 제2부가 시작됐다. 제2부의 제목은, '터질 거예요. 우리들 배는'이었다. 우리는 본격적으로 먹기 시작했다. 먹고 먹고 먹었다. 피자와 파스타를 먹고, 양고기와 쇠고기를 먹고, 안초비와 치즈를 먹었다. 요리사인 두 사람은 '나와 달리' 재료와 조리법을 자세히 살펴보는 듯했다. 뭔가 토론을 하는 것 같기도 했다. 그러더니 어느 순간부터 말이 없어졌다. 음식에 대한 토론이란 식탁 위에서 벌어지는 가장 무례한 행동이자 접시에 대한 모독이었다. 우리는 말없이 만끽했고 포만감에 행복했다. 압권은 (와인으로 유명한) 몬탈치노의 한 식당에서 먹은 저녁식사였다. 말하자면 시골밥상이었는데, 피오렌티나 스테이크는 풍성했고, 파스타는 투박했다. 와인은 말할 것도 없었다. 싸고 맛있었다. 그 식당에서 먹었던 음식 중 가장 또렷하게 기억나는 것은 안초비다. 마늘과 파슬리로 만든 소스를 곁들인 안초비. 이렇게 말하면 이상하게 들리겠지만, 멸치는 소스 속에서 살아 있었다. 분명히 여러 단계를 거쳐 염장된 멸치인데도 입안에 넣는 순간 살아서 꿈틀거리는 게 느껴졌다.

여행을 마치고 한국에 돌아왔을 때 남은 건 거의 없었다. 돈도 떨어졌고, 체력도 바닥났다. 먹는 데도 체력이 필요하더라. 쇼핑은 거의 하지 않았으니 짐도 없었다. 여행을 떠나기 전의 우리와 돌아온 우리가 조금이라도 달라진 것일까? 잘 알 수 없었다. 살은 확실히 쪘다. 여행의 무게를 재기 위해서는 다시 돌아온 우리에서 처음 출발할 때의 우리를 빼면 되는 것일까? 여행이 무엇인지 잘 모르겠다. 혀끝에 남은 파니노와 안초비의 맛, 대충 그런 게 아닐까 추측해본다. 새삼 느끼는 것이지만, 여행을 싫어한다고 말하기엔 난 여행이 무엇인지를 너무 모른다.

김중혁 (1971~)   소설가. 경북 김천 출생. 2000년 《문학과사회》에 중편소설 「펭귄뉴스」를 발표하며 작품 활동을 시작함. 소설집 『펭귄뉴스』(2006), 『악기들의 도서관』(2008), 『1F/B1』(2012), 『가짜 팔로 하는 포옹』(2015), 장편소설 『좀비들』(2010), 『미스터 모노레일』(2011), 『당신의 그림자는 월요일』(2014), 『나는 농담이다』(2016), 산문집 『뭐라도 되겠지』(2011), 『모든 게 노래』(2013), 『메이드 인 공장』(2014), 『바디무빙』(2016) 등을 썼음. 김유정문학상, 젊은작가상, 이효석문학상, 동인문학상, 심훈문학대상 등을 받았음.

4장

제발 그 음악은,
음악 세상

음악이 있는 삶

황동규 (시인, 영문학자)

이제는 차를 끌고 시내로 들어갈 수 없게 되었다. 그나마 지하철역까지 가는 마을버스가 있어 다행이지만 막상 차에 오를 때마다 괴로운 것이 시도 때도 없이 틀어대는 유행가 소리였다. 나도 저녁 늦게 친구들과 얼근히 한잔 걸친 술좌석에서는 〈고향설〉을 비롯해서 두어 곡조 뽑기도 하지만, 그리고 이따금 노래방에도 가지만, 대낮부터 그것도 음질이 형편없는 버스 오디오에서 나오는 유행가를 듣노라면, 그게 운전기사의 유일한 오락임을 한편으로는 인정하면서도, 왜 우리나라 기사들은 다른 나라 기사들과 달리 손님의 의사를 무시하고 하루 종일 유행가를 들어야만 하는가, 하고 생각하게 된다.

가난했기 때문만은 아닐 것이다. 인도 버스에서도 음악을 틀지는 않는다. 혹시 그게 허락되는 것은 우리나라 사람들이 노래를 너무 좋아하기 때문은 아닐까. 노래방이 우리나라에서처럼 보편화되고 사랑받는 나라는 전 세계에서 달리 없다. 지난겨울 프랑스에 갔을 때 나에게 프랑스 시인 하나가 물었다. 왜 한국에서는 다른 나라 예컨대 미국이나 프랑스와는 달리 시詩가 국민한테서 사랑받고 있는가, 소위 '베스트셀러' 시인이 아니고도 어째서 시집이 많이 팔리고 있는가. 이유는 많이 있을 것이다. 그 이유 가운데 하나는 번창하고 있는 노래방에서 볼 수 있듯이 한국 사람들이 음악을 사랑하기 때문이 아닐까, 라고 나는 대답했다. 시와 음악은 서로 가장 가까운 예술 장르니까.

오늘은 마을버스를 타고 좌석에 앉으니 고전음악이 들려왔다. 아 바로 이 기사가 전번에도 고전음악을 틀었지. 그러나 브루크너의 교향곡을 버스의 잡음투성이 FM을 통해 감상하는 것은 또 고역이었다. 쯧쯧 고전음악은 좀 나은 기계를 해달고 즐길 일이지, 하면서 나도 모르게 내 젊은 시절이 생각났다.

지금도 그런 경우가 있겠지만, 젊은 날 나에게는 음악이 그야말로 구원이었다. 나처럼 지금 오십대 후반인 사람들, 청소년의 중요한 시기를 6·25의 폐허에서 보낸 사람은 음악이 어떻게 물질세계의 황량함을 정신적인 아름다움으로 바꾸어놓는가를 알 것이다. 다시 말해서 사방이 폐허인 서울에서 음악실 '르네상스'나 '돌체'에 들어가 황홀히 듣고 삶의 힘을 얻은 음악의 체험을 잊을 수 없을 것이다.

음질은 물론 좋지 않았다. LP판이 막 나오기 시작했던 때여서 그 당시 음악실에서 틀어주는 음악은 지금은 박물관에 가야 구경할 수 있는 SP판이 주종이었고, 따라서 길지도 않은 베토벤의 C단조 교향곡을 여덟 번에 나누어 들어야 했다. 2악장을 느리게 연주했던 푸르트벵글러 지휘면 한 번 더 나누어 들어야 했다. 전축은 전축이었지만 쇠로 만든 유성기 바늘로 판을 그어대 소리를 크게 만드는 전축이었고 고음과 저음이 제대로 들어 있지 않은 것은 물론 관현악의 악기 소리를 구별하기 힘든 음악이 었다. 그나마 당시에 잦았던 정전 때면 수동식 유성기로 틀곤 했다.

그러나 그 형편없는 기계들로 들은 음악(그 당시 우리나라 오케스트라의 질이 형편없었으므로 생음악은 부재였다고 할 수 있다). FM이 나오기 전 라디오로 들은 음악이 지금까지 내 삶의 중요한 부분을 차지하고 있다. 결혼하고는 청순했던 시절의 그 음악을 찾아서 음향기기를 둘러메고 전세방을 옮겨 다니기도 했고, 귀한 판을 미안하게 빌려다 밤새 녹음을 하기도 했다. (그러나 우리가 하는 그런 녹음은 오래 가지 못한다. 십 년쯤 후면 자성磁性이 느슨해지며 음들이 풀어지고 마는 것이다. 애써 녹음한 것들을 몽땅 버려야 했을 때의 내 마음을 상상해보시라.) 여하튼 살다가 이따금 만나게 되는 앞날이 캄캄할 때는 베토벤의 후기 현악 사중주를 들으며 마음을 달랬고, 삶이 별 의미가 없다고 생각될 때는 모차르트의 피아노 협주곡을 들으며 마음을 헹궜다. 지금도 브람스의 클라리넷 5중주나 브루크너의 교향곡을 들으며 아직도 나에게는 신선한 구석이 있구나 하고 새 느낌을 갖곤 한다.

모든 예술은 음악의 상태를 지향한다고 말한 사람이 페이터였던가. 아니면 내가 직접 확인해보진 못했지만 그보다 앞선 시대의 쇼펜하우어였던가. 한 사람 더 보태는 것이 용서된다면 화가며 현대 미술 이론가였던 칸딘스키였던가. 허로는 그런 말을 안 했을지 모르나 칸딘스키의 손은, 그의 그림은, 웅변적으로 그런 말을 하고 있다. 그의 추상화를 보라.

선과 선이 색과 색이 서로 어울리고 떠밀고 변주하며 극치를 만들어내는 데서 음악적이라는 느낌을 받지 않은 사람이 있을까. 있다면 그는 범인凡人이 아니고 시각과 청각 촉각 후각이 섞이지 않도록 특별히 훈련된 사람일 것이다.

하여간 음악이 예술의 정수라면 우리 민족은 세계의 그 어느 나라 사람들보다도 미의 극치, 미학美學의 극치를 즐기는 민족이라고 할 수 있다. 게다가 이즈음은 뛰어난 연주가도 많고 뛰어난 성악가도 많다. 내 젊었을 때는 예를 들어 높은 음을 무사히 해낼지 조마조마하게 만들지 않는 소프라노란 없었다. 지금은 조수미도 있고 신영옥도 있다. 오케스트라도 KBS교향악단은 말할 것도 없고 지방 악단 부천시립교향악단의 연주도 들을 만하다. 그리고 저음이 좀 약한 것이 흠이지만 나의 스피커에서 나오는 알반 베르크 현악 사중주단의 음악은, 비싸지 않은 음향기기의 값을 생각할 때, 그야말로 들을 만하다.

그러나 내 세대의 사람들에게는 AM라디오의 명곡 시간과 음악실에서 들은 음질이 모자라는 음악이 진짜 음악이었다. 그 음악에 대한 그리움이 우리가 외로울 때나 괴로울 때 자기도 모르게 우리를 흥얼거리게 만들었고, 흥얼거림으로써 우리는 삶의 샘 하나를 옆에 두고 살았을 것이다. 최근에 익숙해진 음향은 아니었으나 마을버스 라디오에서 들려오는 브루크너의 7번 교향곡에 귀를 기울여본다.

(1995년)

황동규 (1938~)   시인. 영문학자.. 평안남도 숙천 출생. 서울대 영문과 졸업. 아이오와주립대 심리학석사, 에든버러대학교 영문학석사, 서울대학교 대학원 영문학 박사. 1958년 《현대문학》지에 시<10월>, <동백나무>, <즐거운 편지>로 추천 받아 등단. 서울대 인문대 영문과 교수 역임. 현재 서울대 영문과 명예교수. 시집으로 『어떤 개인날』(1961), 『비가』(1965), 『나는 바퀴를 보면 굴리고 싶어진다』(1978), 『악어를 조심하라고?』(1986), 『풍장』(1995), 『몰운대행』(1997), 『버클리풍의 사랑 노래』(2000), 『우연에 기댈 때도 있었다』(2003), 『꽃의 고요』(2006), 『사는 기쁨』(2013), 『연옥의 봄』(2016) 등과 시선집 『삼남에 내리는 눈』(1975), 『열하일기』(1982), 『견딜 수 없이 가벼운 존재들』(1988), 『풍장』(1995), 『삶을 살아낸다는 건』(2010)과 산문집 『겨울노래』(1979), 『나의 시의 빛과 그늘』(중1994), 『젖은 손으로 돌아보라』 (2001) 등이 있음. 현대문학상, 한국문학상, 연암문학상, 미당문학상, 김종삼 문학상, 이산문학상, 호암상 등을 수상함

오디오에 미친 사람들, 오디오파일

윤광준 (사진작가)

오디오에 심취해 있는 사람들을 일컬어 오디오매니아라고 부른다. 오디오에 미친 사람들이란 의미다. 좋은 음을 듣기 위해 온갖 짓을 마다하지 않는 사람들. 그들은 보통 사람들이 관심을 두지 않는 오디오에 빠져 집념과 열정을 불태운다.

조금 거창하게 말하면 득음의 경지를 추구하는 사람이라 하겠다. 요즘엔 일본식 조어인 오디오매니아 대신 영미식을 따라 오디오파일audio-phile 이란 표현으로 바뀌고 있다. 표현이야 어떻든 간에 좋아하는 일에 미쳐 있는 사람이란 건 분명하다.

무엇인가에 미쳐 있지 않으면 살아 갈 수 없는 게 인생살이가 아닌가. 삶의 무게를 견딜 수 없어 무슨 일이든 기웃거려본다. 아름다운 여인들과 시시덕거리며 술 마시고 춤을 추거나, 인터넷 채팅으로 새로운 사람을 만나기도 한다. 도박이나 경마의 짜릿한 스릴에 빠지고 여행이나 등산, 낚시, 골프, 스키 같은 레저에 몰두하는 경우도 있다. 좀 더 고상한 티가 나는 영화나 음악에 심취하기도 한다.

세상의 온갖 재미있는 일들이 나를 유혹한다. 이런 유혹들을 떨치며 고고하게 살아가는 사람들이 얼마나 될까. 잠시라도 한눈팔지 않고 살아간다는 것이 오히려 어려운 시대다.

　인간답게 살기 위해 아니 인간임을 자각하는 순간, 뭔가 색다른 일, 별다른 짓에 대한 욕구는 눈덩이처럼 커져만 간다. 이런 욕구의 정도가 깊어져 어떤 일에 미쳐 있는 사람들이 매니아인 것이다. 요즘 들어 매니아층에 대한 사회적인 시선이 점차 우호적인 분위기로 흘러가는 듯하다. 삶의 질을 추구하는 용기 있는 사람들이라나. 오디오파일들도 그 중의 하나다.

　오디오파일은 자신이 좋아하는 음악의 깊이나 사운드의 완성을 위해 각별한 노력을 아끼지 않는 중독형 인생이다. 음악과 오디오를 추구하는 과정에서 얻은 문화적 소양과 전문성은 사회를 풍요롭게 하고 깊이를 더해준다. 오디오는 우리 사회의 문화적 인프라를 생산하는 일이기도 하다. 오디오파일의 습성이나 기행은 많은 사람들에게 관심의 대상이다. "오디오가 얼마나 좋으면 저럴 수 있을까"라는 말에는 동정과 선망이 교차되어 있다. 결론적으로 오디오는 자기만의 '삶의 차별성'과 '삶의 시간'을 사랑하는 것이라 얘기하고 싶다. 오디오 하는 이유를 명쾌하게 정리한 김갑수의 '스스로 빛나고 스스로 아름답고 스스로 난해한 삶의 시간들을 갖는 것' 이상의 좋은 표현을 나는 아직까지 찾지 못했다.

　오디오파일의 특징은 무엇일까. 스스로 길을 잘못 들어선 팔푼이란 의미의 오도팔誤道八로 이름 붙인 오디오 칼럼니스트 하현상의 명문은 지금도 여러 사람들의 입에 오르내린다. 그가 표현한 오디오 노심초사증은 다음과 같다.

"희귀병으로 전염성이 있으며, 드물게 2세에 유전되는 수도 있으므로 죽어도 낫지 않을 병이다. 자각 증상은 발병 후 장시간 경과해야 나타나는데 마이다스마저도 치료비를 감당키 어려운 난치의 고급병이다."

그 증후군으로는,

1. 귀가 남달리 엷어지고 남의 말을 잘 따른다.

2. 이와 반비례해서 화폐가치 감각이 점점 무뎌져 결국 후천성 화폐감각 결핍증을 동반한다.

3. 생수(바하), 청량음료(모차르트), 보약(베토벤·브람스), 야채 수프(슈베르트), 뷔페(오페라), 생강(바르톡), 나중에는 뻥튀기 과자(핑크 플로이드)까지 가리지 않고 먹게 되고, 좀 심한 경우에는 각 메뉴마다 10분도 채우지 못하고 음식을 바꿔먹는다.

4. 환자끼리 친화력이 강하며, 염치불구하고 다른 환자의 집으로 잘 다닌다.

5. 10년 넘은 조강지처(기기)와 하루아침에 갈라설 만큼 비정해진다.

이미 십수 년 전에 오디오계의 선배가 정리한 오디오 노심초사증은 현재에도 유효할 뿐더러 오히려 더 심화되고 환자들의 연령이 점점 낮아지는 추세를 보인다.

왜 오디오에 빠지면 헤어 나오지 못하는 것일까? 그것은 대가 없는 일이 주는 자기만족과 희열 때문이다. 등산가가 생사의 고비를 넘기며 산을 정복했을 때 느끼는 그 가슴 벅찬 감동을 수반한 성취감과 다를 것이 없다. 오디오를 열심히 한다고 해서 누가 알아주기를 하겠는가. 어디 써먹을 데가 있겠는가. 그야말로 대가 없는 노력일 뿐이다. 또한 쉽게 얻어지지 않고 생각한 대로 되지 않는 게 오디오다. 지난한 과정의 고단함과 시간 허비를 통해 "너희는 몰라!" 라고 말해주고 싶은 일종의 쾌감과 자부심이 생긴다. 나와 오디오가 어울려 사운드의 형태를 만들어가는 행위의 정점에는 체험해본 사람들만이 아는 전율의 오르가슴이 있다. 누구에게도 침해받지 않는 나만의 공간에서 마음껏 미쳐볼 수 있는 일이란 얼마나 신나는 일인가.

인간의 오감 가운데 청각은 가장 둔한 감각이다. 둔할뿐더러 애매하고 불분명해서 똑같은 음이 좋게도 혹은 나쁘게도 들릴 수 있다. 청각은 표준화된 기준이라는 게 존재하지 않는 극히 주관적인 감각인 것이다. 오디오는 그렇듯 추상적인 청각을 충족시키기 위해 만들어진다. 아무리 훌륭한 성능과 물리적 특성이 좋은 오디오라도 내 귀를 즐겁게 해주지 못하는 경우가 허다하다. 반대의 경우도 물론 있다. 이 모순은 설명할 방법이 없다. 현대 의학으로도 인간의 쾌감 매커니즘이 어떻게 이루어지는지 정확하게 설명하지 못한다. 인간의 변덕스런 귀를 100% 만족시킬 방법이란 애당초 없는 것이다. 오기의 발동일까. 그럴수록 최상의 만족을 위한 노력과 집착은 커져만 간다.

오디오를 한다는 것은 음폭, 더 나아가서 소리의 성분을 따지는 일이다. 음악만 들으면 되지 소리의 성분은 따져서 뭐하냐고 반문하는 사람도 있다. 이는 '스트라디바리우스' 같은 명기가 무슨 필요가 있느냐고 묻는 것과 같은 얘기다. 음의 성분이란 음악의 토대를 이루는 것이다. 스트라디바리우스가 아니면 나올 수 없는 아름다운 음향의 세계가 분명히 존재하듯이 오디오 역시 이 스트라디바리우스를 만들려는 노력과 다름 아니다. 앰프의 스트라디바리우스 혹은 스피커의 '과르네리'를 지향하여 끊임없이 새로운 기기가 만들어지고 있다.

오디오는 하나의 생명체와 같다. 만든 사람이 무엇을 담으려고 했는가에 따라 각기 다른 표정과 목소리를 갖는다. 여기에 기기 자체의 존재감이랄까 혹은 환상이 결합되면 그 생명력은 더욱 커진다. 단순한 성능 이상의 아우라aura가 풍기는 경우가 이런 때다. 이들 오디오의 조합이 만들어내는 천변만화의 표정은 남녀 간에 벌어지는 예측 못할 인간사를 연상시킨다. 기기에도 궁합이 있는 것이다. 어떤 기기와의 조합인가에 따라 달라지는 변화상은 쉽게 설명하기조차 힘들다.

기기간의 조합, 즉 매칭의 묘미를 찾는 것도 오디오를 하는 큰 즐거움 중의 하나다. 얼굴이 예쁘지만 성격이 모난 미인과, 미모는 좀 떨어지지만 지성과 포용력을 갖춘 여인 가운데 누구를 선택할지 망설이는 것만큼이나 흥미로운 것이 오디오 매칭이다. 오랫동안 오디오를 하다 보니 기계를 선택하고 조화시키는 것이 사람 사는 일과 별로 다르지 않다는 걸 느낀다.

무엇보다 음이란 게 문제다. 애매하고 불분명한 인간의 귀는 만족할 줄 모른다, 한번 좋은 음에 길들여진 귀는 끝없이 새로운 쾌감을 요구하고 생물학적인 역치 이상의 자극이 있어야만 반응한다. 이 까다로운 귀를 위해 음이란 놈은 좀처럼 자신을 다 드러내 보이는 적이 없다. 가까이 다가가면 저만치 물러가고, 잡았다 싶으면 신기루처럼 사라져버린다. 이토록 사람을 애타게 만드는 것이 또 있을까?

오디오파일은 오디오를 가지고 자신만의 사운드를 만들어간다. 조용필의 〈킬리만자로의 표범〉에서처럼 '화려하면서도 쓸쓸하고, 가득찬 것 같으면서도 텅 비어 있는 ……' 그런 관념적인 사운드여도 좋다. 섬세하고도 강렬한 음, 부드러우면서도 예리한 음, 폭풍우처럼 휘몰아치지만 강아지풀처럼 여린 음이란 모순된 상태의 양립을 꿈꾼다. 이런 음에 대한 세세한 기대를 늘어놓자면 끝이 없다. 이 가당찮은 요구 조건이 성립조차 되는지는 차후의 문제이다. 얼핏 들으면 아무도 모를 바이올린의 음색이 어떤지, 활이 문질러질 때 발려진 송진의 느낌이 나는지에 대해 신경 쓴다. 실제로 나는 재즈피아노의 거장 데이브 브루벡의 라이브 연주 음반에서 무대에 가득찬 뿌얀 담배 연기의 느낌과 청중들의 콜록거리는 기침소리가 실감나지 않아 한동안 고민한 적도 있다. 빅토리아 뮬로바가 연주하는 차이코프스키의 바이올린 협주곡에서 음 뒤에 숨어 있는 공기의 울림을 문제 삼고, 소리가 아니라 연주 공간의 분위기가 느껴지지 않아 씨름하기도 했다. 이 미세한 요구사항을 충족시키기 위해 온갖 방법을 다 써보았다. 스피커 스탠드에 볶은 모래를 넣어보기도 하고, 몇 십만 원이나 하는 은선 케이블을 꼬아보고 풀어보며 그 결과에 노심초사하다 보면 날이 훤하게 밝아 있었다. 두께가 얇은 문짝의 공명으로 음이 탁해질지 모른다고 생각하고 아예 아파트 문짝을 봉해버린 적도 있다. 게다가 아내 몰래 뜯어낸 쿠션의 솜은 방 구석구석에 얼마나 쑤셔 넣었던가.

이 지난한 과정 – 무한정 쏟아 부은 시간과 열정이었을 것이다 – 을 통해 조금씩 변해가는 음들, 이것은 스스로 만들어가는 감동이었다. 빅토리아 뮬로바가 연주하는 연주 홀의 크기를 짐짓 연상하게 된 그 울림을 만들었을 때, 차이코프스키의 음악은 나만의 것으로 새롭게 탄생했다. 이만한 노취의 심연을 대신할 놀이가 이 세상에 또 있을지 ……. 나는 아직 이 이상의 놀이를 알지 못한다.

윤광준 (1959~)   글 쓰는 사진작가. 강원도 횡성 출생. 중앙대 사진학과 졸업. 미술, 음악, 건축, 디자인 등 예술 전반에 대한 지식과 안목을 쌓아 아트 워커(Art Worker)라는 새로운 영역을 열었음. 지은 책으로는 『봄.꽃 여름.나무 가을.숲 겨울.산』(1999), 『잘 찍은 사진 한 장』(2003), 『내 인생의 친구』(2005), 『소리의 황홀』(2007), 『윤광준의 생활명품』(2008), 『마이웨이: 윤광준의 명품 인생』(2010), 『윤광준 아저씨의 행복한 사진관』(2011), 『내가 갖고 싶은 카메라』(2012), 『내가 찍고 싶은 사진』(2015), 『심미안 수업』(2017), 『내가 사랑한 공간들』(2019) 등 다수가 있음.

딥 퍼플을 만나다

하종강 (교수, 노동운동가)

우리 집 가까운 송도에서 사상 초유의 락 페스티발Rock Festival이 열린다
고 했다. 아들 녀석 지운이가 그래도 명색이 중학생으로 구성된 락 밴드
Rock Band의 기타리스트인데, 이건 하늘이 주신 기회이니 '과부 딸라빚'을
내서라도 봐야한다고 지운이와 나는 의기투합했다. 그러나 우리 둘을 합
친 것보다 몇 배나 더 현명한 안해의 결재를 받지 못했다. 집안 살림이
어떻게 돌아가는지도 모르는 철딱서니 없는 남정네들이라는 핀잔만 실
컷 들었다.

출근길에 라디오를 듣고 있노라니 이숙영 씨가 진행하는 프로그램에
사연을 보내면 몇 명을 뽑아서 락 페스티발의 이틀 공연을 모두 볼 수 있
는 티켓을 준다고 했다. 옳거니, 나는 사연을 정성스레 적어서 보냈다.

"아들 녀석이 중학생 락 밴드의 기타리스트인데 그 공연을 못 봐서야
되겠느냐. 장차 고등학생이 되어 더 열심히 활동할 것이고 그 밴드의 이
름은 벌써 정해 놓았으니 '원효대사해골물'이 바로 그 이름이요. 앞으로
전 우주적인 락 밴드가 될 것이 분명한 '원효대사해골물'의 영원한 명예

회원이 되고 싶거든 부디 그 티켓을 보내주시라 ……."

다행히 나는 그 티켓을 두 장 받았고 아들 앞에서 간신히 면목을 세운 아빠가 되었다.

하네 마네 말도 많았던 공연 당일, 우리는 진흙탕에 발목까지 빠지는 늪지대를 건너 공연장에 갔다. 공연은 예정시간보다 세 시간이나 늦게 시작되었다. 우리는 느지막이 갔으나 열성적인 젊은이들은 공연 예정 한 시간 전부터 입장을 했다 했으니 무려 네 시간이나 폭우 속에 선 채 공연을 기다렸던 것이다.

브릿팝 밴드 '애시'가 첫 문을 열었고 사람들은 빗속에서도 열광하기 시작했다. 빨강, 노랑, 파랑색으로 머리를 염색한 젊은이들이 우리 옆에서 경중경중 뛰기 시작했다. 귀걸이, 코걸이뿐만 아니라 입술걸이, 눈썹걸이를 몇 개씩이나 한 청년들이 머리를 흔들기 시작했다. 우리 앞에 있는 어떤 이의 '헤드 뱅잉'을 보고 지운이가 말했다.

"저 사람은 거의 상모돌리기 수준이네요."

유일하게 출연한 우리나라 밴드 '크래쉬'가 노래를 몇 곡 불렀을 때 사람들은 그 밴드의 단골 레퍼토리인 딥 퍼플^{Deep Purple} 의 〈Smoke On The Water〉를 부르라고 연호했다. '크래쉬'의 보컬리스트가 말했다.

"이 노래 부르려면 오늘은 딥 퍼플 형님들한테 허락 받고 불러야 된단 말이에요. 우씨 ……."

사람들은 환호했고, 결국 그들은 그 노래를 불렀다.

재미교포 '존 명'이 베이스 기타를 치는 '드림시어터'의 순서가 끝나고 다음 출연자들을 위해 무대 정리가 시작되자 지운이가 말했다.

"아빠, 우리 한번 최대한 갈 수 있는 데까지 앞으로 가 보지요."

우리는 쏟아지는 폭우와 사람들의 장벽을 뚫고 마침내 바리케이드까지 도달했다. 그리고 아, '딥 퍼플' 비록 예전의 그 멤버들과 똑같지는 않다지만 〈Smoke On The Water〉와 〈Highway Star〉를 직접 들을 수 있다니, 그것만으로도 좋았다.

쏟아지는 비 때문에 기타의 플랫을 계속 수건으로 닦아가며 연주했고, 드러머가 심벌을 때릴 때마다 화려한 조명을 받은 물방울이 마치 폭발하듯 휘날렸다. 그 장관이 펼쳐질 때마다 관객들은 하늘이 떠나갈 듯 환호성을 질렀다.

한 손으로 바리케이드를 잡고 몸을 솟구치니, 정말 깜짝 놀랄 만큼 높이 뛰어 오를 수 있었다. 내 몸 어느 구석에 이런 에너지가 있었나. 지운이와 나는 거의 한 시간 가까이 경중경중 뛰며 그 분위기를 만끽했다.

끝나고 나오는 길은 들어갈 때보다 더 참혹했다. 진흙탕은 이제 무릎까지 빠졌다. 그 새 내린 빗물로 공연장 한가운데에는 커다란 '바이칼 호수'가 만들어져 있었다. 그래도 불평하는 사람 하나 없었다.

70만 원씩이나 내고 편안한 앞자리에 앉아서 '마이클 잭슨'의 공연을 보는 사람들과 이 젊은이들은 얼마나 다른가, 빗속에서 4시간이나 서서 기다리기도 하다가, 잠깐 짬이 나면 바리케이드에 얼굴을 묻은 채 선잠을 자기도 하다가, 폭우에 흠뻑 젖기도 하다가, 진흙탕에 빠져서 저절로 벗겨진 신발을 끄집어내면서 나는 생각했다.

'이 사람들의 이처럼 순수한 열정을 볼모로 돈벌이를 하려고 한 사람들이 있다면, 그 인간들에게 화 있을진저 ·······.'

주차장에서 빠져나오는 데만도 한 시간이 넘게 걸렸다.

그날 밤, 집에 돌아와 낡아빠진 LP 디스크의 먼지를 몇 년 만에 떨어내고, 한동안 쓸모없어 진열장 구실이나 하고 있던 턴테이블 위의 인형들을 치웠다. 지운이가 그런 내 모습을 물끄러미 보다가 물었다.

"아빠, 그거 작동되는 거였어요?"

"나도 잘 모르겠다. 제대로 돌아갈지."

턴테이블 위에 20년도 더 전에 구입한 '백판'(이게 뭔지 아는 사람이 몇이나 될까?)을 얹고 암^{arm}을 들어 올리니 테이블이 돌기 시작했다. 새벽 두 시가 가까운 시간에 아파트 단지에 울려 퍼지는 딥 퍼플의 〈Stormbringer〉을 귀 기울여 듣고 있던 지운이가 말했다.

"이거 완전히 노이즈 절반, 사운드 절반이네요. 도대체 이걸 어떻게 들었어요?"

잡음 하나 없는 매끈한 CD 음질에 길들여진 귀에는 그렇게 들릴 수밖에 없었을 거다. 청계천 세운상가 앞 길가에 쌓인 '백판'들을 뒤져서 마음에 드는 음반을 찾았을 때, 주머닛돈을 톡톡 털어 그 음반을 사 들고 집으로 돌아올 때, 그 가슴 뿌듯함을 요즘 아이들이 어떻게 이해하랴 ·······. 나는 지운이에게 점잖게 말했다.

"CD는 인간의 가청 주파수 범위 내에서만 소리를 재생하지. 그러나

LP는 가청 주파수 범위를 벗어나, 그보다 훨씬 더 높고 더 낮은 소리를 내는 거야. 인간이 귀로 들을 수는 없지만 가슴으로는 그 소리를 듣거든. CD하고는 느낌이 다르지. 에헴."

사오십 대들이여, 우리 언제 한 번, 그 옛날의 LP '백판'들을 모아 노이즈 절반, 사운드 절반의 음악 감상회를 가져보는 건 어떨는지?

하종강 (1955~) 　　노동운동가. 인천 출생. 인하대학교 졸업. 인천 도시산업선교회가 운영하는 '일꾼자료연구실'에서 일하기 시작함. 30년 가까운 세월을 노동상담 일을 해옴. 한겨레신문 객원 논설위원, 서울중앙지방법원 조정위원, 인천대학교 강사, 한국노동교육원 객원교수, 한울노동문제연구소 소장, 성공회대학교 노동대학 학장으로 활동하고 있음. 지은 책으로 『노동자는 못 말려』(공저)(1994), 『(7인 7색) 21세기를 바꾸는 교양: 하종강이 만난 진짜 노동자』(공저)(2004), 『그래도 희망은 노동운동』(2006), 『철들지 않는다는 것』(2007), 『길에서 만난 사람들』(2007), 『아직 희망을 버릴 때가 아니다』(2008), 『울지 말고 당당하게』(2010), 『우리가 몰랐던 노동 이야기』(2018) 등이 있음. 전태일문학상을 수상함.

그 음악을 제발 부탁해요, DJ

성석제 (시인, 소설가)

1979년 여름, 처음 가본 대구는 서울보다 훨씬 더 소비문화가 발달한 도시라는 느낌을 주었다. 특히 시내 중심가에 오디오와 음반의 수량과 질, 커피 맛, 인테리어 등의 설비, 디스크자키DJ의 수준이 전국 최고 수준인 초일류급 음악다방이 서너 개 있었는데 그곳에 가서 음악을 듣고 커피를 마시면서 내 수준도 한 단계 높아지는 것 같은 느낌을 받았다.

초일류보다 처지기는 하지만 그래도 서울의 웬만한 유명 음악다방보다 낫다고 자부하는 다방에 내 친구가 DJ로 일하고 있었다. 다방 전면에 유리로 만들어진 음악박스가 있고 수천 장의 음반이 가지런히 꽂혀 있었으며 물에 적신 수건으로 닦은 음반을 플레이어에 얹는 DJ가 내 친구였다. 흰 피부에 곱슬머리, 훤칠한 키에 잘 생긴 그는 영화《스팅》의 폴 뉴먼을 빼닮았다.

그해 겨울방학 때 서울에 올라온 그는 내가 사는 동네, 구로공단을 중심으로 한 동네 다방을 시찰해보더니 우리 집 근처 '수정다방'의 마담이 말귀를 좀 알아들을 것 같다면서 그 다방으로 가서 몇 마디하고는 간단하게 음악박스를 접수했다. 그러고는 기왕에 있던 구질구질한 음반이며 설비를 싹 걷어치우고 다방의 인테리어도 바꾸라고 강권했다. 자신은 청계천에 나가서 꼭 있어야 하는 팝송, 샹송, 경음악, 가요, 칸초네 음반들을 수백 장 – 물론 해적판이 대부분이었다 - 을 도매금으로 사들이고 튼튼한 플레이어와 앰프를 마련했다. 며칠 뒤 복덕방 영감님들이 쌍화차나 마시러 가던 수정다방은 최고 실력의 DJ가 있는 최신 유행의 음악다방으로 변신했다. 나는 가슴을 졸이며 폴 뉴먼의 서울 데뷔를 다방 한구석에서 지켜보았다.

일상에서와는 달리 그는 사투리를 전혀 쓰지 않았다. 매력적인 저음의 목소리가 음악에 따라 빠르게 혹은 느리게 흘러나왔다. 그의 손은 음반이 꽂힌 선반과 플레이어, 앰프의 다이얼, 신청곡 쪽지를 정확하고 효율적으로 왕래했다. 환상적인 조명 속에서 흰 셔츠에 붉은 넥타이 차림인 그는 내가 봐도 홀딱 반할만했다. 그가 쪽지를 들고 사연을 읽기 시작하면 어느 탁자에선가 억눌린 신음과 환호가 들려왔고 사이다와 주스 같은 '뇌물', 또는 손수건과 꽃 같은 선물이 연신 배달되었다. 그는 이따금 나를 불러서 남은 음료수를 주었다. 첫날 내가 받아 마신 음료수의 양은 세수를 할 수 있을 정도였다.

손님들 대부분은 인근의 공장에 근무하는 처녀들이었다. 처녀들을 따라온 총각들도 없지는 않았지만 처녀들의 눈과 귀는 오로지 음악 박스 안에 있는 폴 뉴먼에게 집중되어 있었다.

가끔 다방에 없는 음반에 들어 있는 곡이 신청되기도 했다. 그럴 때 그는 DJ들 간에 전해진다는 세 권짜리 대학노트에 근거한 설명을 장황하게 늘어놓음으로써 음악보다는 그의 목소리를 듣는 데 기쁨을 느끼는 손님들을 만족시켰다. 필사본이기 때문에 중간에 누가 잘못 베끼거나 오해한 부분이 있으면 그것도 그대로 전수되게 마련으로 특히 프랑스어 발음에 문제가 많았다.

통금이 없는 크리스마스와 제야에 '올나잇'을 하는 때 그는 각각 한 달치분의 임금을 미리 받았고 그 밤의 대사를 인근 다방 가운데 가장 성황리에 치러냈다. 그는 수백 명의 손님을 자신이 가장 잘 아는 음반처럼 능란하게 다루었다. 한마디로 가지고 노는 것이었다.

방학이 끝나고 대구로 돌아가면서 그는 내게 그 노트를 주고 갈까 물었다. 나는 본 것만으로 충분하다. 그 비급祕笈을 아무에게나 함부로 보여주지 말라고 대답했다. 노트만 있으면 뭘 하겠느냐고 하지는 않았다.

성석제 (1960 ~)　　　시인. 소설가. 경북 상주 출생. 연세대 법학과를 졸업. 1986년 《문학사상》 시부문 신인상 받으며 등단. 1994년 소설집 『그곳에는 어처구니들이 산다』를 내면서 소설을 쓰기 시작함. 중단편 소설집으로 『내 인생의 마지막 4.5초』(1996), 『조동관 약전』(1997), 『황만근은 이렇게 말했다』(2002), 『어머님이 들려주시던 노래』(2005), 『지금 행복해』(2008), 『이 인간이 정말』(2013)이 있고, 짧은 소설을 모은 『재미나는 인생』(1997), 『번쩍하는 황홀한 순간』(2003), 장편소설 『왕을 찾아서』(1996), 『아름다운 날들』(1998), 『인간의 힘』(2003), 『위풍당당』(2012), 『단 한 번의 연애』(2012), 『투명인간』(2014)을 펴냄. 산문집으로 『위대한 거짓말』(1995), 『농담하는 카메라』(2008), 『근대 사실 조금은 굉장하고 영원할 이야기』(2019), 『내 생애 가장 큰 축복』(2020) 등이 있음. 한국일보문학상, 동서문학상, 이효석문학상, 동인문학상, 현대문학상, 오영수문학상. 요산문학상, 채만식문학상, 조정래 문학상 등을 수상.

5장

문단 이면사

일찍 데뷔한 조숙한 문인들

이유식 (문학평론가)

문학사의 신동들

세계 문학사를 보면 조숙한 문인들이 더러 보인다. 맛보기 정도로 시대별을 고려하며 몇 사람만 소개해보겠다.

알렉산더 포프는 18세기 영국의 시인 겸 비평가이다. 타고난 재능으로 이미 16세에 시집을 냈고, 21세 때는『비평론』을 발표하여 영국 문단에 혜성처럼 나타나 확고한 위치를 확보했다. 괴테는 어리고 어린 여덟살 때에 조부모에게 신년시를 써 보낼 정도로 천재성이 엿보였고, 18세 때에 첫 희곡「여인의 변덕」을 썼으며 드디어 23세 때에『젊은 베르테르의 슬픔』을 발표해 독일은 물론 전 유럽의 젊은이들을 열광시켰다.

아르튀르 랭보는 알다시피 19세기 프랑스 천재 시인이다. 20세 이전, 4년 동안 100여 편 가까운 시를 남기고 그 이후론 문학계를 떠났으며 젊은 나이에 요절한다. 레이몽 라디게는 지금은 거의 잊혀진 사람이지만 1920년대에 선풍적 인기를 끌었던 반짝 작가였다. 18세에『육체의 악마』란 한 편의 소설을 썼고 20세에 죽었다. 장 콕토가 그를 문단에 데뷔

시켰는데 이 소설을 읽고 그의 재능을 보고 '앙팡테리블', 즉 '무서운 아이 신인'라고 부르기도 했다.

장아이링張愛玲은 상하이 출신의 중국 현대 대표적 여성 작가이다. 20세 때인 1940년대에『천재몽』이란 작품으로 등단하고 이후 곧 정말 천재 작가로 주목받았는데 이때 그녀는 20대 초반이었다. 프랑수아즈 사강은 소설『슬픔이여 안녕』으로 세계적 화제 작가가 되었는데 나이 18세였다.

최연소 등단 기록

그럼 이제부터는 우리나라로 돌아와 보자. 문학지 추천이나 신문 신춘문예나 장편 공모의 당선을 위주로 1950년 이전부터 먼저 일부만이라도 알아본다. 모든 나이는 한국 나이로 하는 만큼 거기서 한살 빼면 만나이다. 김소월은 1920년《창조》지에 다섯 편의 시가 추천되어 등단하는데 나이 19세였다. 조지훈은 1940년 21세 때에《문장》으로 등단했다. 같은 지면에 같은 추천인 정지용에 의해 등단해 '청록파' 동인이 된 박목월과 박두진보다는 한 해 늦었지만 나이로 보면 빨랐다. 박목월과 박두진은 같은 나이로 한 해 먼저 추천을 받았지만 24세 때였던 것이다. 박화성은 1925년《조선문단》에 단편 〈추석 전야〉로 등단했고 22세 때다. 이상이 시를 발표한 것도 역시 22세 때부터다. 김동리가 1935년《조선일보》신춘문예에 〈화랑의 후예〉가 당선되었을 때가 23세다. 최인욱이 1938년《매일신보》에 단편이 입선되고, 다음 해에 역시 같은 신문에 〈산신령〉이 입선되어 등단하는데 20세였다. 곽하신이 1938년에 단편 〈실락원〉으로《동아일보》신춘으로 등단하는데 19세 때였다.

이제는 1950년대와 1960년대로 가보자. 시나 시조부터 데뷔 나이 순서별로 알아보겠다.

18세에 데뷔한 문인에는 이형기와 김민부가 있다. 이형기는 1950년도에《문예》를 통해 등단하였고, 김민부는 고교 1학년 때에 시조가《동아일보》에 입선되고, 드디어 3학년 때에는 역시 시조가《한국일보》에 당선된다.

19세와 21세 사이에 등단한 문인은 박경용, 주문돈, 김재원, 황동규, 이유경이다. 박경용은 1958년도에《동아일보》와《한국일보》에 각각 시조가 당선되었는데 19세 때다. 역시 19세 때 이유경은《사상계》로 등단한다. 주문돈은 20세 때인 1959년도에《조선일보》에 시가 당선된다. 황동규는 21세 때인 1958년도에《현대문학》으로 등단했고, 역시 같은 21세로 이수익이 1963년《서울신문》에, 김재원은 1959년《조선일보》에 각각 당선됐다.

22세 때 데뷔한 시나 시조시인으로는 신경림과 이근배가 있다. 신경림은 1956년도에《문학예술》로 등단했고, 이근배는 1961년도에 시와 시조가 세 신문에 동시에 당선되어 기염을 토했다.

23세의 경우는 천상병, 최계락, 박재삼, 박성룡, 박봉우이다. 천상병은 1952년도에《문예》로, 최계락은 1952년도에《문장》으로통시, 박재삼은 1955년도에《현대문학》으로, 박성룡은 1956년도에《문학예술》로 각각 등단했고, 박봉우는 1956년도에〈휴전선〉이《조선일보》에 당선된다.

그리고 이들 외에도 1965년도 전후해서 상대적으로 22세의 이른 나이에 데뷔한 시인에는 강희근, 강인환 그리고 23세의 양왕용 등이 있다.

그다음 소설 쪽을 보자. 20세로는 천승세가 있는데 그는 1958년도 《동아일보》에 〈점례와 소〉가 당선되었고, 22세로는 유현종, 김승옥, 김용성이 있다. 유현종은 1961년도 《자유문학》으로 등단했고, 김승옥은 1962년 《한국일보》에 〈생명연습〉이 당선되었으며, 김용성은 1961년 《한국일보》의 장편 현상 모집에 「잃은 자와 찾은 자」가 당선된다. 23세로는 1967년도 《조선일보》에 〈견습환자〉가 당선된 최인호가 있다.

이제는 평론 쪽이다. 김현은 21세 때인 1962년도에 《자유문학》에 〈나르시스 시론詩論 − 시와 악의 문제〉로 등단한다. 23세에 등단한 사람은 김양수, 이어령, 유종호, 이유식, 홍기삼이다. 김양수는 1955년도 《현대문학》에 〈독성의식의 자폭〉으로, 이어령은 1956년도 《문학예술》에 〈비유법 논고〉로, 유종호는 1957년도 《문학예술》에 〈언어의 유곡幽谷〉으로 각각 등단했다. 또 이들보다는 좀 아래 나이였던 이유식은 1961년도 《현대문학》 8월호에 시론을 먼저 선보이고 곧 11월호에 〈프로메테우스적 인간상 − 인신人神사상을 중심으로〉로, 그리고 홍기삼은 1963년도 《현대문학》에 〈반反비평론 서序〉로 각각 추천 완료 등단을 한다. 그리고 이들보다 뒷세대 평론가로는 권영민, 구모룡이 있다.

지금껏 비록 주마간산 격이긴 하지만 시대별이나 장르별 그리고 데뷔 나이별로 상대적으로 데뷔가 좀 일러 조숙했거나 아니면 조숙하단 말을 들었을 법한 문인 명단을 대충 만들어보았다. 여기에는 상당수의 분들이 빠졌으리라 본다. 이는 어디까지나 내가 아는 범위 내의 참고용 자료에 불과하다.

그리고 수필 장르는 아예 제외했다. 1950년대 이전이나 그 이후인 1950년대는 물론 1960년대에도 공식적인 데뷔 제도가 없었기에 조숙이니 만숙이니를 따질 계제가 아니다. 설사 따져봐야 그런 시절에 수필가로 처음 글을 쓰기 시작한 분들은 다른 장르에 비해 대부분 나이를 먹었기에 조숙이란 말과는 아예 거리가 멀다.

조숙인가, 만숙인가

또 각 장르의 특성상 평균 나이나 조숙성 여부에는 편차가 있다는 점을 말해둔다. 평균적으로 제일 앞이 물론 시이고, 그다음이 소설이 오며, 마지막이 평론이다. 시나 소설의 경우는 10대나 20대 전후에 등단하면 조숙한 편이지만, 평론은 이와는 좀 다르다. 시와 소설은 문학적 감수성이나 창작적 에스프리만 있으면 가능하지만, 평론은 거기에다 별도로 이론적 밑받침이 있어야 하기에 상대적으로 늦을 수밖에 없다. 그래서 20대 전후도 귀할 수밖에 없다. 가령 1950, 60년대에 나온 평론가들의 평균 나이가 대략 30세에 가까웠던 것이 바로 그런 점을 방증하고 있다. 이런 관례나 풍속은 설사 아무리 세월이 바뀐다 한들 큰 변화가 없을 것이다.

그런데 지금은 어떤가. 지난날 우리의 문단사에 있었던 문단 데뷔의 이런 조숙성이 이제는 하나의 전설이 되고 말았구나 싶다. 특히 1980년대 이후부터는 산업사회화에 따른 삶의 지향점이 우선은 생활인으로서의 입신이 먼저이고 또 문학함의 자부심도 퇴색되었을 뿐만 아니라 '너도 문인 나도 문인' 하는 데에서 오는 희소가치성의 상실로 처음부터 일찍 명운을 걸고 달라붙는 사람이 거의 없어졌다. 말하자면 생활이 안정된 이후에야 가져보는 관심이라 조숙이 아니라 대개 늦깎이 데뷔로 바뀌어버린 것이다.

그러나 조숙이라고 무조건 좋은 것은 아니다. 물론 조숙한 천재도 있긴 하고 또 조숙했기에 그에 상응하는 문단적 기반과 명예도 얻긴 하지만 너무 일찍 피었다 시들어버리는 것보다는 만숙도 좋다. '이르다 늦다'를 따지기보다는 '토끼와 거북'의 경주 우화가 말해주듯 가능하면 쉼 없이 끝까지 매달려보는 것이 최선이요 왕도가 아닐까. 그러다 보면 어느 때쯤에는 '때마침 동남풍'도 만날 수 있을 것이고, 또 굴 하나를 계속 파고 파고 들어가다 보면 금덩어리나 다이아몬드 덩어리라도 만나는 횡재수도 있지 않겠는가.

이유식 (1938~)　　수필가. 문학평론가. 경남 산청 출생. 부산대학교 영문과 졸업. 1961년 《현대문학》 추천을 받아 평론가로 등단. 배화여대와 덕성여대 교수, 한국문인협회 부이사장, 한국문학비평가회 회장을 역임했으며, 현재 한국문인협회와 한국예술평론가협의회 고문을 맡고 있음. 수필집으로 『옥산봉에 걸린 조각달』(2008), 『새로운 장르 새로운 수필의 향연』(2016) 등과, 평론집으로 『한국소설의 위상』(1981), 『(반세기) 한국문학의 조망』(2003), 『변화하는 시대 우리 문학 엿보기』(2008), 『문단 풍속, 문인 풍경, 풍속사로 본 한국문단』(2017) 등 30여 권의 저서가 있음. 현대문학상, 한국문학상, 예총예술문화대상, 남명문학상 본상, 설송문학대상, 한민족문학상 대상, 한국글사랑문학상 본상 등을 수상함.

세배객 인명록

손영목 (소설가)

세상에서 선생님보다, 아니, 선생님만큼 재미난 일화를 생전에 많이 남긴 인물이 몇이나 될까.

그 무수한 일화들 중에서 단연코 빼놓을 수 없는 것이 매년 정초만 되면 신당동과 청담동 선생님 댁에서 북적거리던 세배객들과 관련한 이야기들일 것이라고 생각하거니와, 내 경우는 그 중에서도 가히 백미요 압권에 해당하리라.

1983년 1월 중순 무렵의 몹시 추운 날이었다.

당시 '작가' 동인활동을 같이 하던 김원우 형이 한국일보창작문학상을 타게 되어, 우리 친구들은 신문사 사옥 꼭대기 층 레스토랑에서 열리는 시상식에 참석하러 모두 몰려갔다.

아직 시간이 조금 남아있어서 축하손님들이 삼삼오오 그룹을 만들어 담소하고 있을 때 선생님이 행사장에 나타나셨다. 항상 즐겨 입으시던 베이지칼라 바바리코트 차림이었고, 코끝이 얼어서 발갛게 물들어 있었다. 바깥 날씨가 무척 추웠던 것이다.

우리는 모두 반갑게 인사를 드렸고, 선생님은 일일이 악수로 답례하셨다. 곧이어 시상식이 시작되었는데, 말미에 가서 선생님이 축사를 하신 것으로 기억된다.

문제는 그 다음이다.

그런 잔치가 끝나고 나면 으레 뒤풀이가 따르는 것이 문단사회의 아름다운 전통이며 관행이기도 하거니와, 그날도 우리 친구들은 미리 예약한 술집으로 몰려가도록 되어 있었다.

이윽고 잔치가 파장이 되어 손님들이 하나 둘 돌아가기 시작했고, 선생님도 여러 사람들의 배웅을 받으며 자리를 뜨셨다.

우리는 그날 행사의 주인공을 데리고 가야하기 때문에 끝까지 자리를 지키고 있었는데, 황충상 형이 불쑥 의견을 내었다.

"뒤풀이하는 데 선생님도 모시고 가는 게 어때?"

"그야 좋지만, 영감님이 우리 따라가려고 하실까?"

"안 가시겠다면 할 수 없고, 일단 말씀이나 드려봐."

의견이 일치함으로써 황형이 선생님을 붙들기 위해 엘리베이터 있는 쪽으로 뛰어갔는데, 어쩐 일인지 돌아올 시간이 충분히 지났는데도 나타나지 않았다.

이윽고 고개를 설레설레 저으며 혼자 돌아오는 황형의 표정은 난감함과 곤혹스러움 그 자체였는데, 우리 곁에 다다르자마자 나를 보고 불쑥 물었다.

"손형, 신정에 선생님께 세배 안 갔어?"

"세배?"

나는 너무나 뜻밖의 질문에 깜짝 놀라 얼떨결에 반문부터 했다.

"안 갔구나?"

"응, 그럴 사정이 있었어."

"거 봐. 내가 뒤풀이에 모시겠다고 하니까, 선생님이 그러시더라. 손영목이 설날 세배도 안 왔는데, 당신이 어떻게 자리를 같이 하시겠냐고, 그래서 내가, 손형이 세배를 안 갔을 리가 없다고, 선생님이 아마 착각하신 모양이라고 했더니, 발끈하시며 가버리잖아."

나는 갑자기 뜨거운 물을 뒤집어쓴 기분이었다. 세상에 이런 변이 있나! 친구들이 나를 핀잔하며 놀리기도 하고 선생님의 아이 같은 심술을 어이없어하기도 했지만, 그런 소리들이 내 귀에 제대로 들어 올 리가 만무했다.

솔직히 고백하거니와, 그 설날 아침에 세배를 가지 않았던 것은 날씨가 추워서 밖에 나가기가 싫어 꾀를 냈던 것이다. 수백 명씩이나 다녀가는 세배객들 가운데 나 한 사람쯤 빠진들 영감님이 알아차리기나 하시겠나. 기라성 같은 학교 제자들 축에 끼지도 못한 난데.

그런데, 세상에 이런 낭패가 어디 있단 말인가. 귀신도 곡할 노릇이지, 나를 꼭 찍어서 불편한 심기로 꾸짖고 계시니. 천부적인 비상한 기억력의 소유자라더니, 과연 명불허전이로구나. 더할 수 없는 죄송스러움과 부끄러움의 한편으로 '아, 선생님이 나를 그토록 각별히 생각하고 계셨다니!' 하는 벅찬 감동이 끓어올랐다.

사실 나는 서라벌예대 출신이 아니어서 선생님으로부터 직접 문학을 배우지는 않았지만, 누구보다도 그 어른의 사랑과 은혜를 크게 입은 행운아라고 할 수 있다. 1974년 한국일보 신춘문예와 1982년 경향신문 장편소설 공모에 당선되었을 때 두 번 다 선생님이 본선심사를 맡아주셨기 때문이다.

그렇고 보면 나야말로 누구 뒷자리에 설 수 없고 서서도 안 되는 직계 제자가 아닌가, 선생님도 그렇게 생각하시는 것이 틀림없다. 세배 오지 않았다고 노여워하시는 것이야말로 그 명백한 증거가 아닌가. 신춘문예는 그렇다손 치고, 경향신문 장편 당선과 그 시상식에서 선생님이 기뻐하시며 축사를 해주신 것이 불과 서너 달 전의 일인 것을.

나는 태어난 이후 그렇게 참담하고 후회스럽고 민망해져 보기는 처음이었다. 그러면서도 가슴 밑바닥 한 쪽에 차오르는 훈훈하고 뿌듯한 기쁨을 느낄 수 있었다.

어쨌든 정신이 번쩍 들게 혼이 났을 뿐 아니라 감격도 한 나는 다음부터는 만사를 제쳐놓고라도 정초에는 선생님께 꼭 세배를 다녀오기로 자신과 굳게 약속했다.

그러나 세상일이란 참 얄궂다. 그렇게 단단히 결심했음에도 불구하고 이듬해 신정에는 하필이면 그믐날 빙판에서 넘어져 발목을 삔 바람에 걸을 수 없어 또 세배를 못 가고 말았으니. 전비前非가 있는 터에 전화를 걸어 사유를 말씀드리고 죄송하다고 해봐야 인사가 될 것 같지도 않을 뿐 아니라, 오히려 선생님의 심기를 건드려 더 고약한 놈이 되고 말 것 같았다.

난감해진 나는 생각 끝에 차선책으로 묘안을 내었다. 신정에는 기회를 놓쳤으니, 구정 때 찾아가서 세배를 하자, 그러면 충분한 예의가 되기도 할뿐더러, 혼자만의 오붓한 방문이라 오히려 좋은 인상을 심어드릴 수 있으리라. 그래서 설날 아침 차례를 지내자마자 출발해 청담동 선생님 댁을 찾아갔다.

그런데, 나를 맞이하시는 선생님의 태도가 어쩐지 부자연스러웠다.

"아니, 우짠 일이고?"

"세배 올리러 왔습니다."

"신정 때 오고 또?"

"아닙니다. 죄송하게도 그땐 제가 발목을 삐어 못 왔습니다."

"그으래?"

어쨌든 마루에서 어색하게 세배를 받자마자 자리에서 일어나신 선생님은 안방에 들어가 커다란 공책 한 권을 갖고 나오셨다. 책장을 넘기며 죽 훑어보시던 선생님이 이윽고 공책을 덮으며 하시는 말씀.

"응, 그러고 본께 니가 안 왔었구나. 나는 온 거로 알고 있었는데."

나는 나오려는 웃음을 참느라 애쓰지 않으면 안 되었다. 영감님 비상한 기억력도 회로回路에 이상이 생길 때가 있나 보구나.

그건 그렇다 치고, 공책은 또 뭔가. 설날 저녁에 그날 하루 종일 찾아온 세배객을 차례대로 한 사람 한 사람 기억에서 떠올려 이름을 적었다는 것이 아닌가. 누구나 권해 올리는 술잔을 마다하지 않고 다 드시고서.

선생님이 댁에 찾아오는 방문객을 기록하는 습관을 갖고 계시다는 말을 그 전에 누군가로부터 들은 적이 있는 것 같다. 그러나 세상에도 희한한 그 '세배객 인명록' 실물을 직접 본 사람은 모르긴 몰라도 가족을 제외하면 아마도 내가 유일하지 않을까.

어쨌든 그 이후부터는 신정을 맞으면 선생님께 세배하러 꼭 찾아 가게 되었지만, 그럴 때마다 저녁에 내 이름을 공책에 적고 계실 선생님의 모습을 그려보며 속으로 웃곤 했다.

그 하루 종일 북적거리던 세배객들, 떠들썩한 웃음과 대화, 끝도 없이 돌아가던 술잔, 이제는 한 시대 전의 아련한 풍경이 되어버린 즐거운 추억이다.

어느 땐가 근무하던 출판사의 일로 공적인 방문을 한 적이 있었다. 저녁에 찾아가기로 했을 뿐 정확한 시간을 약속하지 않는데, 근무를 마치고 사장과 식사를 한 다음 약간 늦은 시간에 청담동 댁에 찾아갔더니, 손 선생님과 두 분이 막 저녁을 드시고 난 참이었다.

그런데, 식탁에는 음식이 차려져 있고 커다란 굴비 꼬리 쪽 반 토막도 놓여있었다. 내가 오면 같이 먹으려고 기다리다가 너무 늦는 것 같아서 먼저 식사를 하셨다는 것이다.

무신경의 소치로 버릇없는 실례를 저지르고 만 나는 죄송해서 거듭 사과하지 않을 수 없었는데, 선생님은 그 독특한 어법으로 소탈하게 받아 넘겨주었다.

"괜않다. 참말로 저녁을 묵었닥고? 그라몬 술이나 한잔하자."

그러고 나서 손수 데워다 따라주시던 따끈한 정종의 맛, 그 곡주 속에 짙게 녹아있던 선생님의 크신 사랑, 그 사랑에 제대로 보답도 못한 채 선생님을 떠나보내고 말았는데, 그 세월이 어느덧 십 년이라니.

나는 오늘도 어느 해 여름날 무슨 일인가로 방문했을 때 선물로 받은 글씨를 호젓이 바라보며, 낙관落款으로 쓰신 석 줄의 잔 글들 속에서 선생님의 한때 단편적인 모습과 정신세계를 악동처럼 훔쳐보는 즐거움에 젖는다.

孫永穆大雅靑正 손영목대아청정

乙丑夏於樹南閣 을축하어수남각

東里雲水畔道人 동리운수반도인

손영목 (1945~)   소설가. 경남 거제 출생, 경남대학교 국어교육과 졸업. 1974년 《한국일보》 신춘문예에 소설 <판님> 당선, 1978년 《서울신문》 신춘문예에 소설 <이항선> 당선. 1982년 《경향신문》 장편소설 공모에 「풍화」 당선 이후 활발하게 작품을 발표함. 한국문인협회이사, 한국소설가협회 부이사장. 주요 작품으로 『무지개는 내릴 곳을 찾는다』(1988), 『침묵의 강』(2008) 등 장편과, 『산타클로스의 선물』(1987), 『장항선에서』(1991), 『악어사냥』(2014), 『붉은 병 꽃』(2017) 등 중단편 작품집을 다수 출간하였음. 현대문학상, 한국 소설가협회상, 한국문학상, 채만식문학상을 받았음.

메밀꽃과 A.T.T.

최인석 (소설가)

　　고교 시절의 여름 방학, 마침내 어머니의 허락을 얻어낸 나는 그날로 가방을 꾸려 기차에 올랐다. 춘천에서 내렸다. 그곳에서 하룻밤을 잤다. 혼자 하는 여행이 처음이었던 데다가 목적지가 가까워질수록 마음이 설레어 밤늦게까지 잠을 이룰 수 없었다.

　　그날 밤의 일로 기억나는 것은 꿈이다. 그날, 여인숙의 얄팍하기 이를 데 없는 요 위에 몸을 눕히고 무수한 모기들에게 몸을 뜯기면서 잠든 꿈속에서 나는 이미 목적지에 도착해 있었다.

　　보름을 갓 지난달이 흐뭇이 달빛을 뿌리는 산허리의 꾸부러진 길, 사방 천지에 새하얗게 메밀꽃이 뒤덮여 있었다. 물레방아가 있었으며, 물레방아 안에서는 한 처녀가 슬프디 슬프게 울었다. 그 처녀를 위로하는 사람은 얼굴이 얽은 허 생원이다가, 나 자신이다가, 다시 허 생원이 되었다. 나귀방울 소리가 달빛으로 가득한 메밀밭 멀리까지 쩔렁쩔렁 울려 퍼졌고, 허 생원의 이야기를 들으며 나귀 등에 앉아 꺼덕꺼덕 허 생원을 따라가는 사람은 동이였다가, 나 자신이었다가, 다시 동이가 되어 버렸다. 개울을 건너다 물에 빠진 허 생원을 내가 업었는데 한참 가다보니 어느 새 업힌 것은 나였고, 업은 것은 허 생원이었다.

그렇다. 나는 지금 이효석의 〈메밀꽃 필 무렵〉 얘기를 하고 있다. 내가 그 여행을 떠나게 만든 것이 바로 그 소설이었다. 나는 그런 소설을 쓰고 싶었다. 잔잔하고, 아름답고, 따뜻한 소설, 소설의 마지막 문장을 읽어 내려갈 때에 온몸에 덮여오는 소름과 함께 둔중하게 머리를 압박하여 오는 깨달음, 그런 것이 있는 소설을 쓰고 싶었다.

그렇다. 나는 그때 소설을 쓰리라, 마음먹고 있었다(지금도 소설을 쓰리라, 마음먹고 있는 것은 마찬가지다). 그러나. 소설은 뜻대로 되지 않았다 (이것 역시 지금도 마찬가지다). 아무리 쓰고 또 써도 〈메밀꽃 필 무렵〉 같은 분위기는커녕 그 달빛 비슷한 것 하나도 만들어낼 수 없었다.

그러다가 나는 〈메밀꽃 필 무렵〉에 나오는 그 지명들, 그것들을 바로 지도책 위에서 발견해냈던 것이다. 제천은 물론이요, 대화, 봉평, 진부……. 소설책에 있는 지명들이 바로 학교에서 나눠준 지도책에 그대로 실려 있는 것이 아닌가.

나는 감격했다. 그리고 불현듯 그곳에를 가보리라고 작정했다. 그곳에 가보면 갔다가 돌아온 다음에는 나는 정말 〈메밀꽃 필 무렵〉 같은 소설을 쓸 수 있을 것이라고 생각했다.

다음 날, 버스에서 내려 비포장의 비탈진 산길로 접어들어 얼마나 걸었을까(아마도 그 도로는 군용도로였던 것 같다). 고개를 든 나는 사방이 어두워오기 시작한다는 것을 의식했고, 덜컥 겁이 났다. 되돌아 내려가기에는 너무 많이 올라와 있었고, 올라가기에는 앞길이 어떻게 되어 있는지 알 수가 없었다. 내가 선 채 망설이는 동안에도 어둠은 가차 없이 그 거대한 날개로 사방을 뒤덮어오고 있었다.

가게 하나 보이지 않았다. 인가도 없었다. 어떻게 해야 할 것인가. 그때 뒤쪽에서 한대의 지프가 달려 올라오는 것이 보였다. 가까워진 다음에야 나는 그것이 군용 지프라는 것을 알아볼 수 있었다. 나는 그 지프를 향하여 무작정 손을 흔들었다. 그 지프는 내 곁을 스쳐 달려가다가 내가 막 포기하려는 순간 저만큼 앞에서 멎었다. 나는 다리에 날개가 달린 듯 지프를 향하여 달려갔다. 운전석 옆에 한 사람의 소위가 앉아 있었다.

"아디 가나?"

"진부령 고개 넘어갑니다."

하고 나는 씩씩하게 대답했다(나는 교련교육을 받고 있었으며, 그래서 군인들에게 어떻게 인사를 하는지를 알고 있었다).

"타라."

"감사합니다."

나는 우렁차게 외치고 지프의 뒷자리에 올랐다. 지프가 달리기 시작하자 소위는 나에게 이것저것 질문을 던지기 시작했다. 학생인가, 여행을 나온 것인가, 진부령에는 왜 오게 되었는가 하는 질문들이었다. 나는 사실대로 대답해 주었다. 나에게서 알아내야 할 것을 다 알아냈다고 생각한 것일까. 그 소위는 마지막으로 군인 특유의 명료하고 단도직입적인 어조로 이렇게 말하는 것이었다.

"너도 고등학생이라니까 학교에서 다 배웠겠지만, 이곳은 전방이다. 휴전선에서 불과 수십 킬로미터 떨어진 지역이다. 전방이라는 것이 무슨 뜻인지 아나? 적과 교전 중인 지역이라는 뜻이다. 너 같은 어린 학생이 소설 하나 읽고 감상에 젖어 놀러오고 여행이나 다니고 할, 그런 편한 지역이 아니다. 알았나? 더구나 집에서는 부모님들이 이곳에 너를 보내 놓고 얼마나 걱정들을 하시겠는가?"

나는 갑자기 딱딱해진 그 장교의 어조에 놀라 아무 말도 하지 못하고 묵묵히 앉아 있었다. 지프는 쉼 없이 비포장도로 위를 덜커덩덜커덩 달려갔고, 내 엉덩이는 좌석에 계속해서 부딪쳤다.

"우리 목적지는 XX고지다. 서울로 가는 생선 차들이 많이 통과하는 지역이다. 내가 위병소에 말해줄 때니까, 위병소에서 기다렸다가 생선차 타고 서울로 돌아가도록."

나는 대답하지 않았다. 생선 차 타고 서울로 돌아갈 생각은 조금도 없었으니까. 내가 대답하지 않자, 그 장교는 버럭 고함을 질렀다.

"알았나, 몰랐나?"

"알았습니다."

하고 나는 대답하는 수밖에 없었다. 대답을 하지 않았다가는 그가 당장 내 멱살을 틀어잡아 지프 밖으로 동댕이칠 것만 같았으므로.

지프는 능선 부근의 한 부대 앞에 멎었다. 위병소는 뗏장으로 뒤덮여 위장되어 있었다. 그 위병소 안에서 위장망을 두른 위병들이 나왔다. 장교는 나를 데리고 지프에서 내리자 위병소 안으로 들어갔다. 그는 한 위병에게 이렇게 말했다.

"서울에서 여행 온 학생이다. 위험한 지역이니까 생선 차오면 세워서
태워주도록."

"알았습니다."

그러나 위병이 야 임마, 하고 나를 부른 것은 그 장교가 위병소 밖으로
채 나서기도 전이었다.

"여긴 전방이야, 임마, 전방. 너 같은 놈이 놀러나 다니라고 우리가 이
런 고생 하는지 알아? 나가, 이 새끼야."

"예?"

"어서 나가, 이 새끼야."

그의 어조가 너무도 살벌했으므로, 나는 위병소에서 나오는 수밖에
없었다. 나는 위병소 근무자가 생선 차를 태워주면 그 차를 타고, 인가가
있는 곳까지만 가서 그곳에서 하룻밤을 보낼 작정이었다. 그 계획이 물
거품이 되는 순간이었다. 뿐만 아니라 어디가 어디인지도 알 수 없는 캄
캄한 어둠 속으로 내몰리고 만 것이었다.

달 같은 것은 없었다. 메밀꽃도 없었다. 아니, 있었다 해도 보이지 않
았을 것이다. 물레방아도, 허 생원도, 동이도 없었다. 한 조각의 빛도 없
는, 정말 완벽하게 캄캄한 어둠만이 천지를 뒤덮고 있었다. 나는 공포감
에 쫓겨 허덕허덕 걸었다. 어디가 어디인지도 알 수 없었다. 오직 걷는
수밖에 없었다. 장교가 말한 생선 차도 오지 않았다.

얼마쯤이나 걸었을까. 갑자기 뒤쪽에서 수많은 사람들의 발소리가 들

려왔다. 나는 그 자리에 얼어붙었다. 말소리는 들리지 않았다. 그들의 모습도 보이지 않았다. 천지를 뒤덮은 어둠 속으로 오직 발걸음 소리만이 들려오는 것이었다. 발을 움직일 수 없었다. 목구멍을 비집고 비명이 터져 나올 것만 같았다.

내가 더욱 놀라지 않을 수 없는 사태가 벌어진 것은 그 다음이었다. 어둠 속에서, 그들의 발소리는 아직도 저만큼 멀리에서 들려오고 있었는데, 갑자기 바로 옆의 어둠 속에서

"누구냐!"

하는 고함소리가 터져 나왔던 것이다. 심장이 멎는 것만 같았다. 머릿속으로 1·21사태의 사진에서 본 광경이 휙휙 지나가고, 무장공비들의 험상궂은 모습이 눈앞 가득 떠올랐다. 숨이 멎었다. 물론 나는 아무 대답도 하지 못했다. 아무것도 생각이 나지 않았다. 내가 누구인가? 이런 경우 나는 누구인가? 나는 정말 나 자신이 누구인지를 잊고 말았다.

"누구냐!"

간신히 내 이름이 생각났다.

"최인석입니다."

"뭐?"

나는 그들을 볼 수 없었다. 그런데, 그들은 어떻게 나를 볼 수 있는 것일까? 이번에는 그 목소리는 이렇게 외쳤다.

"제비!"

제비라니? 나는 뚱딴지 같이 갑자기 튀어나온 제비라는 말이 무슨 뜻

인지를 알 수가 없었다. 그것이 바로 교련 시간에도 배운 적이 있는 암구호라는 것을 알아내기 위해서는 한참 동안의 시간이 걸렸다.

"모, 모릅니다."

나뭇잎 헤치는 소리가 들려왔고, 발자국 소리들이 내 주위를 몰려들었다. 번쩍 손전등이 켜졌다.

그 빛 주위에서 사람들의 모습이, 그림자가 떠올랐다. 그제서야 나는 내 주위에 수많은 사람들이 몰려와 있다는 것을 깨달았다. 그들은 얼굴에 시커먼 칠을 하고 있었다. 손에는 소총을 들고 있었으며, 소총 끝에는 길다란 단검이 달려 있었고, 총검은 음산한 검은 빛을 반사하고 있었다.

"뭐야, 이 새낀? 너 어디서 왔어?"

"서울에서요."

"서울? 서울이 어딨어?"

그들은 실제로 나에게 총을 겨누고 있었다. 아아, 나는 정말 이것이 꿈이기를 바랬다. 이효석의 〈메밀꽃 필 무렵〉의 무대에서 갑자기 튀어나온 이 수많은 총검과 군화를 나는 어떻게 받아들여야 할지 알 수가 없었다.

"학생이야?"

그들이 수많은 질문을 퍼부었다. 킬킬거리고 웃으며, 장난을 하며, 발로 내 엉덩이를 슬쩍 슬쩍 걷어차며.

"너 A.T.T.가 뭔지 아냐? 임마, 작전지역 안에서 뭐 하느라고 이 한밤중에 돌아다녀?"

내 여행은 바로 다음 날로 끝이 났다. 나는 약 한 시간 동안 그 군인들과 더불어 행군을 하다가 그 군인들이 가르쳐준 민가에 들어가 그날 밤을 보냈다. 물레방아도, 메밀꽃도, 달빛도 구경 못한 것은 두말할 필요도 없다.

동시에 그날로 이효석의 〈메밀꽃 필 무렵〉과 같은 소설을 쓰겠다는 생각도 사라져 버렸다. 이효석의 〈메밀꽃 필 무렵〉의 무대에는 메밀꽃이나 달빛이 아니라 칠흑 같은 어둠과 총검과 철조망과 위장망이 있었던 것이다. 그것이 바로 이 나라의 고난에 찬 역사에서 비롯된 것임을, 이효석의 〈메밀꽃 필 무렵〉이 씌어진 시절이 바로 식민지 한국에 대한 일제의 지배가 더욱 가혹해지기 시작하던 무렵이었음을, 그리고 이효석이 그로부터 4,5년 뒤부터 친일문학에 동원되기 시작하였다는 것을, 그럼에도 불구하고 아직도 우리가 국어 교과서에서 그의 글을 아무런 비판이나 역사적 고찰 없이 배우고 있다는 것 따위를 알게 된 것은 오랜 세월이 흐른 뒤의 일이다(물론 A. T. T. 라는 것이 무엇인지를 알게 된 것도 마찬가지다).

그러나 나중에 책을 통하여 알게 된 그 모든 것들을 훨씬 뛰어 넘는 깨달음을, 나는 그날, 이효석의 그림자를 밟기 위하여 진부령으로 들어갔다가 칠흑 같은 어둠 속에서 총검을 만난 그 밤에 충격적으로, 갑자기 가해지는 적의에 찬 칼질처럼 생생하게 깨달았던 것이 아닐까.

최인석 (1953~) 　소설가. 희곡작가. 전북 남원 출생. 1979년 희곡 「내가 잃어버린 당나귀」를 계간 《연극평론》에 발표함. 1980년 희곡 「벽과 창」으로 《한국문학》 신인상을 수상하고, 이후 희곡 「그 찬란하던 여름을 위하여」로 대한민국 문학상과 영희연극상 등을 수상함. 영화 《칠수와 만수》의 시나리오를 집필하기도 함. 1986년 《소설문학》 장편소설 공모에 『구경꾼』이 당선되면서 본격적으로 소설가의 길을 걷게 됨. 소설집 「내 영혼의 우물」(1995), 창작집으로 『인형만들기』(1991), 『혼돈을 향하여 한걸음』(1997), 『구렁이들의 집』(2001) 등 다수가 있으며, 장편소설로 『잠과 늪』(1987), 『새떼』(1988), 『내 마음에는 악어가 산다』(1990), 『안에서 바깥에서』(1992), 『강철무지개』(2014), 연작장편 『아름다운 나의 귀신』(1999) 등을 펴냈음. 대산문학상, 박영준 문학상, 한무숙문학상을 수상함.

김지하 시인과의 노래 시합

이동순 (시인)

내가 충청도 청주에서 살던 때의 일이다.

그때 서울의 김지하 시인이 좌우 시중을 대동하고 노래 시합을 붙자고 찾아 왔었다. 그는 유신시대부터 반독재 운동으로 수년 동안 옥중 생활을 하다가 풀려난 지 얼마 되지 않은 무렵이었다. 더러 들리는 풍문에도 김지하 시인은 그의 문학처럼 온몸을 쥐어짜며 처절한 노래를 불러서 듣는 사람의 심금을 울리게 한다는 것이었다. 김지하가 부르는 〈부용산芙蓉山〉이란 노래는 정말 사람들의 마음을 처절한 슬픔으로 격동시킨다는 평까지 있었다.

나는 잔뜩 긴장을 해서 온몸이 움츠러드는 것 같았다.

일행은 무심천 방둑에 있는 국밥 집에서 소주를 곁들여 저녁을 든든히 먹고, 밤참으로 먹을 과일과 술, 라면 따위를 한 아름 사들고는 숙소로 들어갔다.

막상 자리를 잡아서 서로 마주 앉고 보니, 시합이라는 선입견이 이상하게도 좌중의 분위기에 야릇한 긴장을 주었다.

서울에서 김지하 시인을 따라 온 좌우 시중들이란 다름 아니라 승려 생활을 하다가 환속했다는 소설가 김성동이었고, 청주 쪽 배심원으로는 철학자 윤구병 교수, 불문학자 전채린 교수 등이었다. 그들이 즉석에서 시합의 규칙을 정했는데, 그 규칙이란 꽤 엄격성을 띤 것이었다.

　첫째, 한 사람이 먼저 한 곡을 부르고 나면 곧 이어서 상대가 노래를 받아야 하는데 그 뜸 들이는 간격이 1분을 초과하지 않아야 하고 둘째, 한 번 부른 노래를 모르고 다시 반복해서 부르면 곧바로 실격으로 간주하며, 셋째, 부르는 노래가 가급적 3절까지라면 보너스 점수를 더 주기로 한다 등등이었다.

　옆에서 그냥 듣기만 한다면 오히려 재미도 나고 귀추가 주목이 되겠지만, 막상 시합에 출전하는 선수의 입장에서는 엄청난 긴장과 두근거림을 불러일으키게 했다. 그러한 심정은 나뿐만 아니라 김지하 시인 쪽도 마찬가지였을 것이다.

　정확히 저녁 여덟시, 희한한 노래 시합은 시작되었다.

　처음에는 박수도 치고 방바닥을 치면서 박자를 맞추기도 하다가 시간이 갈수록 팽팽한 긴장의 도는 더해져서 서로의 눈빛은 내쏘는 듯이 불을 뿜었다. 김지하 시인이 한 곡을 부르고 나면, 나는 그 1분이 왜 그리도 짧게만 느껴지는지……. 김 시인이 노래를 부를 때는 수십 곡의 노래들이 서로 먼저 나오려고 내 머리 속에서 여유를 가지고 아우성을 쳤다. 하지만 막상 김 시인의 노래가 끝나면 왠지 한 곡도 생각이 나질 않고 눈앞이 아득해져서 쩔쩔 매었던 것이다. 노래라는 것을 이처럼 시합이라는 긴장 속에서 불러본 것은 난생 처음이었다.

1분이라면 60초가 모인 시간이 아니던가.

목욕탕 욕조의 냉탕에서 숨을 멈추고 참는 1분은 무척 긴 시간이었는데, 이 날은 너무도 짧게만 느껴지는 것이었다.

이렇게 노래를 주거니 받거니 하다가, 어느 틈에 시계는 새벽 3시 반을 넘어서 4시가 가까워지고 있었다. 야밤에 돌아다니던 도깨비들도 달아날 시간, 하룻밤이 후딱 다 지나 가버렸다.

드디어 김지하 시인이 약간의 초조한 기색을 보이기 시작했다.

오랜 옥중 생활 끝에 심신이 얼마나 곤비해졌을 것인가?

김지하 시인은 가끔씩 더듬거리기도 하다가, 공연히 우스갯소리를 던지기도 하다가. 또 약간은 탄식과 짜증을 내기도 하다가, 레퍼토리가 달리면 동요로 슬쩍 후퇴하기도 하다가 …….

드디어 시간은 4시가 훨씬 넘어 동쪽 창문이 어느덧 희뿌염하게 밝아오고 있었다.

갑자기 김 시인이 앉은자리에서 뒤로 벌렁 누워버렸다.

"아이쿠, 징그러워라! 이 따위 잔인한 짓은 다신 안 해!"

이렇게 해서 이 날의 소문이 신화처럼 번지고 퍼져, 나는 자신도 모르는 사이에 일약 무서운 기억력의 소유자로서, 또 소문난 선배 가객을 제압한 후배 가객으로 경향 각지에 널리 알려지게 되었던 것이다.

이날 밤의 이야기는 소설가 김성동이 필자의 세 번째 시집『지금 그리운 사람은』1986, 창작과비평사 의 발문에서 실감나게 그려내고 있다.

이동순 (1950~)   시인. 경북 김천 출생. 경북대 국문과 및 동대학원을 졸업. 1973년 《동아일보》 신춘문예에 시가, 1989년 《동아일보》 신춘문예에 문학평론이 당선됨. 현재 영남대 명예교수 및 계명문화대 특임교수로 있음. 시집 『개밥풀』(1980), 『물의 노래』(1983), 『지금 그리운 사람은』(1986), 『철조망 조국』(1991), 『봄의 설법』(1995), 『가시연꽃』(1999), 『아름다운 순간』(2002), 『미스 사이공』(2005), 『발견의 기쁨』(2009), 『묵호』(2011), 『마을 올레』(2017), 『강제이주열차』(2019) 등과 평론집 『민족시의 정신사』(1995), 『시정신을 찾아서』(1998), 『달고 맛있는 비평』(2009), 한국가요사를 다룬 『번지 없는 주막』(2007), 민족서사시 『홍범도』(2003) 등 다수의 저서를 펴냄. 또한 분단시대 사라진 시인들의 작품을 정리하여 『백석 시전집』(1997), 『이찬 시전집』(1998), 『조명암 시전집』(2003), 『박세영 시전집』(2012) 등을 엮었음. 신동엽문학상, 김삿갓문학상, 금복문화예술상, 시와시학상, 경북문화상, 정지용문학상 등을 수상함.

가족 문단사 (文壇史)

윤작가 (출판기획자)

1. 가족家族 문인의 효시嚆矢

현대문학사에서 '가족家族 문인'의 효시嚆矢는 신소설 작가 안국선 (1878~1926) 집안으로 시작한다. 『금수회의록(1908)』과 『공진회(1915)』 등을 쓴 신소설 작가 안국선, 그의 외동아들이 소설가 안회남(본명 안필승 1909~?) 이다. 안회남은 1931년 조선일보 신춘문예에 소설 〈발髮〉이 입선되어 문 단에 나와 1948년 문제작 중편소설 『농민의 비애(문학, 1948)』를 비롯한 많 은 작품을 남겼다. 또한 휘문고보 동창인 춘천의 소설가 김유정(1908~1937) 과 절친한 친구로 두 작가는 산문집에 주고받는 편지도 여럿 남겼다.

2-1. 부부 문인

'가족 문인 문단사' 가운데 첫 번째 기록은 '부부 문인'으로, 통계 숫자 또한 가장 많이 잡힌 부문이다.

'부부 문인' 관계는 아무래도 여러 면에서 유리한 점이 많을 것이다. 글 쓰는 환경에서부터 작품을 구상·집필할 때 옆에서 상담 파트너로,

협력자로 도움을 받을 수 있으니 말이다.

이름 앞의 ( )안은 작가가 활동했던 문학 갈래 구분이다.

(시) 김동환 - (소) 최정희

(소) 김동리 - (소) 손소희, (소) 서영은

(평) 임 화 - (소) 지하련

(소) 주요섭 - (수) 김자혜

(소) 방기환 - (소) 임옥인

(시) 양명문 - (희) 김자림

(소) 김이석 - (소) 박순녀

(시) 박두진 - (아) 이희성

(시) 신동엽 - (시) 인병선

(시) 이동주 - (소) 최미나

(시) 문덕수 - (시) 김규화

(아) 김요섭 - (아) 이영희

(시) 함동선 - (시) 손보순

(평) 이어령 - (평) 강인숙

(시) 이진섭 - (소) 박기원

(평) 신동욱 - (시) 김혜숙

(소) 한남철 - (소) 이 순

(시) 진을주 - (수) 김시원

(시) 송동균 - (시) 강영순

(평) 천승준 - (소) 이규희

(소) 조정래 - (시) 김초혜

(시) 홍신선 - (시) 노향림

(소) 표성흠 - (아) 강민숙

(시,소설) 오탁번 - (시) 김은자

(평) 남진우 - (소) 신경숙

(평) 홍용희 - (소) 한 강

(평) 권혁웅 - (평) 양윤의

(시) 최영철 - (소) 조명숙

(소) 정 찬 - (소) 양순석

(시) 김기택 - (시) 이진명

(소) 박형서 - (소) 김미월

(소) 김종옥 - (소) 손보미

(소) 이창동 - (소) 이정란

(소) 강태식 - (소) 서유미

(시) 강병철 - (평) 박명순

(시) 장석주 - (시) 박연준

(시) 이인호 - (소) 이소정

(수) 송남용 - (시) 황경연

(소) 김소진 - (소) 함정임   (시) 함성호 - (시) 김소연

(소) 김용만 - (시) 여수니   (시) 이상호 - (소) 김수경

(시,소) 이장욱 - (시) 신해욱   (시) 이동희 - (소) 노　령

(극) 이강백 - (소) 김혜순   (시) 홍승주 - (시) 최미자

(시) 오규원 - (시) 김옥영   (시) 윤석산 - (시) 강란순

(평) 서정기 - (시) 김정란   (시) 배용태 - (시) 성미정

(소) 심만수 - (소) 양귀자   (극) 박영호 - (소) 이선희

(평) 김재홍 - (시) 호소향   (시) 조정권 - (아) 주경희

(시) 고광헌 - (시) 김경미   (평) 강경석 - (소) 김금희

(평) 이경호 - (시) 조윤희   (소) 유금호 - (드) 김정수

(시) 원재길 - (시) 이상희   (시) 박형철 - (시) 이형자

(시) 맹문재 - (시) 이선영   (시) 박주일 - (수) 박지평

(소) 이창동 - (소) 이정란

2-2. 부자 문인

(소) 안국선 - (소) 안회남   (소) 김광주 - (소) 김　훈

(시) 서정주 - (소) 서승해   (소) 김동리 - (평) 김재홍

(시) 박목월 - (평) 박동규   (시) 이태극 - (평) 이숭원

(소) 황순원 - (시) 황동규   (소) 안수길 - (평) 안병섭

(아) 마해송 - (시) 마종기   (소) 한승원 - (소) 한동림

(시) 조종현 - (소) 조정래   (시) 송동균 - (시) 송종근

(시) 신동엽 - (시) 신좌섭   (시) 황금찬 - (시) 황도제

(시) 김종해 - (시) 김요일, (평) 김요안   (시) 김성수 - (시) 김영두

(시) 김지하 - (소) 김원보

2-3. 부녀 문인

(시) 김광섭 - (소) 김진옥   (시) 이제하 - (소) 윤이형

(시) 이설주 - (시) 이일향   (시) 최하림 - (소) 최승민

(소) 안수길 - (수) 안순희   (소) 황석영 - (소) 황여정

(시) 신세훈 - (아) 신새별   (시) 김성수 - (시) 김영옥

(소) 한승원 - (소) 한   강   (시) 윤석산 - (시) 윤지영, (시) 윤예영

(평) 조남현 - (평) 조연정   (소) 이정환 - (시) 이   진

(소) 홍성원 - (소) 홍진아, (소) 홍자람   (시) 황동규 - (수) 황시내

(소) 이윤기 - (번) 이다희   (아) 정채봉 - (아) 정리태

2-4. 모자 문인

(소) 박화성 - (평) 천승준, (소) 천승세, (번) 천승걸

(시) 인병선 - (시) 신좌섭

2-5. 모녀 문인

(소) 장덕조 - (시) 박하연, (소) 박영애   (소) 김녕희 - (소) 임사라

(소) 최정희 - (소) 김지원, (소) 김채원   (시) 이일향 - (수) 주연아

(소) 박완서 - (수) 호원숙   (소) 홍희담 - (소) 황여정

2-6. 형제 & 자매 문인

(시) 주요한 - (소) 주요섭, (극) 주영섭   (소) 이 현 - (소) 이문열

(평) 김복진 - (소) 김기진   (시) 최승호 - (시) 최계선

(시) 윤동주 - (시) 윤일주   (시) 이육사 - (시,소) 이원조

(시) 조동진 - (시) 조지훈   (시) 서정주 - (시) 서정태

(소) 한무숙 - (소) 한말숙   (평) 이동하 - (시) 이승하

(시) 김종문 - (시) 김종삼   (시) 김용택 - (시) 김용만

(시) 김종해 - (시) 김종철   (소) 김채원 - (소) 김지원

(시) 조 향 - (시) 조봉제   (시) 김요일 - (평) 김요안

(시) 최은하 - (시) 최규창   (소) 장은진 - (소) 김희진

(희) 하유상 - (희) 하지찬   (시) 김성수 - (시) 김양수

(시) 박주일 - (시) 박주오, (시) 박주영   (소) 유시춘 - (번) 유시주

(소) 김원일 - (소) 김원우   (극) 유치진 - (시) 유치환

(번) 전혜린 - (번) 전채린   (시) 이인해 - (수) 이방주

(평) 황현산 - (시) 황정산   (평) 반경환 - (시) 반칠환

(시) 박용재 - (시) 박용하   (시) 이 황 - (시) 이 완

(소) 신상웅 - (소) 신상태   (시) 목경희 - (시) 목경화

2-7. 남매 문인

(시) 이호우 - (시) 이영도   (시) 장지홍 - (시) 장민정, (시) 장정임,

(소) 정연희 - (소) 정규웅   (시) 장진숙

(소) 한동림 - (소) 한 강   (시) 김영두 - (시) 김영옥

(시) 김대규 - (시) 김수영, (시) 김영교

2-8. 장인과 사위, 장모와 사위

(시) 신석정 - (시) 최승범   (시) 홍윤숙 - (시) 김화영

(소) 안수길 - (소) 김국태   (소) 한승원 - (평) 홍용희

(소) 유주현 - (소) 오인문   (시) 송동균 - (소) 신영철, (소) 이철준

(시) 김달진 - (평) 최동호   (소) 박경리 - (시) 김지하

2-9. 구부간舅婦 : 시아버지 – 며느리

(시) 조종현 - (시) 김초혜   (소) 이외수 - (소) 설은영

(소) 안수길 - (소) 정영현

2-10. 조손祖孫 문인

(소) 홍명희 - (소) 홍석중   (소) 황순원 - (수) 황시내

(소) 김동인 - (시) 김경인

2-11. 동서지간

(시) 서정주 - (시) 김관식   (시) 신석정 - (시) 장만영

2-12. 사돈 관계

(소) 현진건 - (소) 박종화   (수) 김교신 - (수) 류달영

(시) 이동순 - (시) 안도현

3. 문인 대가족

빙허 현진건(1900~1943)의 외동딸 현화수 여사가 월탄 박종화(1901~1981) 선생의 외동아들 박돈수와 결혼하여 사돈이 되었고, 종교인이자 수필가 독립운동가인 김교신(1901~1945) 선생의 장남과 30년대 '상록수'의 모델인 최용신과 농촌계몽 운동에 앞장선 농학자이자 수필가인 성천 류달영 (1911~2004) 선생의 장녀가 혼인하여 사돈이 되었다.

또한 이동순 시인(1950~)의 장남과 안도현(1961~) 시인의 장녀가 지난 2018년 2월 결혼을 한 것이다. 두 시인이 사돈을 맺기까지에는 안 시인 이 고등학생 때부터 시작된 오랜 인연과 백석(1912~1996) 시인에 대한 공통 의 관심이 큰 역할을 한 것으로 알려졌다.

먼저, 이 시인이 1987년『백석시전집』을 냈고, 안 시인은 2014년『백 석 평전』을 펴냈다. 안 시인은 백석 평전을 준비하면서 이 시인에게 감수 를 요청했고, 『백석 평전』 출간 이후에는 함께 북 콘서트를 다니기도 했는 데, 그러다가 "사돈 맺는 게 어떠냐"는 말이 나오고 신랑 신부가 양가의 응 원 속에 자연스러운 만남이 이루어졌고 사돈 관계로 발전했다고 한다.

문인 5인 대가족은 소설가 박화성(1904~1988) 소설가 안수길(1911~1977) 소설가 김동리(1913~1995) 시인 송동균(1932~) 집안이 첫손에 꼽혔고, 문인 4

인 가족은 시인 김동환(1901~1958) 소설가 주요섭(1902~1972) 시인 서정주(1915~2000) 시인 박주일(1925~2009) 소설가 한승원(1939~) 시인 김종해(1941~) 시인 장지홍(1942~) 시인 김성수(1944~) 시인 윤석산(1946~) 집안이다.

문인 3인 가족은 시인 조종현(1906~1989) 시인 이설주(1908~2001) 소설가 장덕조(1914~2003) 소설가 황순원(1915~2000) 시인 윤동주(1917~1945) 소설가 박경리(1926~2008) 시인 신동엽(1930~1969) 시인 김대규(1930~2013) 소설가 홍성원(1937~2008) 가족이다.

문인 대가족의 통계는 작가 본인이나 바라보는 독자에게 모두 영광이고 감탄이다. 혹시 필자의 부족한 지식으로 통계에서 누락된 곳은 차후 수정·보완할 예정이다. 자세한 표는 아래와 같다.

5명 : (소) 박화성 - (평) 천승준 - (소) 천승세 - (번) 천승걸 - (소) 이규희 : 작가
     - 큰아들 - 둘째 아들 - 셋째 아들 - 첫째 며느리

5명 : (소) 안수길 - (평) 안병섭 - (소) 김국태 - (수) 안순희 - (소) 정영현 : 작가 -
     아들 - 사위 - 딸 - 며느리

5명 : (소) 김동리 - (소) 손소희 - (소) 서영은 - (평) 김재홍 - (시) 호소향 : 작가 -
     처 - 처 - 아들 - 며느리

5명 : (시) 송동균 - (시) 강영순 - (시) 송종근 - (소) 신영철 - (소) 이철준 : 시인 -
     처 - 큰아들 - 큰사위 - 작은사위

4명 : (시) 김동환 - (소) 최정희 - (소) 김지원 - (소) 김채원 : 시인 - 처 - 큰딸 - 작은딸

4명 : (소) 주요섭 - (수) 김자혜 - (시) 주요한 - (극) 주영섭 : 작가 - 처 - 형 - 동생

4명 : (시) 서정주 - (시) 서정태 - (소) 서승해 - (시) 김관식 : 시인 - 동생 - 아들 - 동서

4명 : (시) 박주일 - (수) 박지평 - (시) 박주오 - (시) 박주영 : 시인 - 처 - 동생 - 동생

4명 : (소) 한승원 - (소) 한동림 - (소) 한 강 - (평) 홍용희 : 작가 - 아들 - 딸 - 사위

4명 : (시) 김종해 - (시) 김종철 - (시) 김요일 - (평) 김요안 : 시인 - 동생 - 큰아들 - 작은아들

4명 : (시) 장지홍 - (시) 장민정 - (시) 장정임 - (시) 장진숙 : 시인 - 여동생 - 여동생 - 여동생

4명 : (시) 김성수 - (시) 김양수 - (시) 김영두 - (시) 김영옥 : 시인 - 동생 - 아들 - 딸

4명 : (시) 윤석산 - (시) 강란순 - (시) 윤지영 - (시) 윤예영 : 시인 - 처 - 큰딸 - 작은딸

3명 : (시) 조종현 - (소) 조정래 - (시) 김초혜 : 시인 - 아들 - 며느리

3명 : (시) 이설주 - (시) 이일향 - (수) 주연아 : 시인 - 딸 - 손녀

3명 : (소) 장덕조 - (시) 박하연 - (소) 박영애 : 작가 - 큰딸 - 작은딸

3명 : (소) 황순원 - (시) 황동규 - (수) 황시내 : 작가 - 아들 - 손녀

3명 : (시) 윤동주 - (시) 윤일주 - (시) 송몽규 : 시인 - 동생 - 사촌형

3명 : (소) 박경리 - (시) 김지하 - (소) 김원보 : 작가 - 사위 - 외손자

3명 : (시) 신동엽 - (시) 인병선 - (시) 신좌섭 : 시인 - 처 - 아들

3명 : (시) 김대규 - (시) 김수영 - (시) 김영교 : 시인 - 여동생 - 여동생

3명 : (소) 홍성원 - (소) 홍진아 - (소) 홍자람 : 작가 - 큰딸 - 작은딸

4. 형제 공동작품집 발간

시인 형제들이 공동작품집을 발표하는 것은 보기에도 아름답다.

1996년 대구에서 이황(1933~?) 이완(1946~) 형제가 펴낸 시집『그해 유월의 시』(시와반시)가 나왔고, 김종해 김종철 시인이 공동시집『어머니, 우리 어머니』(문학수첩)를 발표한 것이 2005년 일, 전주에서 4남매 시인들 - 장지홍 장민정 장정임 장진숙 - 이 펴낸『고향의 강』(신아출판사) 은 2012년, 박용재 박용하 시인이 형제시집『길이 우리를 데려다주지 않는다』(문학세계사)를 발표한 것이 2016년 일. 살아서 직접 펴낸 것은 아니지만 민족시인 윤동주와 동생 윤일주의 동시들을 묶은『민들레 피리』(창비, 2017년)도 나름대로 의미가 깊고, 2020년에는 목경희 목경화 자매의 시집『그리움의 빗장을 열고』(비전북하우스)도 형제작품집 대열에 합류했다.

5. 가족, 표현 피하기

그림도 그리는 시인 이제하와 딸 윤이형 소설가, 부녀간에 성씨가 달라 오해할듯하지만 윤이형의 본명은 '이슬'이고, 문단에 나올 때 가족 배경 운운하는 말이 나올까 봐 불편해서 아예 필명을 윤이형으로 정했다고 한다. 2019년 12월 이상문학상 대상 수상자로 발표되어 부녀간 이상문학상을 수상하는 두 번째 경우[첫 번째 경우는, 1988년 수상한 소설가 한승원과 2005년 한강이다.]로 문단의 화제가 되었으나 M출판사가 수여하는 이상문학상의 운영방식에 문제가 있어 수상을 거부하며 아예 영구히 작가 활동을 중단한다고 선언[2020년 1월]하여 문단에 큰 파장을 불렀다.

소설가 장은진, 김희진 씨는 일란성 쌍둥이 자매로 2011년 나란히 장편소설『그녀의 집은 어디인가』(장은진),『옷의 시간들』(김희진)을 냈다. 동생

김 씨가 2007년 먼저 등단한 뒤 언니가 차별화를 위해 필명으로 투고해 등단하면서 다른 성을 쓰게 됐다.

아쉬운 기록이지만, 사랑의 엔딩이 이혼離婚이라는 파국으로 남은 '부부 문인'들은 차마(?) 명단에서 누락시키기로 했다.

원로 시인 K와 Y, 원로 소설가 H와 H, 부부 소설가 K와 K, 전천후 장르 불문 열성적 시인 겸 소설가 J와 시인 S, 이 꼭지를 읽고 마음이 편하지 않을 것 같으니, 그러나 한국 문학사로 정리는 해 두어야 하기에 그냥 알파벳으로 적어 남기기나 하는 것으로 …….

6. 가족 기념 문학 사업 승계

시조 시인 이태극의 문학 정신을 기념하는 월하문학관과 월하문학제 운영에 아들 평론가 이숭원이, 시인 이설주를 기리는 이설주 문학상 운영을 위해 딸 시인 이일향의 열정적인 노력이 돋보이고, 시인 김달진의 문학 정신을 알리는 김달진문학관과 김달진문학상 건립과 운영 등에는 사위인 문학평론가 최동호의 노력이 큰 바탕이 되었다.

아버지 이태극이 창간한 문학지《시조문학》을 아들 평론가 이숭원이, 청록파 시인 박목월이 창간한 문학지《심상》을 아들 문학평론가 박동규가 이어받아 운영하고 있다

소설가 조정래는 부친 조종현 시조 시인을 포함한 가족 문학관을 전남 고흥에 개관하였다. 시인 조종현의 고향인 전남 고흥군이 발 벗고 나서 두원면 운대리에 '조종현 조정래 김초혜 가족 문학관'을 지었는데, 시

인 김초혜는 조정래의 부인이다.

소설가 김광주의 아들 김훈, 그리고 소설가 김훈의 딸인 김지연 싸이런픽쳐스 대표는 아버지가 쓴 소설 『남한산성』을 영화로 만든 제작자로 눈길을 끌었다.

소설가 박완서의 딸들은 박완서가 1977년부터 1990년까지 출간한 산문집을 정리해 개정판을 펴냈다. 교정 작업에 맏딸인 수필가 호원숙을 비롯해 원순·원경·원균 씨까지 네 자매가 참여했다. 지금까지는 가족 대표 격인 호원숙 작가가 어머니의 소설 전집 출간 작업을 주도했지만, 이번엔 분량이 방대해 함께 교정을 봤다. 호 작가는 어머니와의 여행기를 모아 수필집 『그리운 곳이 생겼다』를 펴냈다. 2004년 어머니와 함께 방문한 네팔과 유럽을 시작으로 어머니를 잃고 다녀온 발트해 등을 포함해 지난 10여 년의 여행 기록을 이 책에 엮어냈다.

윤작가 (1962~) 　출판기획자. 충북 청주 출생. 우리 한국현대시(詩)나눔활동가. 문장수집가. 여기저기 이것저것 세상의 온갖 것에 관심과 애정을 그만의 안테나로 수신하면서 발신(發信)하고 살고 있음. 20대에는 음악을 했(?)다가 국어교사로 살면서 방송 · 신문 · 글쓰기 · NIE · R&E 동아리로 특별활동을 인정받아 교육부총리상까지 20여개를 수상하고 덕분에 시드니 · 멜버른도 다녀옴. 서울시교육청 제1기 진로진학상담교사 자격과 고려대입학사정관과정이수(2012), 성균관대입학사정관과정이수(2013) 등을 받으며 진로지도 및 대입지도활동을 함. 1994년부터 매주 수요일 우리한국현대시 3편 읽기《우리시사랑모임》을 운영 및 '우리시읽기 나눔지'를 발행하여 2020년 7월 현재 2,603개의 한국현대시(詩)를 함께 읽었음. 우리시사랑 시집 11권을 발행함. 문학전문 팟캐스트《북적북적톡설》은 현재 ON AIR.

6장

예술가의 첫사랑

혼자서만 꺼내보는
내 마음 벽장 속의 이야기

이재무 (시인)

비포장도로 오 리길
마음의 담장 안으로
한 잎 한 잎 떨어지던
동백꽃
낯익은 그 길 서툴게 걸으며
우린 끝내 말이 없었네
마을과 마을이 나뉘어지던
대추나무집 앞길에서
가던 길 문득 멈춰
우린 짧게 웃었네
비포장도로 오 리길 너머
발바닥 아프게 걸어온 지 스무 해
바람 무늬져 부는 저녁엔
마음의 뜰 가득
그날의 동백꽃 피네

(이재무 _ <동백꽃>)

혼자서만 꺼내 보던 내 마음 벽장 속의 이야기

중학교 3학년 때로 기억된다. 4월 어느 날이었다. 아버지 심부름으로 전파상에 들러 라디오를 고쳐오느라 자연 귀가길이 늦게 되었다. 앞산을 삼켜온 어둠이 마을 쪽으로 난 길들을 토막 쳐 오고 있었다. 나는 배도 고파오거니와 어둠이 더 깊어지기 전에 어서 가야겠다는 생각으로 걸음을 재촉했다. 우리 집은 학교 정문 앞에서 강경 쪽으로 오 리쯤 떨어져 있었다.

교문 앞을 통과하는데 기척이 있어 돌아보니 한 여학생이 교문에서 막 한 발을 빼고 있었다. 그때까지 혼자서 공부를 하고 오는 듯했다. 나의 가슴은 금강 상류로 출렁거리기 시작했다. 그녀는 평소 내가 그토록 흠모해 마지않던 소녀이었기 때문이었다. 내게 있어 그녀는 살아온 동안 만났던 그 어떤 사람들보다도 아름다웠고 품위가 있었다. 뿐만 아니라 얼굴이 예쁜 그만큼 공부도 썩 잘했고 목소리도 고왔다. 그녀와 나는 초등학교 동창생이기도 했으므로 나는 그녀에 대해 속속들이 알 것은 다 알고 있었다. 그녀의 집은 내가 살고 있는 마을의 이웃에 있었던 까닭으로 등굣길이나 하굣길에서 우연히 눈을 마주친 적이 많았다. 그러나 오늘처럼 단둘이 이렇게 그것도 밤길을 걷기는 실로 8년 만에 처음이었다. 참으로 내게는 더할 수 없는 복이요. 행운이었다. 그러니 어찌 마음이 돌이 아니고서야 설레지 않을 수 있었겠는가. 숨이 탁탁 막혀왔다. 모닥불이 끼얹혀진 것처럼 얼굴이 달아올랐다. 파스를 붙인 것처럼 다리가 화끈거렸다. 생각해 보라. 초등학교 이 학년 때부터 혼자서만 좋아해 온 상대를 가장 호조건(?) 속에서 그것도 예기치 않게 만났을 때의 심경을.

등허리엔 땀이 내를 이루었고 앞가슴엔 감동의 전류가 짜릿하게 흐르고 있었다. 그날 마음의 처마 끝으로 쉴 새 없이 떨어지던 물방울소리 — 나는 생동하던 그 느낌을 평생 잊지 못할 것이다. 해마다 서너 켤레의 운동화를 바쳐야 했던 그 길이 문득 낯설어 보이는 것이 전혀 무리일 수 없었다. 한 모금의 술도 없이 발길이 서툴고 어색해졌다. 종아리에서 목덜미까지 긴장의 소름 꽃이 피었다 지곤 하면서 살얼음을 걷듯 나의 행보는 조심스럽고 또 조심스러웠다. 그녀를 힐끗 바라보았다. 그녀도 곁눈질로 마음의 화살을 쏘아 보내고 있었다. 그녀의 눈빛과 나의 눈빛이 허공에서 한 몸으로 얼크러졌다. 반짝! 섬광처럼 길을 밝히고 가뭇없이 사라지는 한 눈빛이면서도 두 눈빛, 그러나 그 빛의 길이는 야속하게도 너무나 짧았다. 다시 오랜 동안의 침묵.

금강 하류처럼 부드러운 바람의 물결이 온몸을 촉촉이 적셔 주었다. 문득 고개를 들어 하늘을 바라보았다. 하나 둘씩 별꽃이 피어나기 시작했다.

그날따라 신작로엔 아무도 없었다. 무슨 말이든지 속엣말을 털어놔야겠는데 그러나 마음을 굳게 먹을수록 혀는 굳어져 갔고 덩달아 가까스로 모아놓은 생각이 달아났다. 온몸의 근육이 긴장으로 빳빳해져 갔다. 그녀는 지금 무슨 생각을 하고 있을까. 혹 그녀도 나처럼 무언가를 고백하기 위해 안간힘을 쓰고 있는 것은 아닐까. 다시 눈길은 나도 모르게 그녀에게 쏠리고, 그러기를 몇 번이었던가. 그녀의 눈길도 아주 천천히 어둠의 물살을 가르며 내게로 건너오고 있었다. 아, 숨이 막혔다.

　그렇게 오리 길을 걷고 있었다. 그러나 끝내 우린 그날 저녁 한 마디의 말도 붙이지 못하고 그냥 헤어지고 말았다. 그 후 나는 그녀의 마을에 살고 있는 한 친구 녀석의 도움을 얻어 8년 만에 처음 말을 트게 되었고 급속도로 친해지게 되었다.

　중학교를 졸업한 이후 그녀는 부여에서 여고를 다녔고 (그녀는 본의 아니게 그녀의 빼어난 미모 때문에 읍내의 청년들에게 불면의 고통을 갖게 만들었고) 나는 대전에서 학교를 다녔다. 한 달에 한 번 꼴로 하숙비를 타내기 위해 그 달의 마지막 토요일 마을에 들릴 적마다 그녀를 만나곤 했다. 문학이며 인생을 두서없이 지껄여댔고, 동원할 수 있는 모든 에피소드와 메타포를 통해 나의 심경을 토로했으나 그것은 신발을 신은 채 가려운 발바닥을 긁는 꼴이어서 늘 아쉽고 미진한 느낌이었다. 3년 내리 그런 식이었다. 언제나 만나고 돌아서면 목이 말랐고 그럴 수 없이 서운하기만 했다. 그렇게 자주 만났지만 결국 손 한 번 잡아보지 못했다.

　'사랑'이라는 절실한 느낌이 달아날까봐 감히 그 말을 떠올리지도 못하고 끙끙 마음을 앓기만 했었다. 너무도 서로가 서로를 어려워한 나머지 함부로 이름을 부르지도 못했다. 가령 할 말이 있을 땐 "그쪽은 무엇이 어땠어?" 또는 "그쪽부터 말해 봐." 하는 식이었다.

　고3이 되어서 우린 사이가 멀어졌다. 철이 들면서 사랑해서는 안 될 사이라는 것을 알게 된 때문이었다. 아, 불행하게도 우린 동성동본이었던 것이다.

요즈음도 나는 각박한 현실의 중압에 가위 눌려 지내면서도 더러 한가해지는 틈을 비집고 오는 그 시절의 풋풋한 감정의 호수에 몸을 담글 때가 있는데, 그럴 때 나는 한없이 부끄러워진다.

오늘의 내가 그날의 나에 비해 너무도 많이 오염되어 있다는 생각 때문이다.

이재무 (1958~)   시인. 충남 부여 출생. 한남대 국문학과 졸업. 동국대 대학원 국어국문학과 석사 수료. 1983년 《삶의 문학》 5집과 《실천문학》, 《문학과 사회》 등에 시를 발표 민족문학작가회의 시분과위원회 부위원장. 월간 《현대시학》 주간. 《시작》 발행인. 서울 디지털대학교 문예창작학과 교수. 시집으로 『섣달그믐』(1987), 『온다던 사람 오지 않고』(1991), 『벌초』(1992), 『몸에 피는 꽃』(1996), 『위대한 식사』(2002), 『누군가 나를 울고 있다면』(2007), 『데스벨리에서 죽다』(2019) 등 16권이 있음. 산문집으로 『생의 변방에서』(2003), 『세상에서 제일 맛있는 밥』(2010), 『쉼표처럼 살고 싶다』(2019) 등이 있음. 난고문학상, 편운문학상 우수상, 윤동주문학상, 소월시문학상, 유심작품상, 송수권 문학작품상 등을 수상함.

잊어야 한다는 마음으로

김이듬 (시인)

'김광석'은 나에게 하나의 기호 혹은 은유로 존재한다. 나에게 청춘이 있었다면, 그 시절은 그의 노래와 함께 머문다. "비록 떠가는 달처럼, 미의 잔인한 종족 속에서 키워졌지만"(W.B. 예이츠, 〈첫사랑〉) 창백한 얼굴 위로 내리던 햇빛 속에서 나는 한 사람을 좋아했고 그로 인해 즐거웠으며 마음의 누수로 어지럽고 아득한 시간을 흘려보냈다. 통기타를 들고 저무는 숲으로 가서 김광석의 노래를 여럿이 같이 부르기도 했던가? "그는 나의 동, 서, 남, 북이었고/ 나의 주중이고 나의 일요일 휴식이었으며/ 나의 정오, 나의 자정, 나의 이야기, 나의 노래였다 (W.H. 오든, 〈장례식 블루스〉)는 표현이 우리의 첫사랑에 어울리는 걸까?

대학 졸업하고 한두 해 후에 그의 소식을 친구들한테 물었다. 그가 죽었다는 소문을 들었다는 친구도 있고 먼 나라로 떠났다는 얘기도 들렸지만 정확히 아는 이가 아무도 없었다. 그를 '잊어야 한다는 마음으로' 편치 못했던 마음마저 희미해질 무렵, 느닷없이 그를 만나게 되었다. 2006년,

한강 고수부지 가설무대에서 '노래하라, 사랑아' 라는 시극 공연을 하고 헝클어진 숲의 새털 같은 심정으로 땅거미 지는 바닥으로 내려왔을 때였다.

그는 일간지 지면을 통해 내가 그 공연에 참가한다는 걸 알았다고 했다. 우리는 근처 미술관까지 걸었다. 그가 신학대학원을 졸업하고 남아프리카공화국 선교사로 오래 가 있었다고 했다. 교내 신문사 편집국장을 하며 데모도 열심이던 그가 목사가 될 줄은 꿈에도 몰랐다. 나는 당시 문학동아리 회원이었다. 합평회에서 발표한 내 시에 관해 선배들이 "자유연상법, 의식의 흐름, 이딴 거에 따르는 해괴한 시는 집어치우고 리얼리즘적으로 시대성이 반영된 시를 쓰라"며 내 원고를 집어던졌던 날, 그는 웃으며 말했다. "야, 정말 좋은데? 역시 넌 천재야."

그런 거짓말을 그는 더 이상 말하지 않는 사람이 되었을 것이다. '김광석' 보다 '노찾사' 보다 찬송가를 더 열성적으로 부를 그가 안쓰럽지도 근사하지도 않은 순간이 있었다. 다시 누군가를 '잊어야 한다는 마음으로' 사무치어 뼈가 비칠 것 같은 그 마음의 물결이 일렁일 수 있을는지, 그와 헤어져 미술관 계단에 앉아 쓴 시를 덧붙인다.

겨울 휴관

무대에서 내려왔어 꽃을 내미네 빨간 장미 한 송이 참 예쁜
애구나 뒤에서 웃고 있는 남자 한때 무지 좋아했던 사람 목사가
되었다 하네 이주 노동자들 모이는 교회라지 하도 괴롭혀서 도
망치더니 이렇게 되었구나 하하하 그가 웃네 감격적인 해후야 비
록 내가 낭송한 시라는 게 성직자에게 들려주긴 참 뭐한 거였지
만

우린 조금 걸었어 슬며시 그의 딸 손을 잡았네 뭐가 이리 작
고 부드러울까 장갑을 빼려다 그만두네 노란 코트에 반짝거리는
머리띠 큰 눈동자는 내 눈을 닮았구나 이 애 엄마는 아마 모를
거야 근처 미술관까지 차가운 저녁 바람 속을 걸어가네 휴관이
라 적혀있네 우리는 마주 보고 웃다가 헤어지려네 전화번호라도
물어볼까 그가 나를 위해 기도할 거라 하네

서로를 등지고 뛰어갔던 그 길에서 여기까지밖에 못 왔구나
서로 뜻밖의 사람이 되었어 넌 내 곁을 떠나 붉게 물든 침대보
같은 석양으로 걸어가네 다른 여자랑 잠자겠지 나는 쉬겠네 그
림을 걸지 않은 작은 미술관처럼

김이듬 (1969~) 시인. 소설가. 경남 진주에서 태어나 부산에서 성장. 부산대학교 독문학과를 졸
업하고 경상대학교 국문학과 대학원 박사과정을 수료. 2001년 《포에지》로 등단하여 시집 『별 모양의
얼룩』(2005), 『명랑하라 팜 파탈』(2007), 『말할 수 없는 애인』(2011), 『베를린, 달렘의 노래』(2013), 『히
스테리아』(2014), 『표류하는 흑발』(2017), 『마르지 않는 티셔츠를 입고』(2019)와 장편소설 『블러드 시
스터즈』(2011)와 두 권의 여행에세이가 있음. 시와세계작품상과 김달진창원문학상을 수상.

반지는 물방울 소리처럼 구른다

이정록 (시인)

1.

"하얀 목련이 필 때쯤 다시 올게. 다른 여자 때문에 몇 년을 속 끓이게 했는데 ……."

그녀가 물어본 것도 아니고 미리 준비한 것도 아닌데, 나는 주저리주저리 반성문을 읊조리고 있었다. 그녀는 아무 말도 하지 않았다. 그녀가 입고 있는 노란색 스웨터의 굵은 실이 엉성하게 늘어져 있었다. 그곳으로 찬바람이 흘러 들어가는 것이 보이는 듯했다. 갑자기 왜 이리 착해지는 것일까. 그녀는 노란 우산꼭지로 땅바닥을 파고 있었다. 이 년 만의 새로운 만남. 잘 알아볼 수 있도록 노란 옷을 입고 노란 우산을 들었노라고 말했을 때, 이미 그녀가 마음속으로 날 용서했구나, 눈치 챘지만 말이다.

"하얀 목련이 필 때쯤 다시 올게."

금세 일 년이 지나고, 창밖엔 하얀 목련이 지고 있었다. 목련 꽃잎이 먹다버린 호떡처럼 시들고 있었다. 화단 군데군데 있는 자목련나무에서는 막 꽃봉오리가 벌고 있었다. 일 년 전보다 나는 깨끗해져 있었다. 시간과 술의 힘이었다. 하지만 자목련을 바라보는 나의 호주머니에는 입영통지서가 들어 있었다. 입대까지는 석 달이 남아 있었다. 내가 왜 하얀 목련이 피고 짐을 몰랐겠는가. 너와 함께 이 세상을 건너가겠다고 말하자마자 입영통지서를 디밀어야 하는 내 자신이 싫었기 때문에, 목련이 피는 것을 애써 외면한 것이었다.

며칠을 망설이던 나는 이것이 마지막이 될지도 모른다는 생각이 들었다. 평생 후회할 것 같았다. 확신이란 것은 언제나 제 자신이 확답을 가질 때만 가능한 게 아닌가. 믿음이 확실하면 답은 빤한 것! 나는 그녀에게 편지를 썼다. 그리고 그녀에게 줄 금반지 하나를 디자인했다. 하트 모양에 한 일자 네 개를 세워놓은 모양이었다. 유치찬란한 사랑의 조급함이라니. 한 일자 네 개는 병장 계급장을 나타내는 것이었다. 제대할 때까지 기다려주길 바라는 마음에서였다.

그녀를 만나는 레스토랑은 이층에 있었다. 화장실을 가는 척 카운터로 가서, 주인아저씨에게 쪽지 한 장을 건넸다.

"제 운명과 관계있는 곡입니다. 양희은의 〈하얀 목련〉을 부탁드립니다. 판이 없으시면 구해다가 틀어주세요. 돈은 나갈 때 낼게요. 꼭 부탁드립니다."

조금 후에 차가 나오고, 아무도 없는 한낮의 레스토랑에 부탁한 노래가 흘러나왔다. 음질이 아주 깨끗하고 맑았다. 금방 사온 LP판이 분명했다. 젖은 실타래 같은 노래 소리에 감겨, 우리는 아무런 말도 할 수가 없었다. 한참을 지나 나는 반지가 든 작은 선물상자를 내밀었다. 주인아저씨가 〈하얀 목련〉에 바늘을 세 번째 올려놓고 있었다.

2.

그녀는 성악을 전공했다. 첼로를 부전공했으며 대학 사 년 동안 클래식기타 동아리 활동을 했다. 음악을 좋아하고 음악을 사랑하는 사람이었다. 고등학교 때는 미술반에 들어가 미대 진학을 꿈꿔왔으나 그녀는 음악 공부를 포기할 수 없었다. 하지만 시골의 작은 고등학교에는 음악 선생님이 없었다. 미술선생님께서 카세트를 들고 오셔서 음악 감상을 시켜주는 것이 고작이었다. 학생 중에 피아노를 치고 기타를 다룰 수 있는 것은 오직 그녀뿐이었다. 어머니 뱃속에서부터 교회를 다녔기 때문이었다. 교회에는 풍금이 있었고 목사님의 딸은 그녀의 단짝 친구였다. 그녀는 음악시간에 피아노를 치고 기타를 연주하며 교단에 서서 음악수업을 해야만 했다. 그러다가 음대 진학을 목표로 토요일마다 인근 중학교의 음악선생님을 찾아가서 성악을 배웠다. 그러나 그녀의 애인은 음치였다. 억지로 국악반에 들어가 거문고를 사 년여 탔으나, 나는 여전히 정악 연주에서 맴돌았다. 산조는 엄두도 못 내고 감탄만 할 뿐이었다.

신혼여행에서 돌아와 사글세방으로 향하면서 그녀는 조심스럽게 입을 열었다. 월부로 전축을 하나 들여놓으면 어떨까? 우리는 음악사로 가서 전축을 실은 트럭을 타고 신혼 방으로 갔다.

결혼한 지 일 년도 안 돼 첫아이를 낳았다. 아이를 어르느라 몸도 마음도 바빴지만 여전히 그녀는 피아노를 갖고 싶어 했다. 그러던 어느 날 우리는 큰 결심을 했다. 결혼 패물을 팔아 피아노를 하나 들여놓기로 한 것이다.

식 올린 지 이 년
삼 개월 만에 결혼 패물을 판다.
내 반지와 아내의 알반지 하나는
돈이 되지 않아 남기기로 한다.
다행이다 이놈들마저 순금으로 장만했다면
흔적은 간데없고 추억만으로 서글플 텐데
외출해도 이제 집 걱정 덜 되겠다며 아내는
부재와 평온을 혼돈 하는 척, 나를 위로한다

농협 빚내어 장만해준 패물들
빨간 비단상자에서 꺼내어 마지막으로 쓰다듬고
양파껍질인 양 신문지에 둘둘 만다
버려야 할 쓰레기처럼 밀쳐놓고 화장을 한다
거울에 비친 허름한 저 사내는 누구인가
월급날이면 자장면을 먹고 싶다던
그때처럼 화장시간이 길다
동창생을 만나러 나갈 때처럼

오늘의 화장은 서툴러 자꾸 지우곤 한다

김칫거리며 두루마리 화장지를
장식처럼 주렁주렁 매달고 돌아오는 길
자전거 꽁무니에 걸터앉아
산 위에서 부는 바람 시원한 바람
콧노래 부르며 노을이 이쁘단다
금 판 돈 떼어 섭섭해 새로 산
알반지 하나를 쓰다듬으며 아내는
괜히 샀다고 괜히 샀다고
젖은 눈망울을 별빛에 씻는다.
오래 한 화장이 지워지면서
아내가 보석달로 떠오른다

－ 졸시 〈보석달〉 전문

그 사이에 이사를 두 번, 이층 베란다로 기어오르는 피아노는 거대한
보물 상자 같았다. 옥상 물탱크를 지렛대 삼아 허공에 떴다가 내려앉는
공룡 한 마리, 저 괴물이 우리 집의 역사를 바꿔놓을 것이다. 그녀는 유
모차를 끌고 다니며 친구가 경영하는 피아노학원에서 아르바이트를 하
고 주말마다 먼 도시로 피아노를 배우러 다녔다. 도시 변두리에 피아노
교습소를 차리고 삼 년, 지금은 열 대의 피아노를 갖고 원장 노릇을 하니

그저 보기 좋을 따름이다. 유치원생의 피아노 소리도 나에겐 아름답게 들린다. 마음이 통째로 젖어버리기 때문이다.

3.

그녀가 피아노를 연주하거나 원생들을 교습할 때, 나는 그녀의 등 뒤에서 그녀의 손가락과 어깨를 물끄러미 바라본다. 그녀에게도 값싼 보석반지 두 개에 붉은 옥반지가 하나 있건만 언제부턴가 반지를 끼지 않는다. 반지라는 것이 살림에도 도움이 안 되고 피아노 칠 때도 거추장스럽다는 것이다. 하지만 나는 안다. 그녀의 왼손 약지에서 중고피아노가 반대쯤 나왔고, 첫애 돌 반지에서 또한 몇 개의 건반과 페달이 나왔다는 것을, 그러던 차에 나는 돈이 되질 않아 남겨놓았던 내 결혼반지를 녹여서 그녀에게 선물을 했다. 그녀는 내가 선물한 반지를 하루인가 끼고 빼 놓았다.

첫애 돌 반지와
쌍가락지를 팔아 피아노를 샀다
턱없이 돈이 모자라 할부를 끊었다
그래서인지 우리 집 피아노소리는
콩나물처럼 젖어 있다
물오른 봄 나무로 만들었는지
생일축하노래와 웨딩마치는
질척거리기까지 한다 그때

함께 팔지 못한 내 결혼반지는

몰래 녹여서 생일선물로 건네주었다

살림살이에 굵어진 손마디

꽉 조이는 작은 반지가

깊은 계곡 물방울소리처럼 구른다

하얀 손톱까지 수액이 차올라서

푸른 이파리를 매다는 봄 나무에

순금의 달빛이 내린다. 띵당띵당

꽃 피고 눈 내리는 비탈 논밭에도

사계가 들고남을 듣는다

— 졸시 〈잎 푸른, 피아노〉 전문

그녀와 나의 손가락에는 십 년 가까이 반지가 살지를 않는다. 피아노 소리가 우리 가족 모두의 반지가 된 지 십 년이 가까워온다.

이정록(1964~)　　시인, 충남 홍성 출생. 공주사대 한문교육과 졸업. 고려대학교 대학원 문화예술학과 졸업. 1989년 대전일보 신춘문예에 시 <농부일기> 당선. 1993년 동아일보 신춘문예 시 <혈거시대(穴居時代)> 당선. 《비무장지대》 동인으로 활동. 시집으로 『벌레의 집은 아늑하다』(1994), 『풋사과의 주름살』(1996), 『버드나무 껍질에 세들고 싶다』(1999), 『제비꽃 여인숙』(2001), 『의자』(2006), 『정말』(2010), 『눈에 넣어도 아프지 않을 것들의 목록』(2016) 등과 시선집 『가슴이 시리다』(2009), 사진시집 『어머니학교』(2012), 『아버지학교』(2013), 동화 『귀신골 송사리』(2003), 『대단한 단추들』(2015), 『나무 고아원』(2019), 그리고 산문집으로 『발바닥 가운데가 오목한 이유』(1998), 『시인의 서랍』(2012), 『시가 안 써지면 나는 시내버스를 탄다』(2018), 『동심언어사전』(2018) 등이 있음. 김수영문학상, 김달진문학상, 소월시문학상, 박재삼문학상을 수상함.

부록

작품 출전
느낌 산문 더 듣기 – 북적북적톡설 팟캐스트 방송 목록
우리시사랑 나눔시(詩) 방송 듣기 목록

[작품 출전]

- **책** 이태준, 《동아일보》, 1938.12.1. 『무서록』, 박문서관, 1941
- **자수(刺繡)** 백신애 외, 『현대조선여류문학선집』, 조선일보사, 1937.4
- **냉면** 김남천, 《조선일보》, 1938.5.29. 『김남천 전집』, 박이정, 2000
- **별호(別號)** 나도향, 《조선문단》, 1925.1. 『현대한국수상록』, 금성출판사, 1986
- **7월의 바다** 심훈, 『그날이 오면』, 한성도서, 1949
- **산문(散文)** 정지용, 『산문』, 동지사, 1949. 『정지용전집2』, 민음사, 1988
- **가을의 누이** 김기림, 《중앙》, 1934.11. 『바다와 육체』, 평범사, 1948
- **효조(曉鳥)** 계용묵, 《태양》, 1940.2. 『상아탑』, 우생출판사, 1955
- **길** 김유정, 《여성》, 1936.3. 『원본김유정전집』, 한림대학출판부, 1987
- **내가 좋아하는 솔** 강경애, 《신세기》, 1940.4. 『한국현대문학전집』, 삼성출판사, 1978
- **담요** 최서해, 《조선문단》, 1926.5. 『현대한국단편문학전집』, 문원각, 1974
- **궂은 비** 홍사용, 《매일신보》, 1938.9.4. 『홍사용전집』, 새문사, 1985
- **계변정화(溪邊靜話)** 노자영, 『인생안내』, 영창서관, 1938
- **헌 책방 순례** 도종환, 『모과』, 샘터, 2000
- **그냥 내버려둬 옥수수들이 다 알아서 일어나** 함민복, 『미안한 마음』, 대상미디어, 2012
- **오늘 비행기는 전면 결항입니다** 이병률, 『내 옆에 있는 사람』, 달, 2015
- **누가 라면을 함부로 말하는가** 이문재, 『바쁜 것이 게으른 것이다』, 호미, 2006
- **조춘점묘(早春點描)** 이상, 《매일신보》, 1936.3.3.~3.26. 『이상전집4』, 태학사, 2013
- **조와(弔蛙)** 김교신, 《성서조선 158호》, 1942. 『생명의 계단』, 범우사, 1979
- **헐려 짓는 광화문(光化門)** 설의식, 《동아일보》, 1926.8.11. 『소오문장선』, 수도문화사, 1953
- **선죽교 변(善竹橋辯)** 고유섭, 《조광》, 1939.8. 『고유섭전집』, 통문관, 1983
- **연인기(戀印記)** 이육사, 《조광》, 1941.1. 『이육사의 시와 산문』, 범우사, 1986
- **행복한 걷기** 서명숙 이홍렬 외, 『괜찮아, 웃을 수 있으니까』, 마음의 숲, 2009

- **영혼의 모음 : 어린 왕자에게 보내는 편지**　법정,『영혼의 모음』, 동서문화사, 1973
- **괜찮다 : 관계의 문화**　이어령,『뜻으로 읽는 한국어사전』, 문학사상, 2011
- **잘 익은 말을 찾아서**　이윤기,『이윤기가 건너는 강』, 작가정신, 2001
- **한국어의 멸종위기설**　이익섭,『우리말산책』, 신구문화사, 2010
- **나는 스님이 되고 싶다**　최인호,『나는 아직도 스님이 되고 싶다』, 여백미디어, 2018
- **짧은 여행의 기록 : 제3묘원에서 만난 사람**　기형도,『짧은 여행의 기록』, 살림, 1990
- **이미륵 씨의 무덤을 찾아서**　전혜린,《여원》, 1959.6.『그리고 아무말도 하지 않았다』, 동아 PR연구소출판부, 1966
- **약소국민의 여권**　손봉호,『잠깐 쉬었다가』, 홍성사, 2011
- **비엔나로 가는 밤기차**　김병모,『옥스포드에서 온 편지』, 문덕사, 1990
- **여행의 무게**　김중혁,『뭐라도 되겠지』, 마음산책, 2011
- **음악이 있는 삶**　황동규,『젖은 손으로 돌아보라』, 문학동네, 2001
- **오디오에 미친 사람들, 오디오 파일**　윤광준,『소리의 황홀』, 효형출판, 2001
- **딥 퍼플을 만나다**　하종강,『철들지 않는다는 것』, 철수와영희, 2007
- **그 음악을 제발 부탁해요 DJ**　성석제,『농담하는 카메라』, 문학동네, 2008
- **일찍 데뷔한 조숙한 문인들**　이유식,『문단 풍속, 문인 풍경』, 푸른사상사, 2016
- **세배객 인명록**　박경리 손영목 외,『영원으로 가는 나귀 – 김동리 서거 10주년 추모 문집』, 박경리 외 71인, 계간문예, 2005
- **메밀꽃과 A.T.T.**　이호철 최인석 외,『나의 문학수업 시절』, 문학사상사, 1991
- **김지하 시인과의 노래 시합**　이동순,『번지없는 주막』, 선, 2007
- **혼자서만 꺼내보는 내 마음 벽장 속의 이야기**　김규동 이재무 외,『서랍 속에 숨은 사랑이야기』, 도서출판 정민, 1990
- **잊어야 한다는 마음으로**　박준 김이듬 외,『이럴 땐 쓸쓸해도 돼』, 천년의상상, 2016
- **반지는 물방울 소리처럼 구른다**　이정록,『시인의 서랍』, 한겨레출판, 2012

[느낌 산문 더 듣기 - 북적북적톡설 팟캐스트 방송 목록]

- 김소진 _ 그리운 동방에 가고 싶어라 http://www.podbbang.com/ch/1773948?e=23241325
- 이병률 _ 가슴에 맺혀서 지키고픈 무엇을 가졌습니까 http://www.podbbang.com/ch/1773948?e=23241342
- 장영희 _ 루시 할머니 http://www.podbbang.com/ch/1773948?e=23241352
- 이병률 _ 오늘 비행기는 전면 결항입니다 http://www.podbbang.com/ch/1773948?e=23273121
- 정채봉 _ 스무 살 어머니1 http://www.podbbang.com/ch/1773948?e=23279938
- 성석제 _ 젊은 아버지의 추억 http://www.podbbang.com/ch/1773948?e=23242220
- 김 훈 _ 돈 1 http://www.podbbang.com/ch/1773948?e=23243217
- 양귀자 _ 모란봉에 기대어 http://www.podbbang.com/ch/1773948?e=23243218
- 곽재구 _ 세상에서 제일 맛있는 팥죽집 가는 길 http://www.podbbang.com/ch/1773948?e=23243220
- 이병률 _ 달빛이 못다한 마음을 비추네 http://www.podbbang.com/ch/1773948?e=23243221
- 박민규 _ 푸를청 봄춘 http://www.podbbang.com/ch/1773948?e=23247783
- 곽재구 _ 운두령에 핀 노란 들꽃 http://www.podbbang.com/ch/1773948?e=23247787
- 함정임 _ 나는 만진다 고로 존재한다 http://www.podbbang.com/ch/1773948?e=23247790
- 김현숙 _ 그 남자의 배냇저고리 http://www.podbbang.com/ch/1773948?e=23247791
- 유안진 _ 지란지교를 꿈꾸며 http://www.podbbang.com/ch/1773948?e=23252789
- 공선옥 _ 밥으로 가는 먼 길 http://www.podbbang.com/ch/1773948?e=23252790
- 조양희 _ 구두 수선가게의 아주머니 http://www.podbbang.com/ch/1773948?e=23252791
- 곽재구 _ 그곳에 이상한 함이 있었다 (동해바다 정자항에서) http://www.podbbang.com/ch/1773948?e=23252792
- 이범선 _ 도마뱀의 사랑 http://www.podbbang.com/ch/1773948?e=23252793
- 김규련 _ 거룩한 본능 http://www.podbbang.com/ch/1773948?e=23252795
- 이태준 _ 책 http://www.podbbang.com/ch/1773948?e=23252797

- 김성우 _ 동백꽃 필 무렵 http://www.podbbang.com/ch/1773948?e=23252799
- 이시형 _ 이 일만 끝나면 http://www.podbbang.com/ch/1773948?e=23252800
- 신영복 _ 청구회 추억 http://www.podbbang.com/ch/1773948?e=23254135
- 법 정 _ 무소유 http://www.podbbang.com/ch/1773948?e=23254138
- 정진권 _ 짜장면 http://www.podbbang.com/ch/1773948?e=23254140
- 이어령 _ 괜찮다 – 관계의 문화 http://www.podbbang.com/ch/1773948?e=23259792
- 문익환 _ 동주형의 추억 http://www.podbbang.com/ch/1773948?e=23262231
- 이 상 _ 권태 http://www.podbbang.com/ch/1773948?e=23263177
- 최순우 _ 백자 달 항아리 http://www.podbbang.com/ch/1773948?e=23268106
- 계용묵 _ 구두 http://www.podbbang.com/ch/1773948?e=23270009
- 윤오영 _ 방망이 깎던 노인 http://www.podbbang.com/ch/1773948?e=23288859
- 나도향 _ 그믐달 http://www.podbbang.com/ch/1773948?e=23295109
- 이해인 _ 잘 준비된 말을 http://www.podbbang.com/ch/1773948?e=23309245
- 김녹희 _ 녹슨 은수저 http://www.podbbang.com/ch/1773948?e=23319839
- 허세욱 _ 움직이는 고향 http://www.podbbang.com/ch/1773948?e=23327339
- 문광훈 _ 음악예찬 http://www.podbbang.com/ch/1773948?e=23337294
- 강은교 _ 다락 http://www.podbbang.com/ch/1773948?e=23337522
- 문태준 _ 나를 지킨다는 것 http://www.podbbang.com/ch/1773948?e=23398806
- 공지영 _ 남자친구 http://www.podbbang.com/ch/1773948?e=23409978
- 이생진 _ 여행하며 읽은 시 http://www.podbbang.com/ch/1773948?e=23356660
- 신현복 _ 흔적 http://www.podbbang.com/ch/1773948?e=23435060
- 피천득 _ 엄마 http://www.podbbang.com/ch/1773948?e=23372571
- 이병률 _ 도시락 싸서 어디 갈래요? http://www.podbbang.com/ch/1773948?e=23389524
- 박완서 _ 트럭 아저씨 http://www.podbbang.com/ch/1773948?e=23396741
- 이정록 _ 어머니의 한글 받침 무용론 http://www.podbbang.com/ch/1773948?e=23435063
- 김형석 _ 밤에 핀 목련 http://www.podbbang.com/ch/1773948?e=23442823
- 박문하 _ 잃어버린 동화 http://www.podbbang.com/ch/1773948?e=23479069

- 한흑구 _ 보리 http://www.podbbang.com/ch/1773948?e=23495668
- 문형렬 _ 망설춘사를 기억하네 http://www.podbbang.com/ch/1773948?e=23507065
- 하정우 _ 맛있는 국을 끓이는 사소하지만 위대한 비밀 http://www.podbbang.com/ch/1773948?e=23249362
- 김하나 _ 홍차의 샴페인 http://www.podbbang.com/ch/1773948?e=23249363
- 정인성 _ 나의 롤 모델이 된 영원한 청년 http://www.podbbang.com/ch/1773948?e=23249366
- 봉준호 _ 다른 일을 한다는 상상 자체를 해본 적이 없다 http://www.podbbang.com/ch/1773948?e=23255638
- 이은미 _ 가수가 꿈이었나요 http://www.podbbang.com/ch/1773948?e=23257137
- 한비야 _ '나홀로 여행'은 나 자신과의 여행 http://www.podbbang.com/ch/1773948?e=23264543
- 서명숙 _ 행복한 걷기 http://www.podbbang.com/ch/1773948?e=23268108
- 양익준 _ 나를 일으켜 세운 말 http://www.podbbang.com/ch/1773948?e=23270007
- 최광호 _ 포토그램, 하늘만큼 땅만큼 http://www.podbbang.com/ch/1773948?e=23288860
- 이덕일 _ 사육신을 바꿔치기하려 한 사건 http://www.podbbang.com/ch/1773948?e=23272455
- 이루마 _ 힘이 되는 칭찬 한마디 http://www.podbbang.com/ch/1773948?e=23281333
- 김민섭 _ 결국 아이 이름을 '린'으로 지었다 http://www.podbbang.com/ch/1773948?e=23295106
- 정 민 _ 아비 그리울 때 보아라 http://www.podbbang.com/ch/1773948?e=23379752
- 혜 문 _ 100년 만에 반납된 이토 히로부미 대출 도서 http://www.podbbang.com/ch/1773948?e=23319856
- 남태우 _ 오래된 인력거 이성규 독립영화 감독에게 바침 http://www.podbbang.com/ch/1773948?e=23390908
- 조지훈 _ 지조론 – 변절자(變節者)를 위하여 http://www.podbbang.com/ch/1773948?e=23466041
- 이숙희 _ 국보 연가7년명 금동불입상 도난 및 미수사건 http://www.podbbang.com/ch/1773948?e=23346524
- 배정철 _ 귀향을 기다리는 문화재 http://www.podbbang.com/ch/1773948?e=23396744
- 최서해 _ 담요 http://www.podbbang.com/ch/1773948?e=23254149
- 이유식 _ 일찍 데뷔한 조숙한 문인들 http://www.podbbang.com/ch/1773948?e=23259795

- 이문구 _ 만능해결사 염재만(소설가) http://www.podbbang.com/ch/1773948?e=23267263
- 손택수 _ 재능을 키워준 악당, 호야 http://www.podbbang.com/ch/1773948?e=23309242
- 손영목 _ 새배객 인명록 http://www.podbbang.com/ch/1773948?e=23337516
- 최인석 _ 메밀꽃과 A.T.T http://www.podbbang.com/ch/1773948?e=23382401
- 이익섭 _ 무식한 놈 http://www.podbbang.com/ch/1773948?e=23270016
- 이윤옥 _ 지리산 '정상'에 밀린 토박이말 '산마루' http://www.podbbang.com/ch/1773948?e=23281332
- 권오운 _ 죽었다 깨더라도 '민들레 홀씨'는 없다 http://www.podbbang.com/ch/1773948?e=23356662
- 이익섭 _ 한국어의 멸종위기설 http://www.podbbang.com/ch/1773948?e=23452171
- 나희덕 _ 새벽길 속으로 http://www.podbbang.com/ch/1773948?e=23327341
- 이재무 _ 혼자서만 꺼내보는 내 마음 벽장 속의 이야기 http://www.podbbang.com/ch/1773948?e=23376315
- 김이듬 _ 잊어야 한다는 마음으로 http://www.podbbang.com/ch/1773948?e=23507067
- 김남희 _ 칼로 쓰는 시 http://www.podbbang.com/ch/1773948?e=23399910
- 전혜린 _ 이미륵 작가의 무덤을 찾아서 http://www.podbbang.com/ch/1773948?e=23409979
- 장석주 _ 명창 임방울 : 민족의 소리꾼 http://www.podbbang.com/ch/1773948?e=23442825
- 장정일 _ 록 아티스트에게 마약이란 무엇인가? http://www.podbbang.com/ch/1773948?e=23471323
- 김태길 _ 꾀꼬리 http://www.podbbang.com/ch/1773948?e=23495673
- 김선우 _ 마야코프스키를 읽는 밤 http://www.podbbang.com/ch/1773948?e=23507069
- 이양하 _ 신록예찬 http://www.podbbang.com/ch/1773948?e=23546323
- 미승우 _ 나의 18번 http://www.podbbang.com/ch/1773948?e=23523378
- 김병종 _ 김유정과 춘천 _ 한 겨울에 부른 봄의 노래, 땅의 노래 http://www.podbbang.com/ch/1773948?e=23546324

[우리시사랑 나눔시(詩) 방송 듣기 목록]

- 2501. 마종기 _ 이 세상의 긴 강 / 2502. 이외수 _지렁이
  http://www.podbbang.com/ch/1773948?e=23239811
- 2503. 안도현 _ 예천 태평추 / 2504. 김연동 _ 마라도
  http://www.podbbang.com/ch/1773948?e=23239863
- 2505. 곽재구 _ 구두 한 컬레의 시 / 2506. 김종길 _ 여울 / 2507. 송수권 _ 빨치산
  http://www.podbbang.com/ch/1773948?e=23239895
- 2508. 김명인 _ 출항제
  http://www.podbbang.com/ch/1773948?e=23239899
- 2509. 도종환 _ 옥수수밭 옆에 당신을 묻고 / 2510. 장석주 _ 장화를 신은 문장
  http://www.podbbang.com/ch/1773948?e=23239900
- 2511. 박목월 _ 만술아비의 축문 / 2512. 오규원 _ 물증 / 2513. 이종문 _ 봄날도 환한 봄날
  http://www.podbbang.com/ch/1773948?e=23242181
- 2514. 박태일 _ 미성년의 강 / 2515. 조승래_ 만추
  http://www.podbbang.com/ch/1773948?e=23242214
- 2516. 문정희 _ 곡비 / 2517. 김리영 _ 숲의 풍경 / 2518. 이대흠 _ 가을 하늘
  http://www.podbbang.com/ch/1773948?e=23242216
- 2519. 장만영 _ 아내의 옛집 / 2520. 유승도 _ 큰 손
  http://www.podbbang.com/ch/1773948?e=23242217
- 2521. 김규동 _ 두만강 / 2522. 김광규 _ 영산
  http://www.podbbang.com/ch/1773948?e=23249367
- 2523. 나태주 _ 며늘아기에게 / 2524. 고운기 _ 비빔밥
  http://www.podbbang.com/ch/1773948?e=23258595
- 2525. 이용악 _ 하나씩의 별 / 2526. 조은 _ 동질
  http://www.podbbang.com/ch/1773948?e=23266001
- 2527. 정끝별 _ 강진편지 / 2528. 이기인 _ 시래기 / 2529. 이홍섭 _ 서귀포
  http://www.podbbang.com/ch/1773948?e=23272448
- 2530. 김수영 _ 봄밤 / 2531. 유하 _ 그 사랑에 대해 쓴다
  http://www.podbbang.com/ch/1773948?e=23279939
- 2532. 김승희 _ 그래도라는 섬이 있다 / 2533. 김기준 _ 부여행 5
  http://www.podbbang.com/ch/1773948?e=23291366
- 2534. 황인숙 _ 그가 '영혼'이라고 말했을 때 / 2535. 박원희 _ 고양이들의 할아버지가 되었다
  http://www.podbbang.com/ch/1773948?e=23301404
- 2536. 정호승 _ 첫눈 오늘 날 만나자 / 2537. 강현덕 _ 그 은행나무

http://www.podbbang.com/ch/1773948?e=23309504

- 2538. 박재삼 _ 첫사랑 그 사람은 / 2539. 송상욱 _ 와온(臥溫)
  http://www.podbbang.com/ch/1773948?e=23319833

- 2540. 천양희 _ 마음의 달 / 2541. 김이듬 _ 겨울 휴관
  http://www.podbbang.com/ch/1773948?e=23327337

- 2542. 장석남 _ 얼룩에 대하여 / 2543. 김선우 _ 목포항
  http://www.podbbang.com/ch/1773948?e=23337293

- 2544. 신경림 _ 찔레꽃은 피고 / 2545. 김찬옥 _ 모종
  http://www.podbbang.com/ch/1773948?e=23346521

- 2546. 김사인 _ 지상의 방 한 칸 / 2547. 이면우 _ 오늘, 쉰이 되었다 / 2548. 김종해 _ 눈
  http://www.podbbang.com/ch/1773948?e=23356532

- 2549. 송재학 _ 마중물 / 2550. 김윤배 _ 들판에서 / 2551. 김소영 _ 민들레꽃 필 무렵
  http://www.podbbang.com/ch/1773948?e=23359622

- 2552. 백무산 _ 가방 하나 / 2553. 김순진 _ 버려진 밥상을 리폼하다
  http://www.podbbang.com/ch/1773948?e=23378334

- 2554. 신규호 _ 세족 / 2555. 서동욱 _ 잃어버린 중국집
  http://www.podbbang.com/ch/1773948?e=23382404

- 2556. 손택수 _ 지장(指章) / 2557. 정연덕 _ 겨울 자작나무숲
  http://www.podbbang.com/ch/1773948?e=23390910

- 2558. 정희성 _ 눈을 퍼내며 / 2559. 임동윤 _ 겨울 불영사에서
  http://www.podbbang.com/ch/1773948?e=23398800

- 2560. 이성복 _ 음악 / 2561. 성미정 _ 여보, 띠포리가 떨어지면 전 무슨 재미로 살죠
  http://www.podbbang.com/ch/1773948?e=23400110

- 2562. 윤택수 _ 찬가 / 2563. 김수영(金秀暎) _ 오동나무 장롱1 / 2564. 김영승 _ 반성 100
  http://www.podbbang.com/ch/1773948?e=23409980

- 2565. 김혜순 _ 낙랑공주 / 2566. 함민복 _ 흐린 날의 연서
  http://www.podbbang.com/ch/1773948?e=23435064

- 2567. 최영철 _ 뿌리 ;- 푸조나무 아래 / 2568. 김주대 _ 슬픈 속도 ;- 도둑 고양이3 / 2569. 김미영 _ 기차 안에서
  http://www.podbbang.com/ch/1773948?e=23451374

- 2570. 임길택 _ 엄마 무릎 / 2571. 정일근 _ 나무에게 미안하다 / 2572. 양진건 _ 풍경
  http://www.podbbang.com/ch/1773948?e=23458949

- 2573. 이재무 _ 수제비국 ;- 김사인에게 / 2574. 이승은 _ 넬라 판타지아 / 2575. 원희석 _ 가로등
  http://www.podbbang.com/ch/1773948?e=23471062

- 2576. 이시영 _ 마음의 고향 3 ; - 무심한 사람 / 2577. 이경임 _ 神(신). 6 - 달
  http://www.podbbang.com/ch/1773948?e=23479064

- 2578. 윤동재 _ 대통령 예수 / 2579. 김철주 _ 대장간의 풍경 그 후
  http://www.podbbang.com/ch/1773948?e=23491708

윤작가 (1962~) 출판기획자. 충북 청주 출생. 우리 한국현대시(詩)나눔활동가. 문장수집가. 여기저기 이것저것 세상의 온갖 것에 관심과 애정을 그만의 안테나로 수신하면서 발신(發信)하고 살고 있음. 20대에는 음악을 했(?)다가 국어교사로 살면서 방송·신문·글쓰기·NIE· R&E 동아리로 특별활동을 인정받아 교육부총리상까지 20여개를 수상하고 덕분에 시드니·멜버른도 다녀옴. 서울시교육청 제1기 진로진학상담교사 자격과 고려대입학사정관과정이수(2012), 성균관대입학사정관과정이수(2013) 등을 받으며 진로지도 및 대입지도활동을 함. 1994년부터 매주 수요일 우리한국현대시 3편 읽기《우리시사랑모임》을 운영 및 '우리시읽기 나눔지'를 발행하여 2020년 7월 현재 2,603개의 한국현대시(詩)를 함께 읽었음. 우리시사랑 시집 11권을 발행함. 문학전문 팟캐스트《북적북적톡설》은 현재 ON AIR.

문/장/수/집/가/ 팟캐스터 윤PD 포충망에 걸린

느낌 그게 뭔데, 문장

초판 1쇄 인쇄 | 2021년 1월 4일
초판 1쇄 발행 | 2021년 1월 5일

지은이 | 기형도 · 성석제 · 윤광준 · 윤작가 · 이병률 외 지음
펴낸이 | 윤재식
펴낸곳 | 우시모북스

출판등록 | 2019년 10월 18일 (제419-2019-000011호)
주　　소 | 원주시 흥업면 연세대길1 연세대학교 제2창업보육센터 106호
대표전화 | 0507-1316-9842　팩 스 | 031-624-9842
홈페이지 | blog.naver.com/usimobooks 인스타그램 @usimobooks
이 메 일 | usimo@naver.com

ISBN | 979-11-971329-0-2 (03810)

이 도서의 국립중앙도서관 출판예정도서목록(CIP)은 서지정보유통지원시스템 홈페이지(http://seoj.nl.go.kr)와 국가자료공동목록시스템 (http://www.nl.go.kr/kolisnet)에서 이용하실 수 있습니다.
(CIP제어번호: CIP2020033018)